文春文庫

オクトーバー・リスト

ジェフリー・ディーヴァー
土屋 晃訳

文藝春秋

人生は後ろ向きにしか理解できないが、
前を向いて生きなくてはならない。
——セーレン・キルケゴール

オクトーバー・リスト

——著者による写真を添えた逆向きに語られる長編小説

第36章　日曜日午後六時三十分

彼女はマンハッタンのアパートメントの窓辺に立ち、カーテンの隙間から外を覗《のぞ》いた。その手がふるえていた。

「誰かいるのか?」部屋のむこうから、ささくれ立った男の声がした。

「わからないけど、もしかしたら」張りつめた様子のガブリエラは、それこそ何者かに双眼鏡で、もしくは狙撃銃で窓を覗かれているとばかりに、前のめりで分厚いカーテンをきつく閉じあわせた。「もちろん、いままで誰ひとり見てないけど。見えた時点で手遅れだわ」と息巻いた。「いまここに銃があれば使ってる。誰かが見えたら、神に誓って使うわ」

サム・イーストンが訊いた。「でも、誰が来るんだ?」

ガブリエラは振り向くと、窓際からすばやく離れた。「誰がって、誰でも。だって、世間じゅうであの〈オクトーバー・リスト〉を欲しがってるみたいじゃない!」

「あんたがここにいるってわかるのかな?」

ガブリエラは苦笑を洩らした。「わたしにはもう秘密なんてなさそうだし」彼女は逡巡《しゅんじゅん》した後、しぶしぶといった感じでまた外に目を向けた。「断言できないけど。誰かがいた気がする。でも、つぎの瞬間にはいなくなった。だから——」そこで声をひそめて発した。「ボルト!」

サムは呆《ほう》けたように首をかしげた。

ガブリエラは不安に目を瞠《みは》ったまま訊ねた。「鍵《ボルト》はかけた？」急いで居間を出て廊下へ向かうと、しばらくしてもどってきた。「いえ、大丈夫。全部かかってた」

今度はサムが代わって窓辺に立ち、監視をはじめた。「影が見える。動きがある。でもはっきりしないな。人かもしれないし、木が風に揺れてるだけかもしれない。あいにく建物の前の街灯が切れちまってるから」サムはガブリエラに視線を投げた。「さっきは点《つ》いてた？」

「わからない。点いてたような気がするけど。街灯って消したりできるの？」

サムは答えなかった。カーテンの隙間から身を引くと部屋を横切り、ガブリエラに近い足載せ台に腰をおろした。サムが肉体を鍛えていることは、ガブリエラもすでに気づいていたが、スリムな腰とたくましい肩にはまだ目が行っていなかった。筋肉がスーツの上着と白いシャツを圧している。

ガブリエラは声を荒らげた。「もう、こんなのいや！……サラは、あの子はどうしてる？　いまごろ何を思ってるの？　何を――」そこで言葉を詰まらせた。やがてゆっくり呼吸をととのえていった。「いつになったらわかると思う？」ダニエルとアンドルーがジョゼフに会いに出かけたのは、およそ三十分まえのことだった。

彼女は下唇に浮いた血の滴を拭った。

サムが言った。「なんとも言えないな。ジョゼフにはジョゼフの思惑がある。その……有利な立場にいる人間が主導権を握ってる」

きっとサムは〝誘拐犯〟と言うつもりだったのだろう。そうしなかったのは、ガブリエラをこれ以上動揺させまいという配慮があったのかもしれない。

ガブリエラはすこしずつ息を吐きながら、肋骨のあたりを押さえた。かすかに顔をしかめた。

「待つのは嫌い」

サムはばつが悪そうだった。「あのふたりならうまくやるよ」

「そう？」ガブリエラは低声《こごえ》で訊きかえした。「ジョゼフは狂った男よ。何をしでかすか予想がつかない」

薄暗い部屋に沈黙の霧が満ちた。ひとりの子どもの安否確認を待つ、ふたりの見知らぬ者同士が生み出した沈黙だった。

「事件は正確にいつ起きた？」とサムが訊ねた。ボタンを留めていないスーツ、ネクタイなしのドレスシャツは糊が効き、石膏ボードさながらに滑らかである。

「ジョゼフがいつ娘を誘拐したかってこと？」ガブリエラはその言葉を恐れず使った。「土曜の朝。きのう」

永遠の昔。そんな言いまわしが思い浮かんだが、知り合って数時間の男性に向かって、その表現は使わないことにした。

「サラの齢《とし》は？」

ガブリエラは答えた。「六歳。まだ六歳よ」

「それはひどい」脂気のない面長の顔が嫌悪をあらわにした。三十代半ばにしては老けている。頬がたるんでいた。

ガブリエラは同情にたいする返礼代わりにうなずいた。ひと呼吸置いて、「日曜日は嫌い」

と言った。

「その気持ちはわかる」サムの目がまたもガブリエラを眺めまわした。ダニエルとふたり、ニューヨークの市街を追われている最中に買った新しいブラックジーンズ。サイズが合っていない。厚手で不似合いなネイビーブルーのスウェットシャツ。乱れ切った鳶色《とびいろ》の髪、泣いて化粧がくずれっぱなしの窶《やつ》れ顔。細い腰、豊満な胸にも視線が注がれたが、どうやらサムにはロマンティックな気持ちも下心もないらしい。彼の事情や好みはともかく、ガブリエラにも、いまの自分の外見はひどいという自覚があった。

立ちあがってアパートメントの隅へ行った。そこに値札を付けたままの黒いバックパックを置いていた。そのジッパーをあけ、より小さなジム用バッグを取り出すと、そこから毛糸玉と編み針と編みかけのものを出した。編み糸は深い緑と青……

歌の一節が聞こえてくる。

お気に入りの一曲。

目を赤くして、不安そうな物腰のまま、ガブリエラは居間の中央にもどり、擦り切れた紫のプラッシュを張った椅子にふたたび腰を据えた。編み糸をつかんでも、普段のようにリズミカルに心地よく、赤い編み針を動かせなかった。ティッシュを口もとに押し当てた。上質なリネンのように白いティッシュが赤く染まる。爪のマニキュアと同じような色合いだった。

編み針を動かして五段編んだ。何度か咳をすると、右胸の下あたりを押さえて目をつむった。血の味がした。銅のような、しょっぱくて苦い味。

心配そうに眉根を寄せて、サムが訊いた。「そんなに出血するなら、ＥＲに行ったほうがいいんじゃないか？　悪くなってる気がする」

ガブリエラは短く笑った。「それはいいアイディアじゃなさそう。きょうの午後に何があったか、ダニエルから聞いてない？」

「ああ、そうか。うっかりしてた」

「サラを取りもどすまでは我慢する。治療はそのあと。たぶん刑務所の診療所で」そう言うと皮肉っぽい笑みを浮かべてみせた。

ガブリエラはあらためて部屋を見まわした。三時間まえ、ダニエルとここに来たときにはうわの空で、気にも留めていなかった。くたびれた調度だらけで一時しのぎの印象がにじむばかりか、陰鬱な感じがする。重苦しい夕闇が迫るいまはなおさらだった。この雰囲気はきっと高い天井に狭い室内、淡い小花柄をあしらった灰色の壁紙のせいじゃないかしら。部屋の中央にある鉄製のコーヒーテーブルに目を向けると、尖った縁がまるでSF映画に出てくる武器を思わせる。

〝痛み……〟

そのテーブルに神経が逆撫でされた。けれども、この二日で何度となくそうしてきたように、ガブリエラはいま一度頭を整理した。あなたの目的。目的のことだけを考えて。

サラ。サラの救出が唯一の目的。それを忘れない、忘れない、忘れない。

ガブリエラは訊いた。「ダニエルとよく仕事をするの？」

「ダニエルと〈ザ・ノーウォーク・ファンド〉とは、かれこれ七年になるかな」

「あの俳優に似てるって、彼は何人の人に言われたかしら？」ガブリエラは金曜の夜のこと

——たった二日まえだなんて信じられる？——ダニエル・リアドンと初めて会ったときのことを思いだしていた。あの晩、あのあと。飛沫《しぶき》が散って濡れた彼の額、その下の青い目には穏やかさと激しさが同居していた。

「さんざんね」サムはまた光る禿頭をさすった。「おれはあんまり言われたことがないけど。あなた、あの俳優さんでしょ？　なんてね」彼は笑いだした。意外とユーモアのセンスがあったのだ、たぶん。

「あなたの会社の代表のアンドルー——ラストネームは何だったかしら？」

「ファラデー」

「魅力的な人ね。ああいう専門分野は初めて聞いた」

「うちみたいなことをやる会社は多くない。アンドルーは業界では有名人さ。世界を飛びまわってる。年間十万マイルは空の上だね。少なく見積もって」

ガブリエラは青と緑の糸でもう一段編んだ。カチッ、カチッ。

「それであなたの仕事は、サム？」

「裏方の人間さ。社内の作業主任」

「わたしと同じ」とガブリエラは言った。「オフィスを切りまわして……」そこで口ごもると苦々しく笑った。「切りまわしていたわ。こんなことになるまでは」溜息をついてまた口もとを押さえ、ティッシュに目をやると、悪い報らせは聞き飽きたとばかりに編み物をつづけた。それから皮肉っぽい表情をサムに向けた。「作業主任の業務には、ベビーシッターもふくまれる？」

サムは口を開き――不服の言葉が出かかったが――やがて頬をゆるめた。「そんなにあからさまだったかな?」

ガブリエラはつづけた。「あなたがここにいる意味はひとつしかない。それはわたしに彼らの邪魔をさせないことよ」

「ダニエルとアンドルーはきみの娘さんの解放を交渉しにいったんだ。きみが同行したら何をする?」

ガブリエラは肩をすくめた。「ジョゼフの目玉をえぐり出してやる」

「ダニエルはそれを見越してた。きみはここに残って正解だ」

「もしわたしが交渉に行こうとしたら、あなたはどうやって止めるつもりだった?」

「たぶん拝み倒すな」

ガブリエラは笑った。

「ジョゼフのことは知ってるかい?」とサムが訊いた。

乾いた大地に水が浸みこむように笑みが消えた。「彼は怪物、サディストよ」ガブリエラはCVS薬局のビニール袋を一瞥《いちべつ》した。白いビニールで濁っていても血痕が見えた。

サムもそれに気づいた。「話はダニエルから聞いた。信じられない。誰があんなことを」

ガブリエラはふと目を閉じ、額に皺を寄せた。「ジョゼフは大きくて怖い。ごろつき、悪党。でも何が厭《いや》って、不気味なのよ。たとえば髪型。やたらふさふさでブロンドのカーリーヘアに、グリースかなんかを塗りこんでる。気味が悪い。やたらにやけて。それに本人は意識してるか知らないけど、あの話し方。あなたもスピーカーフォンで聞いたでしょう? 人を馬鹿にするえてるかい？」

みたいな。軽薄で」

「誰かの声に似てなかった？　バットマンの映画の登場人物。ヒース・レジャーが演《や》った。憶えてるかい？」

「ええ、そう。そうね。ジョーカーそっくり」

なぜか両手に力がはいり、編んでいたものを引き裂きそうになった。その瞬間が過ぎると、ガブリエラは空気が抜けたようにうなだれ、肩をすぼめた。「ああ、悪夢よ――この週末は」口もとに浮かんだのは痛ましい笑みだった。「二日まえのわたしは、仕事に精を出す母親だった。ダニエルと出会って、そう、気が合ったの。そしたら？　娘が誘拐された。ダニエルとあなたのボスは撃たれかねない真似をして。わたしは警察に追われたあげく、きょうは……ひどいことをしてしまった。ああ、どうして……」

ガブリエラは顎で窓を指した。「それに、心配の種はどうやらジョゼフだけじゃない。あの〈オクトーバー・リスト〉？　なんであれがわたしのところに来たの？」

「なんとかなる」とサムは答えたものの、それが気休めなのはふたりともわかっていた。

ふとガブリエラが疑問をぶつけた。「なぜダニエルはわたしのためにここまでしてくれるのかしら？　ほかの人ならとっくに逃げだしてる」

「なぜって、事のなりゆきに興味を持ったのさ」

「どういうこと？」

「きみのことに」

「わたしのこと？」

サムは微笑した。「ダニエルはきみを気に入ってる。そう言ってた……きみには内緒だって言われたけどね」

ガブリエラはダニエルの短く刈りこんだ黒髪、角ばった顎、きらめく青い目を思い描いた。

〝あの俳優……〟

下腹部に興奮がさざ波のように広がっていく。唇を重ね、身体を寄せあった記憶。彼の匂い、彼の味。ふたりの濡れた額。「わたしも好きよ」

「つまりこういうことさ」革の足載せ台に座ったサムが身を乗り出した。「驚くことじゃない。ダニエルは見てくれが良くて金持ちで、いいやつだ。大勢の女たちがそれに気づいて、玉の輿《こし》だと思ってる。でも、女たちにはダニエルがどういう人間か、内面にまで気が回らない。だからうまくいかない。ダニエルが言ってたよ、きみと意気投合したのは、自分がボートや高級車を乗りまわす金持ちだと知られるまえだったって」

「たしかに、わたしたちの出会いは、史上最高にロマンティックだったわけじゃないわ」ガブリエラは油断なくサムを見つめた。「そうね、彼はわたしを気に入ってる。でもそれって、ニューハンプシャーのことがあったから。でしょう？」

「その話もしたのかい？」サムは驚いた様子だった。

「ええ、話してくれた。辛そうだったわ」

サムはうなずいた。「ああ、そうだな。あれで彼の人生観は一変した。だからこそ、きみを助けようとしたのかもしれない。過去に報いるつもりっていうか。あれはきつかったんだ。ほら、子どもたちが巻きこまれたりして」

「ダニエルはニューハンプシャーのことは、誰彼かまわず話したりしないんだ。それどころか、めったに打ち明けもしない」

「ええ」

ガブリエラは編み物に見入った。混ざりあった色。「でも、すごく危険よ、彼とアンドルーがやろうとしてることは。甘く見ているようだけど……」彼女はスウェットシャツから携帯を抜き、画面を見てポケットにもどした。

「どうした？」

「べつに」溜息。ガブリエラは立ってバーへ行き、赤ワインを注いだ。眉を上げてみせると、サムはうなずいた。彼の分もワインを注ぎ、ソファにもどってグラスを手渡した。ふたりはワインを口にした。もちろんグラスを打ち合わせたり、乾杯の声をあげたりはしない。いまはまだ。

ガブリエラは腰をおろしてワインを飲みだしたが、やがて口からグラスを離すと聞こえよがしに息を吐いた。

「大丈夫か？」とサムが訊ねた。

ガブリエラははっきり顔をしかめ、エイリアン風のコーヒーテーブルに置かれた新聞をじっと見つめた。はっと身を乗り出した。

「そうか」

「何が？」

顔を上げたガブリエラは、目を硬貨のように丸くしていた。「わかった」

サムが訝《いぶか》しげな顔を向けてきた。

「〈オクトーバー・リスト〉のことよ、サム」ガブリエラは〈ニューヨーク・タイムズ〉をサムのほうへ滑らせた。サムは前に出て新聞を取りあげた。ガブリエラは話をつづけた。「意味がわかった！　手がかりは最初からずっとそこにあったのよ。こっちがひとつにまとめなかっただけで」そして声を低めて、「まずいわ、サム。これから本当にまずいことが起きる」

しかし彼女がそれ以上言う間もなく、玄関のほうで物音がした。錠が開き、玄関ドアの蝶《ちよう》番《つがい》が軋むあの独特な、高音から低音に下がる音程がつづいた。澱んだ空気が動いた。

ガブリエラはさっと立ちあがった。サム・イーストンは片手にワイングラス、反対の手に新聞を持った恰好で玄関のほうを振り向いた。

「娘は無事なの？」とガブリエラは叫んだ。「お願い、教えて！　娘は無事なの？」

男がすばやく部屋にはいってきた。が、その人物は、娘を救出する作戦から帰還したダニエル・リアドンでも、アンドルー・ファラデーでもなかった。

ジョゼフは黒のジャケットに手袋をはめ、黄色のアビエーターグラスをしていた。輝くような金色の巻き毛は耳のなかほどまで掛かっていた。

手袋をした手には、不恰好な艶消しのサイレンサーを塡《は》めた拳銃が握られていた。

「やめて！」ガブリエラは息を呑み、サムを見た。

ジョゼフは室内にざっと視線を這わせると、ふたりのほうを向き、悪ふざけでもしそうなしぐさで銃を掲げた。

第35章　日曜日午後五時五十分　四十分まえ

倉庫は、金曜日に準備をして帰ったときのままだった。ごてごてと薄緑色に塗られ、じめついた煉瓦《れんが》の壁、あたりに立ちこめるクレンザーと油と殺虫剤と錆の匂い、冷たく照らす蛍光灯。その一本がお化けになって瞬《また》きだし、ジョゼフは座っていたテーブルから腰を上げると、部屋の隅にあったモップを手にした。風になびく髪の毛さながら、糸が斜めに固まっていたモップの柄の先で目障りな蛍光管を割った。取りはずそうにも、踏み台になりそうなものがなかったのだ。破片と埃も落ちてきた。ガラスの割れる音が気持ちいい。

この建物は、昨晩ジョゼフがちょっとした手術を施したタイムズ・スクウェアの西の倉庫と似ていた。ここソーホーでは、産業用の空間を個人の住居に転用する需要があった――経費はむろん天文学的数字になる。もっとも、この建物が改造されることはまずあり得ない。窓がないからだ。意識の高い弁護士やブローカーに転売するには不向きだった。が、ジョゼフの目的には適《かな》う。事実、床に飛び散った暗褐色のかすかな斑点を見分けることだってできる。数カ月まえには、それら変色した染みは鮮やかな赤だった。男はついにジョゼフが知りたかった情報を口にしたのである。

堅牢な煉瓦壁。悲鳴をしっかり吸収した。

椅子にもどりがてら、ジョゼフはパネルヒーターのところへ行ってスイッチを入れた。黴臭《かび》い空気が通気口から流れてきた。いくらか暖かい。それでも手袋ははめたまま――肌色で薄手の生地。でも、はめ心地がいいからじゃない。職業柄、致し方なく。昔はこんな手袋を夏の暑い時期にはめることがよくあった。

あらためて腰かけた椅子の背には、革のジャケットが掛けてある。ベースボールキャップを脱いで豊かな金髪の巻き毛を撫でまわすと、ジョゼフは携えてきた袋に手を伸ばし、ドン・ペリニヨンの特徴的な緑の箱を引き出した。つぎにポケットから二台の携帯電話を抜き出した。一台は自分のｉＰｈｏｎｅ、もう一台はシャンパンを取ってきたアパートメントから失敬したもの。自分の携帯はテーブルに置いた。もう一台の画面をスクロールし――手袋のせいでぎこちなく――電話番号とメールを調べた。

そのサムスンを下に置き、脚を伸ばしながら時刻を確かめた。待つのもそう長くない。いいことだ。気が昂《たか》ぶっていた。こういう場面ではいつもひりひりする。それはそうだ。気を緩めてはいけないときに、暢気《のんき》にかまえていた連中をずいぶん知っている。そんなやつらは死ぬか、あるいは悪いほうに、ずっと悪いほうに運命が転がっていった。

だが、アドレナリンの効果はその程度。

ジョゼフは倉庫の奥のドアに目をやり、内鍵のボルトが差してあるのを確認した。そのむこうは小さな物置で、ドアの下から暖かな黄色の光が洩れていた。『ドーラといっしょに大冒険』のＤＶＤの音も聞こえてくる。

〝ねえ、ブーツ！　あそこへ行こうよ！〟

ジョゼフはシャンパンがはいった箱をもう一度見た。側面が血痕で汚れていた。六つの斑点がモールス信号のSOSのように並ぶ。ドン・ペリニヨンの名前は知っていたが、飲んだことはない。そう思うと喉が渇いてきた。立ちあがると、寒さにこわばった足で倉庫の片隅にある食器棚まで行った。そこにスペシャル・ブルーのボトルをしまっておいたのだ。栓をひねると、中身の半分近くまで呷《あお》った。興奮と快感が襲ってきた。

ゆっくりだ、と自分に言い聞かせた。

しかし、残りも一気に飲み干していた。

袖で口を拭った。壜をテーブルに置いた。空き壜には身元につながるDNAが付着したので、当然持ち帰る。

大柄な身体を椅子にもどしたとたん、腰に痛みが走り、ジョゼフは顔をしかめた。ジャケットのポケットに手を伸ばし、九ミリ口径のグロックを取り出すとマガジンを抜き、先ほど撃った二発を装塡しなおした。ショックに凍りつく犠牲者の目を思いだした——呆然として怖がりもしない。発砲する直前というのは、いつでも興味津々だった。常軌を逸した人間の振舞いは千差万別である。ヒーローを気取る者、醜態をさらす者、感情をなくす者も。本が一冊書ける。

ジョゼフは銃をテーブルに置くと、ゲムテックのサイレンサーを出し、問題はないかチェックして銃口に装着した。そして銃をウエストバンドに挿《さ》した。

腕時計に目をやった。期限まであと二分。もし——

古いドアをノックする音が響きわたった。

きのう設置しておいた覗き穴を見た。ダニエル・リアドンと上品な感じのビジネスマン。ジヨゼフはピストルのグリップを軽く叩き、身体のどこにあるかを正確に記憶した。それからドアの掛け金をはずした。

第34章　日曜日午後四時　一時間五十分まえ

アパートメントの居間で、ダニエル・リアドンは来客を引きあわせた。「こちらはガブリエラ・マッケンジー」

「アンドルー・ファラデー」訪ねてきたふたりのうち年嵩のほうが言った。もうひとりの男は「サム・イーストン」と名乗った。

握手が交わされた。サムは陽灼けして髪が薄く、彫りの深い顔立ちにすばしこい目を持つ男だった。アパートメントの合い鍵をポケットに入れたアンドルーは、齢は六十代半ば。黒い部分も残る豊かな白髪をぴしっと横分けに撫でつけている。ビジネスマン風の髪型。政治家風。アンドルーはサムやダニエルより細身で、とくに筋骨隆々というわけではなかった。上背は五フィート九インチといったところ。だが、ガブリエラの受けた第一印象では、アンドルーが三人のなかでも貫禄があった。年の功とは関係なく。

生まれながらのボス……

ダニエルが言った。「さっき話した人たちだ。ぼくは彼らのクライアントでね。長年付きあってる」

ガブリエラとダニエルは、何十年も使用されてきた古いソファに腰をおろした。すると、ついさっきキッチンで、アパートメントから追い出そうと苦労した臭いがより強烈に立ちのぼってきた。

葬儀を思いだす。葬儀を……

ダニエルは赤ワインを注いでいった。ガブリエラに向かい、またボトルを掲げてみせた。彼女は断わった。アンドルーとサムはそれぞれグラスを手に取って口をつけた。

「ダニエルから事情は聞いています」とアンドルーが言った。その声は心地のいいバリトンだった。

ガブリエラは錯乱気味の声音で言った。「どうしていいかわからないの！　悪夢よ。あと二時間で期限なのに！　六時まで、今度は延長しないってジョゼフに言われたわ。それを過ぎたら……」息を吸い、大きく吐いた。

そんなふうにヒステリックにまくし立てられた男たちは困惑しきりで、どう慰めたものかもわからないといった様子だった。ようやくアンドルー・ファラデーが切り出した。「じつは、われわれにちょっとした考えがある」

サムは目顔でそれを認めていた。序列が二番手ないしは三番手、とガブリエラは即座に見抜いた。おそらく、信頼できて忠誠心が強いタイプ。

カウチで寄り添うダニエルの腿の温もりが伝わってきた。ふとダニエルがその長い指で腕をつかんできた。ガブリエラはまえにも気づいた力強さを感じた。

「ガブリエラと呼んでいいだろうか？」それはアンドルーからの問いかけだった。彼は許可を求める類の人間らしい。律儀で昔気質《かたぎ》。

を止めた。

「ええ、もちろん」ガブリエラはもつれた髪を直そうとした。やがて忙《せわ》しなく動かしていた手を止めた。

アンドルーがつづけた。「それでは、ガブリエラ、まずは事実を整理させてくれ。きみの娘さんを誘拐したこの男――たしかジョゼフ、という名前だったね？」

「ええ」

「ダニエルから聞いた話では、彼は書類を欲しがっている。〈オクトーバー・リスト〉？」

ガブリエラはうなずいた。

アンドルーはガブリエラの虚ろな目を覗きこんだ。「しかもダニエルの話だと、きみはその正体を知らない」

ガブリエラは肩をすくめた。「氏名と住所が載ってるわ。たぶん犯罪者たちの。わかっているのは、人殺しをしてでもそれが欲しい人たちがいること」

アンドルーが言った。「その〝オクトーバー〟という言葉が何を指すのか、見当はつかないのかね？」

ガブリエラが目をやると、ダニエルが引き取って答えた。「過去の十月に起きたこと、という可能性はある。会議かイベントか。あるいは」と暗い声で付けくわえた。「この先――来月に起きることとか。聞いた話では、相当ひどいことになる可能性もある。でもその一方で、単なる名前でしかないという説もある。社名か人名ってこともあるし。もしくは暗号か。十番――十カ月」

「あるいは」とガブリエラは言った。「綴り換え《アナグラム》じゃないかって、ダニエルは考えていた」

「〝オクトーバー October〟には興味深い言葉が隠されてる。〝再起動 reboot〟、〝起動 boot〟、〝核 core〟、〝盗む rob〟。だが脈絡がないし、結局わからないわ。でも、どう関わっているのかわからない」

「あと、ガンサーって男もリストを欲しがっているかもしれないわ」

アンドルーはうなずいて思案した。ソファに寄りかかり、人差し指一本を髪に通した。ガブリエラはいまさらながらに来客の服装を観察した。ふたりともスーツ姿——髪型のしゃれたアンドルーは濃紺で、禿頭のサムは黒。どちらも地味ながら、やたら高価な代物。シャツはそれぞれブルーと白。ネクタイはなし。靴はブルーノマリかフェラガモ。衣服も装身具も、ガブリエラのボスに言わせたら〝極上品《ブリモ》〟だった。

彼女は落ち着いた口調で言った。「届け出たほうがいいのはわかってる」

「届ける？」

「勇気があればそうしてる。警察、ＦＢＩに渡してる。きっと中身が何かもわかるだろうし。それが唯一まっとうな行ないだわ。でも、わたしにはできない。サラを救える取引き材料はあのリストしかないから」彼女は声を詰まらせた。「自分でも厭になるけど、リストはジョゼフに渡さないと。それしか方法はない」

ダニエルがきっぱりと言った。「騒動の原因はきみじゃない。チャールズ・プレスコットだ」

アンドルーが訊ねた。「チャールズ・プレスコット。きみのボスだね？」

「元ボス、いまは」とガブリエラはつぶやいた。大きく息を吸って噎《む》せた。「サラ」とつぶやいて短く目を閉じた。「あの子、どんな目に遭ってるかしら」

「きれいな名前だな」挨拶を交わして以来、サムが初めて言葉を発した。彼にはどことなく親しみをおぼえた――筋肉質で引き締まった身体つき、さりげない物腰に穏やかなまなざし。ガブリエラははっとした。そう、〝教授〟！　生前の、というより、葬儀場でシルクを敷いた柩《ひつぎ》に横たわっていた〝教授〟に似ている。もちろん、あのときもいまも、涙のレンズ越しに見ていたけれど。

アンドルーが言った。「たしかにきれいな名前だ。それで、ダニエルから聞いたんだが、ジョゼフはリストばかりか金も要求してきたとか？」

ガブリエラは目もとに指をあて、湿り気を拭い去った。「そうなの。彼がチャールズに払ったのと同じ額を」深く息を吸うと先をつづけた。「でも、わたしにそんなお金はない、五十万なんて。たとえ家を抵当に入れても。それは……」そこで口をつぐんだ。

ダニエルが励ますように、青い目をガブリエラに向けた。そして声を忍ばせ、「大丈夫だ、マック」と言った。その呼び方もやさしかった。膝と膝、腿と腿がふれあい、腕をつかむ指にふたたび力がこもった。その手が離れても脚は離れない。たくましい肉体の強さと温かさを感じた。

「つまりだ」アンドルーが思いを口にした。「ジョゼフはリストが欲しいし、金も欲しがってる」晴れやかなその顔が曖昧な表情に覆われていった。「しかし考えてみたら、大変なリスクを負うことになる。残りの人生を刑務所ですごすことになるかもしれないし、人質救出班に射殺されるかもしれない。それは欲張りですむ話じゃないってことだ」

「そう？」

ダニエルが代わって話した。「ジョゼフは必死だ。自信家に見えるかもしれない。でも怯えてる。誰かに借りでもあるんじゃないか。ほかにも返済を迫られてるか。かなりの額を。でかい借金を背負って——金を返すか、リストを渡すしかないんだろう」

「だったらやりやすい」とアンドルーが言った。

「やりやすい?」とガブリエラは訊きかえした。

ダニエルが説明した。「交渉は必死の相手とやるにかぎるんだ」

「彼は必死になってなかった」とガブリエラは陰気に言った。「わたしには相当自信があるように見えた」

「リストはあるのかね?」とアンドルー。

「手もとにはないわ。そのほうが安全だし。友人のフランクのアパートメントにある」

サムが訊いた。「それで、きみはフランクを信用してるのか?」

「ちょっと変わってるけど、ええ、彼は信頼できる……わたしから見たら」彼女はダニエルの視線を避けた。「でも、この先のことはどうかしら。いま〝交渉〟って言葉が出たけど。わたしはむこうの欲しがってるものを渡して、娘を取りもどせたらそれでいい」

しばらく間があって、アンドルーが言った。「でも、ガブリエラ、そう単純にはいかないんじゃないかな」

「なぜ?」

「サムと私がどんな仕事をしているか、ダニエルは話したかね?」

「いいえ」

「私は保険会社を経営してる。わが社はハイリスクの保険契約が得意でね。もし誰かがいわゆる紛争地域に——たとえば、リビアとかミャンマーみたいな不安定な国に——工場を建設するといったとき、われわれは主要な幹部と施設の保険を引き受ける。なかでも儲けの大きな契約のひとつが誘拐保険だ。ビジネスマンが外国で誘拐されたら、勤務先の企業や家族は警察に届け出たりする。しかし時に——警察には行けない、当局を入れるとかえって危険が増すという事情があったりして——クライアントがわれわれのような会社を頼って、人質解放と身代金支払いの交渉をまかせてくる。

ジョゼフを相手にやろうとしているのはそういうことでね。サラが間違いなく無傷で解放されることを条件に、むこうが望みのものを手に入れられるようにする」

「それを……あなたがやるの？」

アンドルーは微笑した。「いつもやってることだからね。それに、奇妙に聞こえるかもしれないが、これはほかの取引きといっしょだ。誘拐であれ、銀行ローンであれ、企業買収であれ、合弁事業であれ、取引きを成立させるという点ではさしたる違いはない。すべてを先に渡してはだめだ。仮にきみが要望どおりのものをすぐ渡してしまったら、ジョゼフには動機がなくなる……生かしておく動機が」

「〈オクトーバー・リスト〉はあるけど、お金がないの」

「おっと、金ならあるんだ、マック」とダニエルが言った。

ガブリエラは眉をひそめた。

アンドルーが説明した。「ダニエルが身代金を提供して、われわれの料金も払ってくれる」

「えっ?」ガブリエラは顔をめぐらした。

ダニエルはうなずいた。

「あなたからは受け取れない」

ダニエルは神妙な面持ちで言った。「そんなことを言ってる場合じゃない。この段階で。選択肢は残ってないんだ。きみのボスの隠し金が見つかる見込みもない」

「でも……」ガブリエラは言いかけて口を閉じた。そして、ダニエルの首に顔を埋めてすすり泣いた。ダニエルは抱きしめた。ガブリエラがたじろぎ、息を喘がせても離そうとはしなかった。それどころか、もっときつく抱き寄せた。ガブリエラの髪に顔を押しつけて息を吸いこんだ。

アンドルーが居心地悪そうにしながら時計を見た。「四時四十五分。あと一時間十五分。リストと金を手渡す算段はついてるのかね?」

「お金が用意できたら、わたしから連絡することになってる」

「よし。では、こうしてもらいたい。きみは彼に電話をして、そちらの要求どおりすべてを用意したと言う。でも、彼に会いにいくのはきみじゃない。きみには手を貸してくれる友人がいる」

「きのう顔を合わせた男だと言えばいい」とダニエルが言った。「そうすれば警察とは思わないだろう。ぼくの名前を出せ。むこうで身元を調べれば脅威じゃないとわかる」

ガブリエラは譲らなかった。「だめ。誘拐されたのはわたしの娘よ。わたしがやる」

「アンドルーとぼくで行く。アンドルーはこれが仕事だから。ぼくはジョゼフに正体を知られ、しかもきみとつながりがあることも知られているから」

「危険すぎるわ。こんなこと頼めない！」

アンドルーが穏やかな口調で言った。「思うほど危険じゃないんだ。こちらには材料がそろってる。ジョゼフが必死で探してるリストはきみの手もとにあるし、金はわれわれで用意できる」

ダニエルが付け足した。「それからあれも」彼の視線が、部屋の片隅に置かれたＣＶＳ薬局の袋に飛んだ。小さくても無視することはできない。中身の黒い染みは一目瞭然だった。「ジョゼフにつながる証拠だ。それは本人も知ってる」

アンドルーがつづけた。「ああ、そうだ、それも有利な材料だ。多くはないが充分だろう。で、われわれはジョゼフと六時に会う。金については……要求額の一部を渡して誠意を見せる。リストも一部分だけ——こちらの手にあることを示す。そしてお嬢さんに会わせろと迫る。ビデオや録音じゃなく。対面させろと」そこで満面の笑み。「そのうえで明日、どこか公共の場で交換することに応じる——〈オクトーバー・リスト〉の完全版、身代金の残額、それに証拠品と」彼は掌を上に掲げた。「お嬢さんを」

ガブリエラはゆっくりうなずいた。

ダニエルは言った。「きみの友だちのフランクに電話をして、リストにある名前を何人か教えてもらえるか？　それとも、載っていた名前はいくつか憶えてる？」

「憶えてるわ。住所まではあれだけど、住んでる街の名前なら」ガブリエラがその情報を紙片に書き出して渡すと、ダニエルはそれに目を通してからポケットに入れた。

アンドルーが言った。「それでいい。ジョゼフは名前を調べて、実在のものかどうかを確認するだろう……それで、金のことだが。今夜一部をジョゼフに払う。要求額の半分でおそらく充分だ。それだけ払えば協力する姿勢を示せる」

ダニエルが言った。「二十五万ドルなら簡単に集まる」

ある種の人たちには簡単ね、とガブリエラは思った。

「さて、われらが友人のジョゼフに電話をする準備はできたかね?」とアンドルーが訊ねた。

ガブリエラはしばし携帯電話を見つめた。ダニエルが身を寄せてきた。「きみならできるよ、マック」

ガブリエラはダニエルを見て息を吐き、番号を見つけてダイアルした。

「スピーカーフォンにして」とアンドルーが指示を出した。

ガブリエラはボタンを押した。

まもなく回線のむこうから、ジョゼフの不気味な声が聞こえてきた。「ガブリエラ! これはこれは! 心配してたんだ。期限が迫ってる、刻一刻とね。期限を守れないとどうなるかは忘れてないよな。このところ、がらくた集めに精を出していたんだろう? ゴミ容器の裏に宝物は見つかった?」

「悪趣味の極みだったわ」とガブリエラは言い放った。

「おっと、顔突き合わせて知恵をしぼったら、もっと気色悪いやつが出てきたと思わないか? それにしても、あれはおいしかったろう?」また例の不気味な忍び笑い。

ガブリエラの顎がふるえていた。「娘はどうしてる?」

「まあ、正直言って、少々取り乱してる。『ママはどこ？　どうしてママは電話をくれないの？』って。もし慰めになるとしたら、パパのティムよりあんたに会いたがってるよ。そんなにひどい亭主だったのか？」

「うるさい！　質問に答えて！　サラはどうしてるの？」

「元気だ」

「元気なわけがないし、あなたのせいで、もう元にはもどらない」

ジョゼフが横柄な口調で言った。「人はどんなトラウマも乗り越えるし、ぼろぼろに擦り切れたりはしない。おれがいい見本だ」

「あなたを心底憎むわ」

「残念だな」ジョゼフはあの一本調子の声色で言った。「おれのことを知ったら、きっとちがう印象を持つはずさ。ところで、スピーカーフォンになってるのはわかってる。きっと、お友だちのミスター・リアドンか誰かといっしょなんだろう。警察じゃない。きょうの午後の騒ぎがあって、警察署に出入りするはずはないからな。少なくとも、自分からは出向かない。いやしかし、あんたもすっかり名を挙げたな、ガブリエラ。あれはひどい……あんたがうちのオフィスマネジャーじゃなくてよかった。それで、きみのアバターは誰なんだ？」ジョゼフは自分の言葉に笑った。「ミスター・リアドンか？」

ダニエルが身を乗り出した。「そうだ」

「別名J・P・モーガン。やっぱり、あんたはカウボーイじゃない。やり手のベンチャー投資家だ。素性は調べたよ。〈ザ・ノーウォーク・ファンド〉。社名に冠詞を付けるとは仰々しいが、なかなか立派な会社だ。資産が二十億？　おれに年金口座があったら運用をまかせるんだが。しかも、持続しないエネルギー開発には投資を避けてるんだろう？　さすがだよ。おれの予習ぶりに驚いてくれたか？」

「べつに」

ジョゼフが訊いた。「それでJ・P、われらがガブリエラの代理人はあんたか？」

「そうだ」

「じゃあ、あと一時間ほどでブツを運んでくるのはあんたの役目ってわけか。リストはそっちにあると言ったな。現ナマのほうはどうなんだ？」

ダニエルは一部支払いと、〈オクトーバー・リスト〉に記載された氏名をいくつか出し、それが実在するかどうかを確認できた後に、公共の場で交換を完了しようという提案を持ちかけた。

ジョゼフは間を置いて言った。「ガブリエラと取引きするほうがいいな。ちょっと考えさせてくれ……やっぱり結論はノーに落ち着きそうだ」と楽しげに返事をした。

口を開こうとしたガブリエラに、アンドルーが静かに合図を送って制した。ダニエルが訊いた。「そっちの対案は？」

「いますぐ全額。五十万」

「無理よ！」ガブリエラは口走った。

「無理と言われてどう思うか、可愛いサラに訊いてみようか？　きょうの午後、おれが何をしてたと思う？　バラの手入れさ。パチン、パチンとね。ほら、根の近くまで切ると育ちが良くなるだろう？　想像してみろよ。それが――」

「やめて！」ガブリエラは怯えた目をダニエルに向けた。ダニエルはうなずいた。わずかに身を乗り出し、スピーカーに向かって話しはじめた。「わかった。今夜、全額支払う。五十万。だが〈オクトーバー・リスト〉の名前は三人だけだ。サラには直接会わせてもらう」

「いいだろう……ただ、先に質問させてもらおうか。さあ、ガブリエラ、正直に話してくれないか、リストのことだ。あんたのその柔《やわ》な手のなかにあるのか？」

部屋に集まる四人はたがいに顔を見合わせた。ガブリエラは言った。「リストはある。安全な場所に」

「ほんとに？　そうだといいが。なぜってここだけの話、おれは騙す相手としたら相当性質《たち》が悪いんでね。とにかくおれを担ごうとしたり、隠し立てでもしようもんならただじゃすまないぞ。娘を殺すなんて脅す気はない、そんなことをしたって何の得にもならないからな。でも、おれをコケにしてみろ、娘は地下の養子縁組組織に沈めてやる。もう二度と会えないように」

「やめて！」とガブリエラは叫んだ。

ジョゼフはつづけた。「しかも、それだけじゃないぞ、ミズ・ガブリエラ。言わせてもらえりゃ、あんたはなかなか魅力的だ――すまないな、J・P・モーガン。やきもちを焼くなよ。彼女は美人だろう？　異論はないはずだ」

ダニエルは顎を固く引き緊めた。

ジョゼフはまた例の忍び笑いを洩らした。「こっちの望みどおりに事が運ばない場合、おれはあんたを見つけて、ふたりで充実した時間をすごすことを約束する。市外に家があるんだ。

人里離れた、うら寂しい場所にね。というわけでガブリエラ、どんな危険が待ちかまえているかわかっただろう?」

ガブリエラは必死でうなずいたが、声に出さなければ返事も伝わらないことに気づいた。

「あなたを騙したりなんかしない! あなたの望みどおりにするって約束する!」

「いいだろう。さて、J・P・モーガン、場所はソーホー……エリザベス・ストリート、プリンスから北へ二軒めの建物。通りの東側。倉庫だ」ジョゼフは住所を告げた。

「六時にそっちへ行く。仲間とふたりで」

「誰だ?」

「保険屋だ」

「ああ、なるほど。だが下手に英雄ぶると、結末はいま話したとおりだ。サラはウェストヴァージニアのトレーラーで、生まれ変わったママとパパと暮らすことになり、ガブリエラとおれのデートがはじまる」

ダニエルは意志を総動員して声を抑えているようだった。「了解だ」

電話を切る音が銃声のように響いた。

ガブリエラはカウチに沈みこんだ。もう涙も出ないという感じだった。

アンドルーが立ちあがった。「よし。金を取りにいこうか、ダニエル。時間があまりない。サム、きみはガブリエラと残ってくれ」

サム・イーストンはうなずいた。「いいとも」

ダニエルはガブリエラを見て肩を抱き寄せた。そしてささやいた。「うまくいくさ、マック。

約束する」
こうしてふたりの男は出ていき、ドアが独特なふたつの音を鳴らして閉じた。

第33章　日曜日午後三時三十分　三十分まえ

ナレシュ・スラニ刑事およびブラッド・ケプラー刑事は、ニューヨーク市警本部のまた別の会議室に陣取っていた。三日で三度めの引っ越し。政府。くそったれ。三度めにして最悪。そこからの眺めといえば、市庁舎のでこぼこした壁に銀行の滑らかな壁、鳩、わずかな空、鳩の糞。まえの部屋のファイルキャビネット裏で何が腐っていたかは知らないが、ここにある化学兵器の比ではなかった。

ケプラーは相棒に向かって重い口を開いた。「連中の準備は？」

スラニは電話を切った。「できてるっぽいな」

現況を考えると、軽薄かつ場違いな言いぐさだ。いいか、いまここで人の命が危険にさらされているんだぞ。

そんなケプラーの苛立ちが表に出ていたのかもしれない。スラニは察しをつけたように、しかつめらしく言い添えた。「集結して待機中だ。最後にそう聞いた。多忙につき、おれたちと話す暇はないって雰囲気だった」

スラニが話題にしていたのはニューヨーク市警の戦術チーム、すなわち緊急出動部隊《ESU》の野郎《ボーイズ》どものことである——野郎どもと言いながら、女性《ガールズ》もひとり、ふたりいるかもしれない。

全員が最新鋭の武器、マシンガン、ヘルメット、防護服《ノーメックス》、長靴で身を固めている。容疑者を急襲し、その身柄を確保するために。

「多忙につき話す暇がない？」ケプラーは嗄《しゃが》れ声でくりかえした。「〈FCPオプ〉はやつらの発案じゃないぞ」

この数時間のうちに、作戦名は正式名称の〈チャールズ・プレスコット作戦《オプ》〉から〈CPオプ〉に短縮されていた。

その後、事件を取り巻く混乱のせいで、アルファベットの六番めの文字からはじまるお決まりの修飾語が頭に付けられた。警官がやりがちなことだ。

〝〈FCPオプ〉……〟

ケプラーはつづけた。「これはおれたちの事件だ。おれたちが全部に関わるべきだろう、いわば……いわば……」声が尻すぼみに消えた。

「うまい譬《たと》えを思いつかないのか？」とスラニが助け舟を出した。

ケプラーは目を剝いてみせた。「連中はガブリエラの居場所をつかんでるのか？」

「もちろん、もちろん。心配するな。ちゃんと追跡してる」

待てよ、とケプラーは頭をひねった。糞に群がる甲虫《こうちゅう》みたいに、ビア樽に群がる男子学生みたいに、女子学生に群がる男子学生……

でも、もう遅い。

「監視班にもう一度連絡しろ。信号《シグナル》が来てるか確認だ」

スラニは溜息をついた。それでも言われたとおりにした。短いやりとりの後、電話を切ってケプラーに向きなおった。「ああ、彼女のシグナルはしっかり受けてる。そそり立つほどのシグナルをな。しっかり硬くなったやつだ。そう言えばいいのか、それとも、おれの仲間に勃起の話はさせないようにするか？」

ケプラーはそれを受け流した。「正確な場所は？　正確につかんでるのか？」

「ああ、はっきりつかんでる。その場所に、さっきも言ったとおり、ＥＳＵが展開中だ。われわれが命令をくだしたら、即座に確保へ動く手はずになってる」

が、当然ながら、命令をくだすのは〝われわれ〟ではなく〝彼〟、バークリー警部なのだ。

ケプラーはぼやいた。「写真を見られたらいいんだが。現場に出たい。やつら、カメラを持ってるはずだ、ＥＳＵは。絵を送ってきたってよさそうなもんだろう」

「彼女の追跡は大変だった――」

「わかりきったことを言うな」

「――そもそも彼女の追跡がな。高画質のビデオなんか手にはいるわけないだろう、キリストじゃあるまいし。おっと、いいのか、おれみたいな人種が――」

「たくさんだ」ケプラーは薄汚れた窓を見た。散らかった室内、胆汁っぽい緑の塗装、匂い。また食べ物の匂いだった。だが、さっきとはちがって空腹は感じない。

うつむいたスラニが埃を払った茶色のスーツの上着は、ケプラーが見るかぎり、やはりスラニの灰色の肌にはそぐわなかった。ケプラー自身の肌は苦労して手に入れた小麦色だが、着ているスーツは相棒のものとは異なり、皺だらけで――しかもいま気づいたのだが――袖には恥ずかしい染みがついていた。ミッキーマウスの耳の形をした染みが。

どうにも座り心地の悪い、オレンジ色のグラスファイバー製の椅子に浅く腰かけると、ケプラーは考えに耽《ふけ》った。結局こんなふうに終わるのか。おれは死者が出るかもしれず、誰ひとり実態を把握していない作戦にどっぷり浸かっている。作戦が失敗すれば、上層部は生贄を求める。スラニ刑事とケプラー刑事の出番だぞ。

もちろん作戦が失敗する流れはいくらでも考えられるが、つまるところ、やたらに心配する必要はない。ひとつ下手を打っただけで、すべてがおじゃんになるからだ。そして、それはたいていい予想もしないことがきっかけになる。

ポール・バークリー警部が部屋にはいってきても、ふたりの刑事があわてて姿勢を正すことはなかった——ニューヨーク市警の刑事はめったなことでは動じない。とはいえ、ケプラーは隣りの椅子から足をどけ、スラニは音をたてて飲んでいたコーヒーのカップを下ろした。それなりの生活を送って事件を追いかける刑事たちにしてみれば、それが精いっぱいの敬意の表し方だった。

きょうは〈FCPオプ〉の渦中にあるだけに、なおさらである。

「あいつの居場所はわかったのか？」

スラニが言った。「はい。こちらの尻尾はつかまれていません。ESUは配置についています。リスク度を評価中です」

警部は鼻で笑った。「〝リスク度〟？　出来の悪い刑事映画は忘れろ——まるで銀行屋が口にしそうなセリフじゃないか。で、最新のやつは見たか？」バークリーはそう吐き棄てると、コンピュータに向かってログインした。「おれは十分まえに見た。やれやれだ」

この親父、なんの話をしてる？ ケプラーはボスに楯突くようなことはめったになく、いまもそうで口こそ閉じていたが、小麦色の額にはVの字の皺がくっきり寄っていた。

見せられるのは公式文書か報告書、あるいは監視カメラのビデオ映像だろうと思っていると、コンピュータの画面に表示されたのは更新されたばかりの〈ニューヨーク・ポスト〉のオンライン版だった。ケプラーは続報記事を読みながら息を洩らした。最初の見出しには〈負傷〉の文字があった。今度の記事には〈死す〉という動詞が躍っている。

どちらの記事にも〈配送トラックの下敷きとなり〉の一文が挟まれていた。

スラニが言った。「やられた」

「もう我慢ならない。早くやろう。いますぐ容疑者どもを留置所にぶちこんでやりたい。さっさと動かないと血の海を見るぞ」

「すでに血の海だ」スラニは死体の写真を見つめながらつぶやいた。

バークリーが、腹立たしげにコンピュータの画面に手をやるとこぼした。「記事を見ろ。まったく、携帯のカメラだ。近ごろはあれが厄介だ。どこにでも湧いて出る。サムスンやらｉＰｈｏｎｅやらを手にした馬鹿どもが、通報で駆けつける警官より先に現場にいる。くそっ。犯行現場が映ってるだろう？」

「ええ、でも、たいしたことはありません」

三人は画面に見入った。高画質の映像は、血がやけに鮮明だった。

「で、ガブリエラはあの男といっしょか？」

スラニが答えた。「はい」

「あの女には」バークリー警部は妙な抑揚をつけて言った。「たっぷりと埋め合わせしてもらおうか」その言葉に卑猥な感じはなく、やたら不吉な気配をまとっていた。警部は考えこんだ。少なくとも、考えこむように小首をかしげて窓外に目をやった。

銀行、市庁舎、鳩の糞。

「よし、決めたぞ。ESUを突入させる。ただちに」

「それをやったら、すべてぶち壊しですよ」とケプラーが言った。「ここは待って、プレイヤーは誰か、リスクは何かを見きわめるべきでしょう。どんな――」

「ESUを突入させろ、いいから」バークリーは同じ言葉を反復するのに馴れていないとばかりに怒鳴った。実際、それが警部の本心だとケプラーは気づいていた。「これ以上待つつもりはない。この二日であいつが何をやったにしても、結局はこんなふうに」――トラックの衝突事故の記事を顎で示して――「大勢の人間がひどい目に遭う」

つまり警部本人が、われわれが、街が。

とくにガブリエラが、と言いたいケプラーだったが思いとどまった。

スラニは電話をつかみあげた。前屈みになり、緊迫した声で言った。「スラニだ。そっちのチームにゴーサインだ。すぐに――」灰褐色の顔がこわばった。「え？　えっ？」

ケプラーとバークリーの視線が集まった。バークリーは本心を読み取りづらいタイプだが、いまは間違いなくケプラーと同じ動揺を感じている。

「ええっ？」

くりかえし怒りがこみあげてくる。もういっぺん同じ言葉が口をついて出たら、ケプラーは相棒の襟首をつかんで電話を奪い取る気でいた。

だが、スラニのつぎの言葉は、「そんな、くそ」だった。

ケプラーは目を見開き、掌を上にしてみせた。その意味は――もっと具体的に話しやがれ。

スラニは大きくうなずいていた。「わかった、電話を代わろう」

「えっ?」バークリーは、自分が部下の台詞をおうむ返しにしたことに気づいていないらしい。

スラニは言った。「ESUの現場指揮官が、警部とつないだほうがいい相手がいるとのことで」

「誰だ?」

「清掃局の運転手です」

バークリーはこの日いちばんの怪訝な表情を浮かべた。「ゴミ収集の男が本作戦と、いったい何の関係があるんだ?」

「どうぞ」スラニは、まるで暴発しかねない弾薬箱をあつかうような手つきで電話を差し出した。

警部はスラニの手から電話を引ったくって運転手と話した。電話を切ると椅子の背にもたれ、やおら言った。「問題が起きた」

第32章　日曜日午後三時十五分　十五分まえ

「どうなったかしら、あの人」ガブリエラは涙を拭きながらつぶやいた。「なんて……なんて言えばいいのか」

ダニエルは待ちの状態にもどり、無言で観察していた。どんよりした午後のミッドタウン・イーストの通りに視線を走らせた。「問題なさそうだ。行くぞ」

ふたりはまた一ブロック歩いた。

「ほら、そこだ、マック。なかにはいろう」ダニエルが指さしていたのは東五一丁目の袋小路にある、焦げ茶色の狭いアパートメントだった。四階建てで、多くの窓には半眼にした人の目を思わせる庇《ひさし》が架かっていた。

「あそこなら安全だ」

ガブリエラは冷たい声で笑った。安全。ええ、そうね。

ダニエルは返事の代わりに彼女の手を握った。

建物に近づきながら、ガブリエラは闇と窓と扉に注意を払った。警察の姿はなかった。その他の脅威も見当たらなかった。ダニエルに導かれて足を踏み入れたロビーは、濃淡をつけた青を塗った壁に艶消しシルバーの照明が灯されていた。優雅とはいわないまでも、趣味の良い内装である。郵便受けに近い壁には、バレリーナを描いたらしいピカソもどきの絵が掲げられている。階段を二階まで昇ると、二戸分のドアが並んでいた。

ダニエルは前庭に面した左側のドアのほうへガブリエラを案内した。

錠が音をたて、蝶番が軋む。音楽の調べを思わせる滑稽な物音だった。〈星条旗〉の出だしのふたつの音符。

〝おお、見えるだろうか……〟

暗い室内にはいると、ダニエルはドアを閉じて二重に施錠し、頭上の明かりを点けた。

ガブリエラはジム用のバッグを入れた新しいバックパックを、年季がはいった居間のコーヒーテーブルに下ろした。ダニエルもその横に荷物を置き、食卓の頑丈な椅子に腰を据えるとiPadでオンラインに接続した。ガブリエラは窓辺に寄り、庭と袋小路に目を光らせた。

部屋の臭気が気になった。葬儀場を想起させる、古びた化学薬品のような臭いだが、きっと遺体の防腐剤ではなく普通の洗剤のものだろう。六年二カ月まえのそんな臭いがよみがえって、ガブリエラは胃が締めつけられ、痛みも激しく怒りが沸き立つのを意識した。〝教授〟の姿が脳裡に浮かんだ。

そこでガブリエラは呪文《マントラ》を唱えた。

〝サラ〟

あなたの目的。あなたの目的に集中して。

〝サラ〟

ふとした臭いで辛い記憶が呼び覚まされただけ、とガブリエラは自分に言って聞かせた。でも振り払うことができない。キッチンへ行き、あけた冷蔵庫はほとんど空――コーヒー豆の容器、バター、萎《しな》びて固くなったレモン。野菜室にはタマネギ。食べごろはとうに過ぎているが腐ってはいない。緑の芽が伸びて気味が悪い。ジョゼフの脂ぎってぼさぼさの頭を思いだした。包丁があった。刃が鈍っていたが、切るときに力を入れれば野菜のスライスぐらいはできる。タマネギを輪切りにすると、戸棚に見つけた食用油を埃のかぶったフライパンに、表面を拭きもせず注いだ。コンロを強火にして輪切りと新芽を入れ、木の杓子でざっと8の字を描くようにしながら炒めていった。

甘い香りが立ちのぼって、動揺を誘う例の臭気がやわらいだ。過去の死にまつわる思いが薄れていった。

ダニエル・リアドンがキッチンの入口まで歩いてきた。ガブリエラは注がれる視線を痛いほど感じた。一瞬、ダニエルのハンサムな顔を見て気持ちが揺れた。金曜の夜、二日まえのこと。一年まえにも、永遠の昔にも思える。

「腹が空いた?」

「たぶん。でも、何か食べたいってわけじゃない。ちょっと空気を入れ換えようと思って」

「タマネギで?」笑い声。ダニエルは素敵な笑い方をする――あのそっくりな俳優と同じく。

しゃべりだしたガブリエラの声はふるえていた。「サラといっしょのときは毎晩、ふたりで料理をするの。そう、ほんとは毎晩じゃないけど。でも、だいたい。あの子は炒めるのが好き。炒めるのが得意なの。ときどき冗談を言いあって……」不意に黙りこむと深く息を吸い、ダニエルから目をそらした。

そして胸に手をあててふらついた。歩み寄ったダニエルがティッシュを取り、彼女の口もとからゆっくり血を拭った。それから身体に腕をまわした。背骨に沿って降りていく手が、厚手のスウェットシャツの上からブラのストラップを探って通り越し、腰のあたりで落ち着いた。抱き寄せられたガブリエラは身を固くして喘いだ。ダニエルは彼女の顔をのけぞらせ、血が残っていた唇をきつく吸った。ガブリエラが呻いて顔をしかめると、ダニエルは身体を離した。

「すまない」とささやきかけた。

「いいの」

ダニエルはまた顔を押しつけてガブリエラを引き寄せた。やがて、仕方なくといったふうに身を退《ひ》いた。ガブリエラはコンロのガスを止め、ふたりは居間にもどった。

ガブリエラは室内を見まわした。そこは金持ちが隠退して暮らし向きを縮小したような、優雅さが色褪せて不毛な感じのする部屋だった。十年、十五年まえには最高級だったブランド品の家具は表面がへこんでいたり、傷みが目立った。クッションはさんざん尻に敷かれ、絨毯《じゅうたん》も革のハイヒールに踏みこまれて擦り切れていた。

はっきり、みすぼらしい。

でも静かだった。しかも世間の目がない。

〝安全……〟

装飾はというと、おおむね海にまつわるものだった。荒波に翻弄される船の絵や船旅の記念品、ランタン、漁具など。

ガブリエラは壁際の木製ラックに並ぶ、ロープの結び目の数々に見入った。「あなたが?」

「そうさ。自分で結んだ。趣味なんだ」ダニエルが目をやった水夫結びの見本は二ダースにもおよんだ。「それぞれ名前がある」

別の壁は一面、写真に割かれていた。ダニエルはガブリエラの視線が向かう先に気づいた。

「きみにはかなわない」

「エドワード・ウェストンにイモジーン・カニンガム、スティーグリッツがある」

「ただの複製だ、オリジナルじゃない」

「でもさすが。見事だわ。とくに選び方がいい。ウェストンは写真家の草分けだし。カニンガムもそうだけど、でも彼女にはもっと激しさが必要だった気がする」

「そうだ、あれは——お嬢さんが喜ぶだろう」もう一方の壁に、骨董品の乗馬用の鞭と拍車が飾られていた。

消せないサラの像が頭に浮かんでくる。

〝サラ……〟

ダニエルが真面目な話を切り出そうとしている気がした。ガブリエラの勘は当たった。

「マック、ぼくらの力になってくれそうな連中がいる」ダニエルはｉＰａｄに顎をしゃくった。彼はそれでｅメールのやりとりをしているらしい。

「力になってくれるって？」

「いい連中だ。ぼくらにはそれが必要だ」

「そんなこと、頼めない」

「頼んだのはきみじゃない」ダニエルは微笑した。「それに、ぼくはきみに大きな借りがある。

プリンストン式を選んでくれたのはきみだ。きみがあの場にいなかったら、どうなっていたか。たぶん悪夢だったと思う」

「自分で解決できたはずよ」

「いや。おかげで命拾いした」

ガブリエラは遠慮がちに頬笑んだ。「誰なの、その人たち？」

「長年の仕事仲間でね。ふたりとも切れ者だ。ぼくらには頭の切れるやつが必要だ」ダニエルはガブリエラの揺れる瞳を見つめた。「お嬢さんは無事だ、マック。約束する。サラは心配ない」

それを聞いたガブリエラは思った――〝約束する〟。なんておかしな動詞だろう。信用できない、すべきじゃない言葉。

〝信用〟という言葉自体もそう。

そんなにひねくれないで、とガブリエラは自分に向かってつぶやいた。

でも、それが難題だった。ガブリエラは根っからひねくれていた。〝教授〟のせいで、それが身についた。

彼女は心の目で、動くことがない〝教授〟の顔を見ていた。サテンに包まれた蠟《ろう》のような顔。あれから忌み嫌うようになった布地。

「彼らはもうすぐここに来る」ダニエルは目を凝らし、ガブリエラのことを見つめた。「何を考えてる？　大事なことか。わかるんだ」

小さな声で、「いいえ」

「考えてないってことか、それとも話す気がないのか。考えてないなんてはずはないから、答えは後者か。それはないだろう」

ガブリエラは愚かしく聞こえないように言葉を紡《つむ》ごうとした。簡単ではなかった。「悪いことが起きると、知らん顔する人ばかり。みんな心配なのよ、面倒なことにならないか、厭な目に遭うんじゃないかって。でも、あなたはジョゼフに好き勝手させまいとしてる、それもわたしのために、知り合って二日しか経ってない人間のために」

ダニエル・リアドンは顔を赧《あか》らめたりはしない、とガブリエラは思っていた。だが、ダニエルは彼女の言葉にはにかんでいた。「まいったな」彼は室内を眺め、バーに目を留めた。「一杯飲《や》らないと。きみは？　ワイン？　もっと強いもの？」

「いらない……いまは」

ダニエルはカベルネの栓をあけ、深紅の液体をグラスに注ぐと、ガブリエラの甘ったるい感謝の思いを振り払うようにたっぷり喉に流しこんだ。さらにもうひと口。「さて。つぎの手を考えないと。アンドルーとサムがもうすぐ来る。まずは厄介男に電話をかけるべきだろう。在宅を確認するんだ」

〝厄介男……〟

その呼び名に、ガブリエラは表情をくずした。携帯電話の連絡先をスクロールしていき、フランク・ウォルシュの名前を見つけて電話をかけた。「出ない」そこでメールを送った。「でも、リストは無事よ。無事じゃない理由はないから」

ダニエルは顔色ひとつ変えなかった。しかし、当然考えをめぐらしているはずだ——あのリストがなければ、きみの娘は死ぬ。娘を殺そうとするあのジョゼフという野郎は、いずれきみのこともつけ狙う。

そして言うまでもなく、ジョゼフはダニエルのことも捜しはじめる。

そのとき携帯電話が鳴って、ガブリエラは画面に目をやった。メールの本文が表示されていた。ガブリエラはふっと笑った。「フランクから。今夜は出かけないって。問題なしね」

「心配事がひとつ減った。でも、ミスター・フランク・〝厄介男〟・ウォルシュが、きみの短縮ダイアルリストにはいっているとは複雑な心境だ。その地位を剝奪してやりたいね」

「あなたを二番めに格上げしてもいいけど」

「二番め止まり?」

「一番めは母だから」

「だったらしょうがない」

ダニエルは音響機器を収納する、前面がガラス張りで背の高いマホガニー製ラックに歩み寄った。ガブリエラの見立てでは一九七五年前後に製造されたものだが、中身のコンポーネントはそれより新しい。彼はローカル局のラジオを流した。趣味の悪い音楽と、もっと悪趣味なコマーシャルが五分ほど流れたあとでニュースの時間になった。ガブリエラはすっと機器のほうに近づき、ラジオを消した。

レシーバーを睨みつけるガブリエラに、ダニエルが視線を向けてきた。「聞きたくない。きょう何があったかなんて——そんなの! ニュースになってるに決まってるわ。どうせわたしのことが流れてる!」その声がまた荒《すさ》んでいた。

「わかった、わかったから……」

インターコムのブザーの音に、ガブリエラはぎょっとした。それが警報のように騒がしく聞こえた。「ダニエル?」スピーカーに金属的な声がひびいた。「アンドルーだ」

ダニエルは解錠ボタンを押すと、ガブリエラを安心させるようにうなずいた。「騎兵隊の到着だ」

第31章　日曜日午後二時十五分　一時間まえ

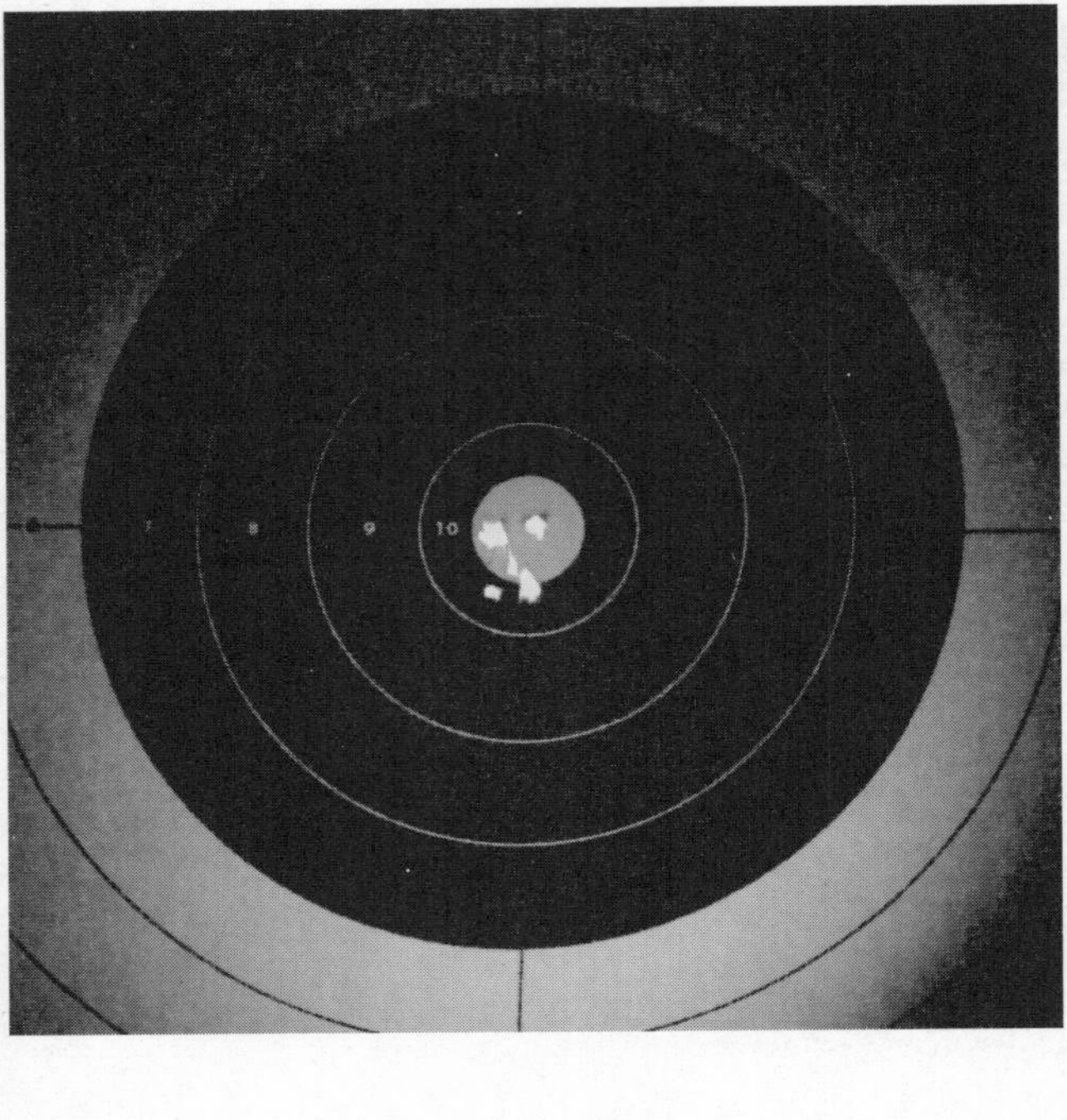
7
8
9
10

ブラッド・ケプラー刑事は、上司がプレスリリースを二度、三度と読みかえすのを見つめていた。

掃き溜めのような会議室で、ポール・バークリー警部は顔を上げ、目の前に座るニューヨーク市警の広報担当官、それもあばた面の青二才に視線を注いだ。やがて無言のまま、またも書類に目を落とした。

ハーレー・ダビッドソンばりの大音量でバークリーの腹が鳴っても、室内の誰もが聞こえないふりをした。

いつもなら日曜日のこの時分、バークリーは夫人お手製のローストビーフをぱくついているころなのだ。それも女房の目を盗んでは、バターたっぷりのマッシュポテトをフォークで盛大につついて。なぜケプラーが上司の習慣に通じているかといえば、何度か食事に招かれていたからである。記憶では、三度招かれて同じことがくりかえされ、バークリーは毎度同じ下卑たジョークを披露した。ローストビーフは絶品だった。で、ケプラーはその間ずっと、バークリーの大人ぶった大学生の娘がブチ切れるシナリオはないものかと頭をひねっていた。当然、そんな場面はなかったが。

ケプラー自身もそのプレスリリースを再読した。

フレッド・スタンフォード・チャップマン（29）……妻はエリザベス（31）、子どもはカイルとソフィのふたり……心臓付近に受けた銃弾の摘出手術は本日後刻に予定……捜査は継続中……予後は不良……

などなど……

「何件かかってきた？」バークリーが若造に訊ねた。

「マスコミからですか？　百件です」

警部はあっさり返した。「大げさだな」

ケプラーは思った。そうでもないな。相棒のナレシュ・スラニも同意見のようだった。

「この件は伏せておきたかった」と警部は言った。

「銃撃事件を？」広報担当の若造が言った。

広報。くだらない。

「そうだ、銃撃事件をだ。こともあろうにマンハッタンで。なんとか伏せておきたかったが、うまくいかなかったんだな？　タイタニック級の水漏れだ」

タイタニックは水を漏らしたわけじゃない、とケプラーは誤りを正した。タイタニックは水に浸かってお陀仏になった船だ。

むろん頭のなかでの訂正だった。

バークリーはペンを取って修正にかかった。

その隙に、ケプラーは新しい本部を見まわした。ここは〈チャールズ・プレスコット作戦《オペレーション》〉、略して〈CPオプ〉に、この二日間で割りあてられたふたつめの部屋だった。たしかに、いまはちょうど悪党どもの書き入れ時で、〈CPオプ〉のような小規模な作戦は、市民の信頼を得るという観点からすればろくな意味もなく、空いている部屋を喜んで使わせてもらうのが筋だろう。が、それにしてもこの部屋は最悪だ。二十×三十フィートの空間には高画質モニターが数台設置してあるが、電源が落とされ、接続もされていないらしい。壁は傷だらけ――ここでは珍しくもないが――官給の備品は安物。床の約三分の一は物置にされている。そのうえ、ファイリングキャビネットの裏に、大昔にテイクアウトされたターキーサンドウィッチが落ちたままにされたような悪臭もしている。

いずれにせよ、これ以上ひどくなりようがない。

バークリー警部は、プレスリリースをエアホッケーのパックさながら押しもどした。「修正しろ。ちなみに私からは、事件は捜査中という以外ノーコメント。そのひと言だ。以上」

それでも広報官は言い募った。「しかし、百件の問い合わせが来ています」

「まだいるのか?」バークリーは気難しいトランスミッションを思わせる声で言った。腹ではなく喉から出た声だった。

「はい、失礼しました、警部」広報担当官はそそくさと退散した。

あんなガキでも銃を携帯してるのか、とケプラーは思った。

バークリーはくたびれた繊維板のテーブルに着いた二名の刑事に向きなおると、「まったく」と声をあげ、ケプラーの手もとにあったプレスリリースを顎で指した。

〈フレッド・スタンフォード・チャップマン（29）……銃創は……〉

そこでボスは矛先を変えた。「あいつめ」

ガブリエラと名指しするまでもなかった。この時点で不安の種といったらほかにいない。

「きのう、あいつを見張っておくように言っただろう。二十四時間態勢で。どうなった？　あいつのとこに行ったんじゃないのか？　カメラとマイクを持って」

〝あいつ〟

ブラッド・ケプラーは肩をすくめた。「情報ははいってました。わかりません。それが逃げの戦法を採られて」

「いったいどういうことだ？　悪徳警官の映画じゃあるまいし」

「ですが、いまも動きはつかんでます」ケプラーは相棒に目配せした。「そうだな？」

スラニは監視班に連絡を入れてしばらくやりとりしたあと、送話口に手をかぶせてバークリーとケプラーに言った。「巡査たちを近づけました。正義に則《のっと》って」

それがますます悪徳警官の映画に出てきそうな台詞に聞こえる。

〝正義？〟

警部は訊いた。「自宅の張り込みでまかれて、どうやって尾行する？」

スラニが説明した。「ブラッドが彼女にGPSをつけたんです」

「どうやって？」警部は強調したいときに使うしかめ面を見せた。ブラッド・ケプラーはじめ、部下の刑事たちがかなり上手に真似してみせる表情である。

「隙が出来たんですよ。現場が混乱して、銃撃があり、悲鳴が飛び交って身を伏せるやら何やらで。そのとき、むこうの上着のポケットにGPSを滑りこませました」

バークリーが喜んでいたのはケプラーにもわかったが、ここは上司の性分としてケチをつけずにはいられなかったのだろう。「安全策だったと思うか？」警部は口が裂けてもよくやったとは言わない。

「安全策？」とケプラーは訊きかえした。質問の意味がわからなかった。「正直、そんなことは考えませんでした。やることをやったってだけで。追跡装置《トラッカー》をつけて、すぐに撤退しました」

陰気な会議室で酷薄な照明を浴び、灰色の顔が一層灰色がかったスラニが言った。「それはもう首尾よく、すんなりと。本人は気づいていませんよ」

「マイクは？」警部はさっぱりと——ベテラン下院議員風に——切りそろえた白髪に一度、二度、三度と手櫛を通した。そしてケプラーのことを上から下まで、まるで見事な小麦色の肌を称賛するように眺めた。あるいは非難するかのように。

「いえ、トラッカーだけです。じつは地下鉄でしばらく足取りを見失ってしまって」

ニューヨーク市の地下鉄網は規模が大きく、移動が速く効率も良い。それはつまり、ガブリエラを数百平方マイル圏内まで運べるということだった。しかも、GPSのトラッカーは地下では機能しない。

「でもその後、彼女は地上に出てきました。監視カメラの顔認識システムで、ミッドタウンの駅で下車したことがわかってます。それ以降、信号《シグナル》は途絶えていません」

「またA列車に飛び乗ったりしなければな」

「彼女は地下鉄《MTA》では暮らせませんよ」とスラニが言った。「あそこの食べ物は最低だし。それにシャワーは？　いや、いいです」つまらないどころではないそのジョークに、ケプラーはきっと流し目をくれた。ジョークにすらなっていなかった。

「で、例の男といっしょか？」

「そうです」

「見張りをつづけろ。ただし、尾行は人目につかないようにしてくれ。いいか？　監視がばれたら死者が出るおそれがある。私の目の黒いうちに、そんなことはさせないぞ」

なるほど。ケプラーは芝居がかったその宣言にいささか驚いていた。ニューヨークの罪のない市民を、あんたがその手でひとり残らず守るんですか、ボス？　それを言うならこれまで、あんたの目の黒いうちに大勢の人間が死んできた。

しかし、スラニはこう答えただけだった。「監視班には距離を取れと言ってあります。彼らは近づいても接近しすぎることはありません」

戸口に、本部長補佐のひとりが顔を覗かせた。「悪いが、諸君。この部屋を明け渡してもらおうか」

「なんだ？」とバークリーが噛みついた。「本部を移せ？　また？　ご冗談でしょう」

白髪頭で丸顔の幹部は、ほんのちょっとだけ申しわけなさそうな顔をして肩をすくめた。

「テロリストの内部情報がはいって、ＩＳＤＮ回線が必要になった。ほかの部屋は回線が通じてないからな」

「テロリストって。テロリストの内部情報なら年間に千件ははいってくる。なぜ今度にかぎって大騒ぎするんですか？」

「ＦＢＩが追いかけてる。かなり深刻な案件でね。下手すると二、三週間かかるかもしれないので優先する。インフラが標的にされているらしい。きみたちの新しい住処《すみか》は十分もすれば見つかる」本部長補佐は戸口から消えた。ケプラーはスラニを見た。相棒は上司が立ち去った扉に向かって、いまにも中指を突き立てかねない勢いだった。ふたりは笑みを交わした。

バークリー警部は溜息をつき、卓上の書類にざっと目を通した。〈チャールズ・プレスコット・インベストメンツ〉と社名のはいった用箋もあった。

あとは例のプレスリリースがもう一部。

〝心臓付近に受けた銃弾の摘出手術は本日後刻に予定……〟

「われわれはこの仕事を成功させる。きっとうまくいく」と、根拠のない見立てをしてみせたのはケプラーだった。

そこへちょうど、スラニ宛に電話がかかってきた。スラニは話を聞いて電話を切った。「監視班からです。ガブリエラとリアドンがまた動きだしました。四八丁目と七番街の角から西へ移動中。近辺には覆面が二台、ただし気づかれないように距離を保ってます」

〝近辺〟

ちくしょう、とケプラーは思った。

結果の悪かった健康診断書にでもするように、バークリーがプレスコット関連のファイルを脇に押しやった。「トラッカーの性能はいいのか？」

ケプラーは答えた。「ええ。電池は何日も持つし、六フィートの誤差で位置を特定できます」

スラニが得意げに付けくわえた。「それに、彼女もぜったいに気づきませんよ。ビックのボールペンに仕込んであるので」

第30章　日曜日午後二時十分　五分まえ

57 Street

空模様がおかしくなっていた。

蒼空に気ままに浮くようだった白い雲が消えた。まるで大気自体がこの三十時間の裁《た》ち端とつながっているかのように、どこまでも暗灰色の曇天に覆われた。港の水面は波立ち、風が荒れていた。

ガブリエラとダニエルは地下鉄から表に出ようとしていた。あの悲鳴のあと、二番街での騒ぎがあってまもなく、警察は大挙して市中に現われた。もはや鉄道警察に見つかる危険を冒してでも、地下鉄で逃げるよりほかなかった。だが気づかれることもなく、通りに出たいまは家族連れや観光客、買物客や恋人たちに紛れこもうとしていたが――この三十分はというと、それこそ複雑な地下鉄の路線で迷子になったふたりの逃亡者といったありさまだった。アッパー・イーストサイドからハーレムへ行き、そこから市内を横断し、ようやくミッドタウンまで南下してきたのである。

ここからは徒歩で、ダニエルから聞かされていたアパートメントへ向かう。彼の会社〈ザ・ノーウォーク・ファンド〉が、市外から来る顧客に用意している部屋だった。目下のところ空室なので、そこに潜伏することになる。

ダニエルは用心深く周囲に目をくばった。「警官もジョゼフもいないし、尾行もいない」

ガブリエラは真顔で言った。「血が流れたのよ、ダニエル。あなたも見たでしょう?」

もちろん見た。ダニエルはガブリエラの手を一層きつく握った。その力の入れ具合には意味がありそうだった。でもどんな意味があるのか。ガブリエラは理解しかねていた。

「見て!」

ダニエルも、忙しなくライトを点滅させて疾走してくる青と白のパトロールカーに気づいていた。ガブリエラがバックパックを肩から下ろすと、ふたりは商店に近寄り、車道との間に通行人が流れるようにした。

だがニューヨーク市警のパトロールカーは、事件現場へ向かって急行していった。

〝血が……〟

ダニエルはガブリエラを東に向かせた。「アパートメントはあっちだ。あと八ないし十ブロック。遠くない」

歩きだそうとして、ガブリエラはダニエルの腕をつかんで言った「待って。帽子は捨てて、もっとましな変装をしましょう」彼女はかぶっていたロゴなしの地味なキャップを軽く叩いてみせた。「警察を出し抜くにはもっとやらなきゃ」と、すぐ先にある安売り洋品店に顎をしゃくった。「ショッピングしましょう」

五分後、店を出たふたりはジーンズ——ダニエルはブルー、ガブリエラはブラック——に、やはり黒っぽいスウェットシャツ、ウィンドブレイカーという服装だった。ダニエルのトップスにはNYUのロゴ。ガブリエラのほうは無地でロゴもプリントもない。それまで着ていた服は買物袋に入れた。

ガブリエラは顔をしかめると、肋骨のあたりを押さえて咳をした。そして唇についた血を拭った。

「マック！」

ガブリエラは突っぱねるように言った。「平気。なんとかなるから」

ふたりは歩きつづけた。

ガブリエラの携帯電話が鳴った。メールが来た。画面を見て微苦笑が浮かんだ。

「厄介男からよ」

「なんだって？」

「プレゼントが届いたって」ガブリエラはフランク・ウォルシュがよこした残りの文面は伏せておくことにした。

交差点に差しかかったとき、黒っぽいセダンが走ってきた——明らかに警察の覆面車輌だった。さっき通っていったパトロールカーとはちがい、この車輌は近づくにつれてスピードを落とした。が、結局停まらずに速度を上げ、角を曲がっていった。

ほかに警察の車も制服警官も見あたらない。「危険はなさそうだ」とダニエルが言った。

店で脱いだカナーリのグレイのスーツとシャツを入れた袋を、彼はバックパックに詰めこんだ。ガブリエラは自分の袋の中身を確かめ、セーターとウィンドブレイカーに飛び散った血痕に気づいた。「これは捨てるわ。もういや。お気に入りのセーターだったのに」

衣服のポケットをあらためて現金だけ抜き出し、それ以外は全部——レシートも、血染めのティッシュも、ビックのボールペンも――袋に残した。周囲を見まわすと、ゴミを満載した清掃局のトラックが目に留まった。ハドソンの川縁《かわべり》は一四丁目の処理施設に向かう途中なのだろう。

ガブリエラは、信号待ちで停車していたトラックの後部に袋を投げこんだ。

そしてそれなりのスピードで歩くダニエルの腕にしがみつくと、荒れ模様の日曜日の午後に通りを埋める通行人の群れを縫っていった。

第29章　日曜日午後一時四十分　三十分まえ

フランク・ウォルシュは、グリニッチヴィレッジの薄暗いアパートメントの狭小なキッチンに立ち、その日の朝の殺しのことを考えていた。

簡単ではなかった。

ナイフを使う場合はいつも。

問題は、刺しても人はまず死なないことだった。切らなくてはだめなのだ、首や脚——大腿部の動脈を狙って。鼠径部《そけいぶ》も効果的だ。でも刺すだけなら？ 永遠にかかる。かててくわえて、けさの餌食がそうだったように、戦う相手が防御に長《た》けている場合には警戒を怠らず、すばやく臨機応変に動かなくてはならない。ナイフで戦うとき、立場の優劣は瞬時に入れ代わる。

がっちりした——いや、ずんぐりした——体形のフランクは、戸をあけた食器棚の前に立ち、グリーク・フィッシャーマン・キャップを脱いでぼさぼさの赤毛の頭をかきむしった。左手で腹まわりの贅肉をなんとなくつまんで、ポテトチップスはやめにした。

何を食べるか迷いつづけていた。が、別のことに気をとられた。

頭に浮かんでくるギャビー。よくあることだった。

しだいに思考は——彼の明晰な頭脳は、いつしか朝の格闘のことにもどっていた。よみがえってくる動物的な欲望、純然たる満足感——それは精神分析医に言わせれば、十代のころに受けたいじめにたいする復讐心から生じたものらしい。刃物の扱いにも自信があった。

その対決について、ギャビーに話せるものなら話したかったが、黙っておくのがいい部分もあるとわかっていた。ギャビーの顔をまぶたの裏に浮かべて、受け取ったばかりの贈り物のことを思うと腹部の奥が疼《うず》いた。いまはどんな服を着ているのだろうか。

そこで食事の時間だったことに意識が引きもどされた。キッチンはアパートメントの中央にある。強風下を航行する定期船の調理室さながら、白いキャビネットの把手《とって》にはロック解除レバーが付いていた。戸がしっかりしまっていないと、波のうねりでドリトスやツナヘルパーやマカロニ＆チーズが床に散乱するとばかりに。

チップスは？　チップスはだめか？

チップスはだめだ。引きつづき棚を覗いた。

息を吸うと何かが匂った。食べ物が腐った臭いじゃない。何だ？　あたりを見まわし、古びたテーブルに目を留めた。ぐらつくので、脚の下に折りたたんだ付箋が敷いてあるのだが、その卓上に帽子が載っていた。臭いの源は帽子か？　嗅いでみると、やっぱりそうだ。

しかし、ギリシャの漁師《グリーク・フィッシャーマン》は本当にグリーク・フィッシャーマン・キャップをかぶるのだろうか。

帽子は洗ったほうがいいだろう。でも、洗ったらツキが落ちる？　けさの戦いの最中にはこの帽子をかぶっていた。とりあえずポリ袋に入れ、あとで決めることにした。

タイタニック号を思わせるキャビネットと冷蔵庫の前にもどった。チップスはだめだが、セロリもだめ。セロリは不吉だ。

リンゴか。

フランクは光沢のある赤い大きなリンゴ、マッキントッシュを一個、それにポテトチップスのラッフルズの袋をつかみ、寝室の隅にある散らかったデスクまでもどった。プラッシュを張った椅子に腰をおろしたとたんに気づいた。くそ。飲み物を忘れた。の・み・も・の。キッチンに引きかえし、雑誌と本がうずたかく積まれたテーブル脇の椅子からダイエットコークを取りあげた。

ギャビーから贈られたプレゼントに目をやった。胸の鼓動が速くなる。おい、まるで天国じゃないか。

ギャビー……

どこまで減量した？　と思いながら腹をつねった。このひと月で六ポンド。小便をしたあとに体重を計れば。

飲み食いしながら、コーラが冷えていればよかったのにと思った。冷蔵庫に入れておくべきだった。なぜ物忘れをするのだろう。フランク・ウォルシュは集中力に難ありと自覚していたが、それ以外の方面で才能豊かであることの裏返しだと自負していた。

たとえばナイフ。

本棚二台分を占める刃物のコレクションを眺めた。

ククリ刀はいつ届くのか。フランクは刃の湾曲した、あの美しい刀身を思い浮かべた――ネパール伝統の軍用ナイフの画像は〈eBay〉に掲載されていた。

やがて現実に立ちかえった。

いつも買い足している、いまいましい付箋紙。テーブルの脚の下にはさむ以外の使いみちを思いださなくては。

〝コーラを冷蔵庫に入れておく〟と書き留める。

それがどんなに大変か。

チップスを食べるペースを落とした。焦るな。それも書くことにする。いま食べているものを嚙んで飲みこむまで、つぎを口に入れるな。コーラが――やたら生ぬるかったせいで――缶をあけた拍子に、中身がサムスンのモニターに飛び散った。コンピュータの横に置いていた、ウィンデックスクリーナーの芳香が染みた古いTシャツで画面を拭いた。この古着もすぐ洗わないと。もう臭くなっている。ギリシャの漁師帽と同じで。

それもメモ。

あとで。

フランクはメモを書かずにコンピュータの前にもどった。またもナイフを使った闘いのことが頭から離れなくなっていた。

ああ、あれは美しかった。振付。舞踏。美しさ。

予想していたとおり、相手が防御の体勢にはいったところで、フランクは振りおろそうとしたナイフを半ばで止めた。

そして後ろに回りこみ、剝き出しの首に鋼の刃をあてて滑らせた。

血しぶきが中空に舞った。

それからすばやく――すこしのためらいもなく――右へ跳び、首の反対側も切った。死にゆく者の眼は見開かれたまま、動くことがなかった。それもつかの間、血の海がひろがるなかでゆっくり閉じられていった。

待てよ、とフランク・ウォルシュは思った。鳴ったか？　フランクは電話に手を伸ばした。ちがった。

ギャビーからかかってくると期待していた。

そう、いずれはかかってくる。でも、いまがいい。この瞬間が。フランクは携帯電話を見つめながら、ベルよ鳴れと念を送った。鳴らなかった。

来たる火曜日に思いを馳せた。

一時、空想の世界が展開した。ドアマンのアーサーがインターコムを鳴らして言う、「お客さまがお見えです。ガブリエラという女性です」

フランク・ウォルシュは笑みを浮かべる。「通してくれ」

そしてブラックジーンズに黒いシャツ――いちばん見栄えよく、痩せて見える服装――で、歯磨きをすませ、髪にはスプレー、身体にはデオドラント。もし洗いそびれたら、フィッシャーマン・キャップは袋に入れたままだが、たぶんそうはならないだろう。

きょう届いたプレゼントを取り出す。

ギャビーは刺すような美しい瞳をフランクに向けてくる。ふたりは楽しげに笑いあいながら戯れる。すると彼女が、「まだあなたの寝室を見たことがないわ、フランク」と言うのだ。

フランクはギフトに添えられたメモを見た。

親愛なるフランク　あなたのことを……

ああ、たまらない……

そこでフランクは空想を練りなおした。リメイク版はほんのすこしきわどい展開となって、映画祭に出かけるのをやめたふたりは、膝がふれあうように並んでカウチに腰かけ、ケーブルテレビで古い映画を観る。プレゼント——いま、彼は現実に箱をさすっていた——は、今度の空想のなかでもある役割を担う。中心的な役割を。

ふたりが選ぶ映画はもちろんノワール。たぶん《アスファルト・ジャングル》。もしくは《パルプ・フィクション》。トラボルタとユマ・サーマンが踊るあの映画を、フランクは愛していた（でも、毎回引っかかることがある。トラボルタがそんなに凄腕の殺し屋なら、なんでクソしにいくときにマシンガンを便所の外に置きっぱなしにして、ブルース・ウィリスに見つけられるようなへまをするのか）。

それか《レザボア・ドッグス》か、《イングロリアス・バスターズ》か。

べつに、ギャビーが観たいのを観たらいい。

ふたりはおしゃべりをしてファックする。ギャビーが愉悦と少々の痛みに叫ぶ姿が目に浮かんだ。

終わってから、またすこし話をする。彼女はおれのことを知る。フランク・ウォルシュの本当の正体を知るのだ。

フランクはへこんだベッドに腰を落とし、ギャビーにメールを送った。プレゼントのお礼とともに——今度の火曜のデートについて思うところを書かずにはいられなかった。服装に関する提案もいくつかした。

すべては上品に。

それからナイフの格闘を脳内で再現していた。一回、二回、何回も何回も。血、悲鳴、痙攣《けいれん》する身体。

ほとんどは血だった。

第28章　日曜日午後一時　四十分まえ

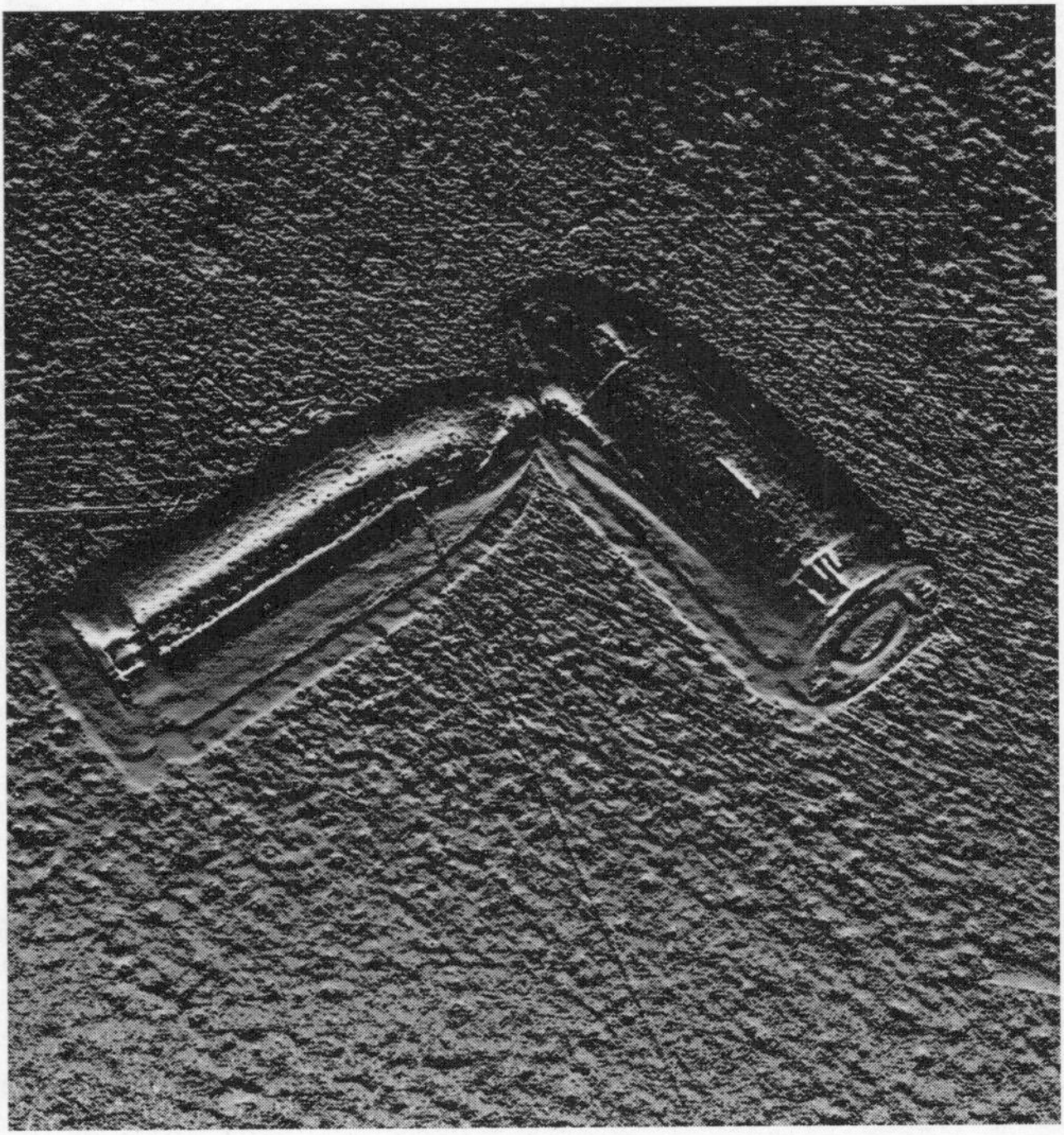

この不思議な界隈の迷路を思わせる通りを、ジョゼフ・アスターはリズミカルできっぱりした足取りで行きながら、観光客よろしく目をあちこちにさまよわせていた。

黒いトレンチコートから、黒いカーゴパンツ、Tシャツ、革のジャケットに着換えている。けさ訪ねたアパートメントにもどるところだったが、歩く道筋はちがった。市内のこの付近は地理がややこしい。大通り《アヴェニュー》がごちゃごちゃ走っている。GPSのアプリが役に立ったが、もちろん近道を選んでいるわけではない。わざわざ来た道を引きかえしたり、路地や空き地を突っ切ったりした。それがスマートフォンのアプリの音声アシスタント、Siriを戸惑わせたが、〝どこかの間抜けがこっちの頭に弾丸を撃ちこもうと待ち伏せている場所を避ける〟には、ほかに方法がなかった。

空気はひんやりとして、低く溜まった雲が歩道や車道、それに周辺の建物に仄暗い長い影を落としていた。朝の陽射しは残念ながら過去のものだった。というのも、これは嘘のような話でもあるのだが、目撃者の証言というのは、曇りより晴天時のことのほうが信憑性《しんぴょうせい》を割り引かれる。まぶしさのせいで、視界は驚くほどぼやけたりする。当の被害者が、近づく人間や銃を見落とすことさえあり得る。

ジョゼフはあらためて周囲を眺めた。住居はどれも小さく、赤煉瓦造りか、往時の白か薄灰色が茶色にくすんだ砂岩の建物が多い。煤と汚れがこびりついたせいだ。ゲイ、レズビアン、トランスジェンダーの人々向けの書店、コインランドリー、凝った鋳鉄製の格子がはまるアパートメントを過ぎた。そんな小窓から一階の居間が覗けたが、四、五人いればもう満杯といった広さである。誰がこんなところに住む？

通り過ぎた鉄格子の数から推して、大勢いるんだろう。

マンハッタン……

ジョゼフは頭のなかでもう一度、今週末に画策している複雑な計画をさらった。役回りも難題も多く、数々の危険を伴う。だが男の生きがいは仕事にある、とつくづく思った。どんなに困難な仕事だろうと、それこそどこまで手を汚すことになろうと関係ない。詩人でも大工でも、科学者でもなんでも同じこと。人はケツを上げて世の中に飛び出し、自分の時間を使って何かをするように仕向けられている。

しかもジョゼフにとって、働くことに勝る幸せはなかった。

たとえその仕事というのが、いまからやろうとしている殺しであったとしても。

彼は音を消したGPSの指示に従い、角を曲がると足を止めた。そこに獲物が住む茶色い煉瓦の建物があった。

どんな夜になるのかと思案しながら、ジョゼフはふたたびガブリエラのことを思い浮かべた。ハート形の美しい顔立ち、魅力にあふれる肢体。それにそぐわないとげとげしい声。彼女といっしょにいる男、ダニエル・リアドンのことも浮かんできた。切れ者らしく、その目にたたえていた自信は、ジョゼフが銃把を覗かせたときでもわずかに揺らいだだけだった。

思いは〈オクトーバー・リスト〉のことにもおよんだ。

面倒な夜が待ち受けている。といっても、手に負えないわけじゃない。

いまは警官の姿もなく、ジョゼフは何食わぬ顔でアパートメントがある建物を通りしな、そちらに目を走らせた。そう、午前中に見かけたドアマンはまだ勤務中だった。受付にいる老人にはいささか苛立ちも感じたが、手間はふえても問題ない。決断力と工夫があればどうにでもなる。ジョゼフはその両方をしっかり具《そな》えていた。裏にまわって窓の数をかぞえながら、ニューヨーク市建設局で調べた設計図から建物のレイアウトを思いだした。よし、標的は在宅中だ。動きがあるし、テレビかコンピュータのモニターらしい光の動きが見える。影。光が広がったかと思うとすぼまって消えた。その出所がキッチンだったことからして、たぶん冷蔵庫のドアを開け閉めしたのだろう。

そう思うとスペシャル・ブルーをぐっと飲《や》りたくなった。でも後だ。いまは忙しい。

仕事を片づけてから。

ジョゼフは通用口へ向かった。当然、施錠されていた。どの窓からも死角になっていることを確認したうえで、彼は内ポケットからスクリュードライバーを取り出し、鍵をこじあけにかかった。錠前破りには九割がたドライバーで事足りる。専用の道具は厄介なだけで割に合わないことが多い。

いったん銃を再点検したうえで錠をこじあける作業にもどりながら、ジョゼフはガブリエラの友人であり、標的のフランク・ウォルシュが六階に住んでいることにむかっ腹を立てていた。

静かに息をつきながら、あそこまで階段を昇らされるのはごめんだと思った。

第27章　日曜日午前十一時五十分　一時間十分まえ

「姿は見えない」

ダニエル・リアドンが話していたのは、マディソン・アヴェニューでの事件があってから、ふたりを跟《つ》けてきた——よれよれのグレイのスーツに明るい黄色のシャツを着た男、猟犬の目をした男のことだった。

ガブリエラは言った。「いったい誰？　刑事とは思えない」

「ああ。刑事だったら応援を呼んでるはずだ。いまごろ、あたりはパトカーでごった返してる」

ふたりは二番街を南へ急いでいた。ひんやりした風が吹き、空には雲が低く垂れこめている。交差する通りの数字はまだ大きく——店舗は減り、住宅が増えて——ミッドタウン付近よりも人出は少なかった。ふたりはまた後ろを振りかえった。「あの男を二度も見かけたのは偶然かもしれない」

「本気でそう思うのか？」とダニエルが訊ねた。

「いいえ」ガブリエラは喘ぐように言った。「でも正直、どう考えたらいいのかわからない」

彼女は脇腹を押さえて立ちどまった。

「まだ痛むのか？」

「ええ、まだ」ガブリエラは頬についた血を手で拭った。

「医者に行く？」

「いい。警察からERに連絡が行ってるかもしれないわ。このまま行きましょう」

「肋骨が折れて、肺に穴が開いてたら」ダニエルは心配そうに言った。「大事になるぞ」

「我慢するしかない」ガブリエラは言下にそう答えると声をやわらげて、「サラを取りもどすまでは。これくらいなら我慢できるわ」

ふたりはまた歩きだし、さっき事件を起こした現場からできるだけ急いで遠ざかろうとした。

ダニエルが疑問を口にした。「あいつの狙いは何だろう、あの男の？」

「黄色いシャツの？」

「ああ」

ガブリエラは、わかりきっているとばかりに肩をすくめた。「偶然でなかったとしたら、狙いは〈オクトーバー・リスト〉。ほかにないでしょう？　あれを探してるのはジョゼフひとりじゃないはずよ」

ダニエルは小首をかしげて黙りこんだ。また背後の歩道に視線を走らせると言った。「別の可能性もあるぞ、〝黄色のシャツ〟には」

「何なの、ダニエル？」

「チャールズ・プレスコットの手先かもしれない」

ガブリエラは眉をひそめた。「ボスの手先？　どういうこと？」

ダニエルは先をつづけた。「きみのボスは、あの男にきみの動きを探らせてるんだ――きみが彼に不利な情報や証拠を握ってないか突きとめるために。きみが証言をしたり、警察に行かないよう説得するために」

ガブリエラは首を振った。「チャールズがその気なら、直接わたしに連絡して話せばすむことじゃない」

するとダニエルは答えた。「きみの上司のチャールズ・プレスコットなら、きみが知ってると思いこんでるプレスコットなら、そうするかもしれない。でも、それは本当のプレスコットの姿じゃない。裏の顔を知ったいまなら、彼が電話一本で汚れ仕事を他人に振る男であって不思議じゃないと思わないか？」

「汚れ仕事？」ガブリエラはダニエルの腕をつかんだ。「まさか、彼がわたしを傷つけようとしてるわけ？」その動詞の部分に力がこもったのは、おそらく〝殺そうとしている〟とは口にできなかったからなのだ。

ダニエルは穏やかな口調で言った。「単なる可能性だ、マック。そういうことも頭に入れておかないと。きみは申し分のない証人だ。プレスコットが隠したがってる人間関係を明るみに出すことができる。きみは彼の愛人を知っている。そういったことを洗いざらい証言できる。そのうえ――〈オクトーバー・リスト〉を見つけた」

「やめて」と言ったガブリエラだが、その声音からは、チャールズ・プレスコットから危害をくわえられるはずがないという自信が薄らいでいた。ガブリエラは背後の広い歩道を見やった。

「〝黄色のシャツ〟……彼はどこ？　見失ったわ！」パニックに声がひび割れた。

「大丈夫だ。人込みにまぎれたんだ。きっと――」

「ちがう、あそこよ！」

ダニエルも後ろを振り向いた。「ああ」〝黄色のシャツ〟は一ブロック後方にいた。歩行者をかわしながら着実に前進している。

「どうしたらいい？　彼に止められたらサラは死ぬ。そんなことはさせない」ガブリエラは赤くした目でダニエルをきっと睨みつけた。

「とにかく歩け。もっと速く」

だが、わずか二ブロック進んだ先でガブリエラは不意に足を止め、背中を反らして呻いた。膝がくずれ、ダニエルの力強い腕がなければ歩道に倒れこんでいた。「痛むの、ダニエル。胸が痛い……休まないと。ちょっとだけ」彼女はあたりを見まわした。「あそこ。あそこなら見えない」

ダニエルは雑踏からはずれ、指示されたとおり、駐まっていた二台のヴァンの陰までガブリエラを連れていった。騒々しい車の流れが引きも切らない。ダニエルは最後に男を認めたあたりを探った。「姿は見えない」

ガブリエラはメルセデスのヴァン、スプリンターのボンネットに寄りかかり、胸をかき抱いた。

ダニエルがもう一度背後を見た。「大丈夫。警官もいない。すこし休んだら行こう。アパートメントへ。きみも休めるし。怪我の具合を確かめるんだ」

「あの人、脇道に折れたんじゃない？　まいたのね」

「かもしれない」

「もう平気」ガブリエラは声を落として言った。「行きましょう。休まないと。考えることもあるし」

「二ブロック先にレキシントン・アヴェニュー線の駅がある。そこまで歩ける？」

「ええ。さっきより楽になったから」

ふたりは歩道のほうを向いた。

「待った！」男の声がした。「あんたに話があるんだ！」

ふたりは振り向いた。〝黄色のシャツ〟がヴァンの間の車道側から姿を現わした。肉づきのいい顔が汗まみれだった。男は足早に近づいてくると声をあげながら、挨拶とも脅しともつかない曖昧なしぐさで両手を掲げた。

それから胸ポケットに手を伸ばそうとした。

ガブリエラの反応は速かった。ダニエルのそばを離れたと思うと両手で男の胸を突いた。男が車道側によろめいていくのを見て、ガブリエラはダニエルに言った。「行くわ、走って！」

ところが、ふたりが歩道を駆けだすより早くブレーキの音が響き、大型の配送トラックがおよそ時速四十五マイルで〝黄色のシャツ〟に衝突した。〝黄色のシャツ〟はタイヤに巻きこまれて、箱をつぶしたような不快な物音があたりに満ちた。運転手はクラクションを鳴らす間もなく、男は叫ぶ間もなかった。

ガブリエラは轢かれた男の身体を見ながら叫んだ。「そんな。うそ、うそ、うそっ！」男を避けようとしてタクシーに突っ込んだトラックの後ろに、どす黒い血だまりが広がっていた。

「嘘でしょ」

悲鳴、絶叫、轢かれた男のもとに駆け寄る者、走り去る者。携帯電話で911に通報しようとしたり……写真を撮ろうとしたり。

ダニエル・リアドンがガブリエラの腕を取った。「マック！　ここから離れよう。早く！」

「そんな……そんなつもりじゃなかった！　思わず手が出ただけ」ガブリエラは茫然と身をふるわせていた。

「おれの話を聞け！」ダニエルはガブリエラの顔をつかんで自分のほうを向かせると、痛みに顔をしかめるのもかまわず言った。「行くぞ」

「でも——」

「あいつは危ない男だった。きっとそうだ。でなけりゃ尾行なんてしてこない。ほかにどうしようもなかったんだ。あいつはきみを襲おうとしてるように見えた。ポケットに手を伸ばそうとしてた。銃を持ってたかもしれないぞ！」

「そんなことわからない！　ねえ、あの人、まだ動いてる。足が。動いてる！」

ガブリエラは血を見つめ、悲鳴を呑みこんだ。

ダニエルのたくましい腕で万力さながらに肩を押さえこまれ、ガブリエラは歩かされていた。つまずきがちで小走りになるような歩み。それこそ歩き方を忘れてしまったような足取りだった。

ダニエルの声にも焦りの気配があった。「きみの動揺はわかる。怪我の痛みもだ。でも、ここから離れなきゃだめなんだ、マック」

「だって——」ガブリエラはふるえる声で言いかけた。「わからない——」

しかし、ダニエルはそれをさえぎった。「何よりお嬢さんのためだ。きみは〝集中〟だってくりかえしてきた。だったら、いまこそ自分の娘に集中するんだ」

「わたしの……」ガブリエラは咽《むせ》んだ。

「サラ」ダニエルはその名をきっぱりと口にした。「気の毒に思うよ、マック。とんでもないことが起きた。でも起きたことは起きたこと、きみが捕まってしまったらサラを助けられなくなる。この件はなんとかなる――あとでも」

ガブリエラは青ざめた顔でうなずいた。

「足を止めるな」

ガブリエラは、歩き方がおぼつかない幼児のごとくダニエルに従った。

突然、彼は立ちどまった。「いや、待てよ。あっちへ行こう。ブロックを遠回りして地下鉄に乗ろう」

「なぜ、どうかした？」

「この先の角に、駐車違反監視員《メーターメイド》がいる」

「メーターメイド？　それがどうしたの？」

ダニエルが耳打ちしてきた。「ガブリエラ、いまやニューヨークでは野犬捕獲員からＦＢＩまで、みんながきみを捜してる」

第26章　日曜日午前十一時三十五分　十五分まえ

QUIKRETE
CONCRETE MIX
40

八方塞がり……

頭を使え、なんとかしろ、とハル・ディクソンは自分を叱咤《しった》した。

にっちもさっちもいかない。出たとこ勝負だ。

通りを見まわし、役立ちそうな相手に目をつけた。

ディクソンはホットドッグ売りの屋台へ近づいていった。売り子は栗とプレッツェルを温めている木炭の煙を手うちわで払おうとしていたが、煙は払う先からもどってきた。

その匂いが空腹を誘ったが、いまはやることがある。食欲は無視した。

「ちょっと訊きたいんだが」ディクソンはメッツのTシャツにジーンズという出立ちの痩せた売り子に話しかけた。「ふたり連れがここを通り過ぎたろう。男と女が。ちょっとまえに」

売り子はディクソンの皺が寄ったグレイのスーツと明るい黄色のシャツを見やり、その色の組み合わせに何らかの結論をくだしたのかもしれない。やがてディクソンの汗ばんだ顔に視線をもどした。「男と女？」かすかに訛りがあった。

ディクソンは人相風体を説明した。

とたんにホットドッグ売りはそわそわしだした。「なにも見てないよ。なにも。ああ」

「心配しなさんな。私は執事だ」売り子の気を落ち着かせようとした。

「しつ……？」

「教会の執事だよ。長老派の」衣服が皺だらけの男は一気にまくしたてた。「ニュージャージーの教会の。執事だ」

「はあ」見たところ、屋台の売り子はイスラム教徒で、執事と言われてぴんと来ない様子だったが、信仰という部分で伝わるものがあったかもしれない。

「宗教だ。私は宗教を信じてる」

「司祭？」売り子は混乱していた。ディクソンの着古したスーツと黄色のシャツにあらためて目を向けた。

「いや。ただ信心深いというだけでね。執事というのは俗人だ」

「へえ」売り子はホットドッグの買い手を探して周囲を見た。

失敗だ。ディクソンは言った。「司祭のようなものだ」

「へえ」

「司祭の手伝いをする一般人だ。導師《イマーム》の助手みたいに」

「イマーム？」

「ほら」ディクソンは胸ポケットに手を差し入れ、黒い表紙の小さな聖書を取り出した。

「ほう」売り子の声に多少の敬意がにじんだ。

「いましがた、マディソン・アヴェニューにいてね」ディクソンは大きな身ぶりをまじえて言ったが、さすがに売り子もマディソン・アヴェニューは知っているようだった。

「ああ」

「で、事件があって、例の女が罪を犯すのを見たんだ。大罪だよ。さっき話した女が」

「大罪？」

「そうだ」

祈りの一種なのか、売り子は指先を胸にあてた。ディクソンはその手が不潔であることに気づいた。この屋台ではホットドッグは買うまいと心に決めた。売り子が訊ねてきた。「あのサイレン？　そのせい？」

「ああ、あのサイレンだ。方々で鳴ってる」

ディクソンはホルダーから紙ナプキンを一枚、さらに二枚引き抜いた。そして顔を拭いた。

「水を飲む、神父さん？　〝神父さん〟だっけ？　そうでしょう？」

「いや、私は聖職者じゃない。水はけっこう。執事だ。司祭に近い立場だ」

「わかった。でも、要るなら遠慮なく。ボトルで。ソーダも」

「だから私はね――」

「携帯がないから貸してくれってこと？」

「いや、ちがう。ふたりの行き先を知りたい――その女と連れの男、たぶん友人だ。彼らと話して、自首するように説得するつもりだ」

売り子はまばたきをして、また煙を手で払った。

ディクソンはくりかえした。「彼女は警察に出頭すべきなんだ。私なら力になれる。しかし、いますぐやらないと。逃げれば有罪だと思われ、警察に射殺されてしまうかもしれない。あのふたりはパニックになっている。私にはわかるんだ」

「あんたは……そっちの聖書で、そういう人のことを何て言ったっけ？　他人を助ける人のことさ」

えっ？　ああ。「サマリア人か」とディクソンは答えて、さらに汗を拭った。黄色いシャツの脇に濃い汗染みが浮いた。

「そう、それ」

〝そっちの聖書……〟

「かもしれないが。どうかな。ふたりはこちらに歩いてきた」

売り子はずいぶん打ち解けてきた。「ああ、あんたが話してる連中のことね。見たよ。ちょっとまえに。なんで憶えてるかっていうと、急いで歩いてたからさ。それに態度も悪かった」

ディクソンの胸がわずかに高鳴った。「どっちに行った？」

「あそこの店にはいった。見えるかい？」

「角の店か」

「その隣り。土産物屋」

ほんの四十フィートほどしか離れていない。

「出てくるのは見たかね？」

「いや、まだ店にいるんじゃないかな。でも見張ってたわけじゃないし。もう出ていったかも」

「ありがとう。きみはこれで何人かの命を救ったよ」

ディクソンは通りを横断しかけて足を止めた。カップルが店から出てきたのだ。ふたりとも帽子をかぶり、女のほうはバッグも換えたらしい。それでもあのふたりに間違いない。通りを右左と見渡してディクソンに気づき、一瞬立ちすくんだが、やがて逆方向へと姿を消した。女は足を引きずっている様子だった。

ディクソンは後を追おうとした。

「気をつけて」と言った売り子の声が尻切れになったのは、〝神父さん〟と呼びかけようとしてディクソンが聖職者ではないと思いだしたからだろうか。「罪を犯したやつらには、あんたの助けたいって気持ちは通じないかもしれない。自棄《やけ》になってるかもしれないし、危険だよ」

「私は神と和解したんだ」小走りになって、息も切れぎれにそう口にしたディクソンは胸を叩き、ポケットに小さな聖書が納まっているか確かめた。

第25章　日曜日午前十一時十分　二十五分まえ

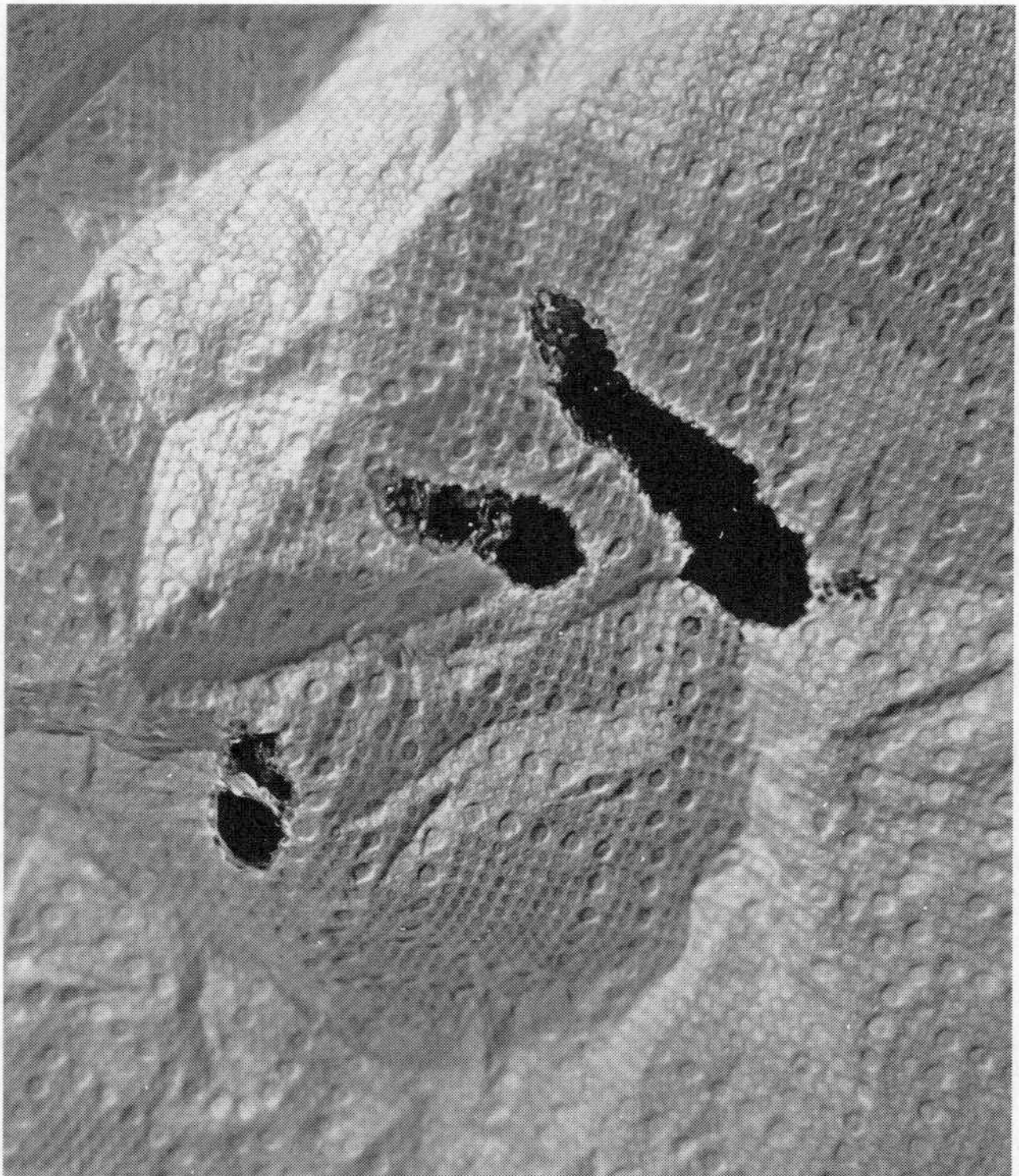

「暴発したのよ」ガブリエラはヒステリックな声でささやいた。「撃つつもりはなかった」

ダニエルは無言のままだった。すぐにガブリエラをうながし、発砲の現場から遠ざかるように歩道を歩かせた。

ガブリエラは必死で訴えた。「死んでないわね？　見たでしょう、ダニエル？　ねえ、見たんでしょ？」

依然、返事はなかった。

マディソン・アヴェニューから東へ向かうふたりの周囲には、サイレンの音が満ちていた。さらには点滅灯の刺すような白と青の光。窓にその白と青が反射している。どこもかしこも照らされている感じがする。ダニエルとガブリエラはうつむいていた。顔を上げる気にはなれなかった。

やおらダニエルは、引き寄せたガブリエラの身体の向きを九十度変えた。つまずきそうになった彼女をしっかり支えた。

「なに？」ガブリエラははっと息を呑んだ。

車が急停止した。警察の覆面車輛。スーツ姿の刑事ふたりが飛び出してきて、バッジを見せながら混雑する高級食料品店に向かっていく。

「わたしたち、あの店にいると思われてる?」

「いいから歩いて」

ガブリエラはしつこくくりかえした。「死んでないでしょ? あの人、すごく若かった! ねえ、教えて!」腕を強くつかみすぎたのか、ダニエルが顔をしかめた。ガブリエラは手の力をゆるめた。

「どうかな、マック。すまないが、ぼくにもわからない。可能性はある」

周囲の気を惹かない程度の急ぎ足で東へ進み、覆面車輛から離れた。ガブリエラは後ろを振りかえった。刑事たちは店から出てこない。彼女とダニエルは南へ急ぎ、それからまた東に折れた。

誰の目にも、ごくふつうのカップルに見える。特別はしゃぐわけでも、会話がはずむわけでもない。悩みをかかえた男女。金のこと、子どものこと、性生活のことでストレスにさらされる関係。マンハッタンで共に働くふたり。それでも、向けられてくるまなざしは疑いに染まっている気がする。

だが指を差してきたり大声をあげたり、ケースから携帯電話を取り出して911の短縮ダイアルを押そうという者はいなかった。

鳶色の髪をした人殺しの女と、俳優と見まがうその連れから逃げようとする者はいない。

「そんなつもりじゃなかったの、ダニエル。銃があったから。ちょうどそこに。だからつかんだ! そしたら暴発した。いままでさわったことなんてなかった。ただ……ああ、どうしよう。

わたしったら」

　後ろを見ると五、六人の歩行者がいたが、警察の姿はなかった。それでも、ガブリエラはスーツ姿の男に注意を向けた。皺の寄ったグレイのスーツは、この寒空には似つかわしくない薄手の生地。同じ方向に歩いている。その男に気づいたのは黄色いシャツのせいだった。目的がありそうな足取りだが、別段こちらを気にしているふうでもない。

　ガブリエラはダニエルを肘でつついた。「あの人。黄色いシャツの。よく見て」

「ああ」

「さっき見かけた気がする。マディソンで」

「発砲の現場から尾行してきたのか？」

「わからない――」ガブリエラはたじろいで息をつき、いきなり足を止めて脇腹を押さえた。

「痛むのか？」ダニエルは彼女の肋骨あたりを手ぶりで示した。

　うなずいた。

「歩ける？」

「ええ」しかし、また歩きだすと顔をしかめた。

　ふたりは顔を伏せたまま、歩道にだけ視線を向けていた。するとダニエルがいきなり腕を取り、ガブリエラを朝鮮料理のデリの店先へと引っぱっていった。そこでしばらく、ふたりは切り花や氷桶に並ぶペットボトルのオレンジジュースやマンゴージュースを眺めた。

「どうしたの？」ガブリエラが声をひそめて訊ねた。

「警察だ」

パトロールカーが一台、猛スピードで通り過ぎていった。サイレンこそ鳴らしていないが、やはりライトをどぎつく点灯させている。

青と白……

その後、ふたりはふたたび歩道に出た。車や自転車、ジョガーや通行人の間を縫うようにして歩みを進めた。街を南北に走る通りに出たときに、またパトロールカーが一台走っていった。背後に目をやったガブリエラが、早口でまくしたてた。「またあの男を見た気がする。黄色いシャツの男」

つぎの交差点でさらに一台、警察の車が通過していった。減速はしなかったが、乗っていた警官は周囲に目をくばっていた。ダニエルが言った。「人目を避けないと。身を落ち着ける場所がある」

「どこ？」

「〈ザ・ノーウォーク・ファンド〉が持ってるアパートメントだ。市外のクライアント用に」

「ノーウォーク……ああ、あなたの会社？」

ダニエルはうなずいた。「ちょうど空いてる。五〇丁目台の一番街にある」彼は交差点の標識に目をやった。七九丁目。「歩くとなると遠いが、タクシーも心配だ。新しいビデオシステムでテレビが付いてる。画面にきみの顔が映し出されないともかぎらない」

「大丈夫、歩けるから」

五分後、ダニエルは足を止めてガブリエラの具合を確認した。「歩くのは無理だ」

ガブリエラは大きく息をついて咳をした。「わかった、地下鉄ね」そう言ってまたダニエルにもたれかかった。「あの男は後ろにいる？　黄色いシャツの？」

「いない」

ダニエルはガブリエラの腕を取り、東を向かせた。

ガブリエラはもう一度深呼吸すると歩道を歩きだした。「マディソン・アヴェニューのことだけど。あそこから逃げるとき、彼は死んでなかった。あなたも見たでしょう？　きっと無事よね？　若者だったし」

ダニエル・リアドンはおもむろに言った。「わからない、ガブリエラ。どこを撃たれたかにもよる」

「結婚してた。指輪をしてたわ。子どももいるかもしれない」

「ガブリエラ……」

「撃つつもりじゃなかった。パニックになったの。人を傷つけようだなんて思わないし。でも、彼らが止めようとしてきて、黙っていられなかった。サラのために……そこはわかって。なにもしないではいられなかった」

「撃たれても、死ぬと決まったわけじゃない」

「救急車はすぐ来るでしょう？　何分もしないうちに」

七四丁目とレキシントン・アヴェニューの交差点で、ふたりは車の間をすり抜け、信号で足を止めた。すぐ横の屋台で、売り子が「ホットドッグはいかが？　プレッツェルは？」と呼び込みながら好奇の目を向けてきた。ふたりがそれを無視すると別の客のほうを向き、フランクフルトソーセージを濁った鍋から引きあげた。

信号が変わり、ふたりは通りを渡った。

ガブリエラは言った。「わたしたち、みんなに見られてるわ、ダニエル」

「きみを見てるんだ、マック。ぼくらじゃない」

「えっ？」

「きみが美人だから」

ガブリエラは微笑を浮かべ、土産物店のほうに頭を振った。「帽子よ」と言って棚を指さした。

「いいね」

ふたりは店にはいった。

ガブリエラは最初に目についたものをつかんだ。しかしダニエルは笑って言った。「それはどうかな」レディー・ガガのけばけばしいロゴの付いた帽子だった。

「そうね」ガブリエラは濃紺の地味なベースボールキャップを手に取った。ダニエルは黒を選んだ。

「ジャケットは？」

ところが、売り物はすべてあざやかな色合いでスパンコールをちりばめた、〈I♥ＮｅｗＹｏｒｋ〉式のものばかりで、派手な帽子よりも始末に負えなかった。上着の変装は後回しにしたほうがよさそうだ。

ふたりとも鞄を新しく買った――小型のバックパックでガブリエラは黒、ダニエルはダークグレイ。

ダニエルが現金で支払い、ふたりは帽子をかぶると、ジムバッグをそれぞれ新しいバックパックに入れた。

「たいした違いはないが、それなりの変装にはなった」

店を出るとき、ダニエルは警察、黄色いシャツの男、ジョゼフはいないかと外の様子を確かめた。

「大丈夫だ」

「でも――」

ダニエルの腕をつかんだガブリエラの表情は真剣そのものだった。「ねえ、ダニエル。こんなのよくないわ。もうわたしのことはいいから。早く行って。わたしが銃を撃ったとき、警察はあの場にいたあなたのことは見てないと思う。だから、わたしから離れて」彼女は声を詰まらせた。「あなたには関係ないことよ」

ダニエルはさっと身をかがめてガブリエラの唇にキスをした。「よし、これでいい」

ガブリエラは呆気にとられた。

「どういうこと？」

「『CSI』のドラマは観てる？」

「観てたけど」

「じゃあ、これでぼくのDNAがきみに付着した。きみが捕まれば、ぼくも道連れだ」

ガブリエラは笑顔になった。「もう、ダニエル……」

「どうにかなるさ、マック。約束する」

「マック?」そう呼ばれたのに気づいて、ガブリエラは目をしばたたいた。

「ガブリエラよりマックのほうがきみらしい。それに、ラストネームがマッケンジーで、マックと呼ばれたことがないとは言わせない」

「ええ」

父親とはおたがいニックネームで呼びあっていて、父から付けられたのが〝マック〟だったとは、ダニエルには話していなかった。

「だめ?」

ガブリエラは頬笑んだ。「気に入ったわ」

「それから、きみを愛しているかもしれない」とダニエルはささやいた。

その言葉に身をこわばらせたガブリエラだったが、やがて彼にしなだれかかり、肩から太腿までぴったり身を添わせた。その刹那、週末のあいだ感じていた恐怖が消えた。

第24章　日曜日午前十時　一時間十分まえ

チェックアウトしたダニエルとガブリエラは、アッパー・イーストサイドにあるコーヒーショップのぐらつくテーブルに席を占めていた。

ふたりで一夜を明かしたホテルのほうに、ガブリエラは顎をしゃくった。「女の子をいつもああいうとこに連れ込むわけ？」

「なんとかなりそうなときだけね。きみはテストに合格だ」

ガブリエラは皮肉な笑みを浮かべると作業にもどった。ふたりの前には業務記録、手紙、eメールのコピーといった書類が積まれていた。

その山のなかの最後の数通に目を通すと、彼女は椅子にもたれた。「ボスのいわゆる〝雑資産〟は百万ドル近くありそう。でも、そのありかについては手がかりのひとつもない。あんまりだわ！　身代金に足りる額があるのはわかってるのに、どこにあるかがわからない。どうやってジョゼフに金を渡せばいいの？」

ダニエルは書類の半分を精査したところだったが、やはり役立ちそうなものはないと言った。

ガブリエラのコーヒーは手つかずだった。ダニエルは紅茶を飲んでいた。カップにはティーバッグが二個、お湯を赤茶色に染めている。お茶を飲む人間はあまりいない、とガブリエラは思った。母はお茶好きだった。でもこの六年はというと、介護付き住宅のテーブルに置かれた、冷めたイングリッシュ・ブレックファストのカップを見つめるばかり。

忘れて。集中。これは大切な、命にかかわることだから。

知らないうちに汗をかいていた。ブルージーンズで掌を拭った。ウィンドブレイカーは脱いでいたがレストラン内は暑く、手編みのウールは温かかった。淡いグリーンの厚手のセーター。毛糸を選び、オンラインで襟と袖のパターンを探して、アイリッシュチェーンに行き着いたのだ。

コーヒーを啜《すす》り、食欲もないのにトーストをかじった。そしてお手上げとばかりに両手を書類に向けると低声で言った。「ここからどこへ行く？　貸金庫？」

「警察が全部見つけて封鎖してるだろう」

沈黙するふたりの周囲では、ミルクスチーマーの音、ＢＧＭで流されるＣＤ、静かな会話、それにあちこちでキーボードを叩く音が聞こえていた。窓外に目をやると、五九丁目のクイーンズボロ橋のシルエットが見えた。月並みな空を背景に殺風景な印象だった。

ガブリエラはコーヒーを一度、もう一度と口に運んだ。苦味が強い。気にはならなかった。味がはっきりしたほうが頭も冴える。

「謎の人物ガンサーについて、何か見つかった？」とダニエルが訊いた。

「なにも」

「一家の財産は？」

「どういうこと？」

「きみのボスの両親は？ 兄弟、姉妹は？ どこかにプレスコットとは別の名前で所有されている場所があるとか」

ガブリエラはすかさず答えた。「そう、それ！ それよ」と目を見開いた。「きっとそう。チャールズのお父さんが去年亡くなって、きょうだいで実家を売りに出そうとしたんだけど、まずは手を入れることにしたの。チャールズは数カ月ごとに足を運んで作業をしていた。いまも改装中よ」

「そこの名義はどうなってる？」

「委託された弁護士が名前を付けたわ、ベッドフォード・ロード一〇九物件とか」

「警察の耳にはまだはいってないかもしれないな」

ガブリエラはつづけた。「写真を見たことがある。お金を隠すにはぴったり──築二百年の古い家だから。部屋がいっぱいあって地下室が広い。百万ドルって、大きさはどれくらい？」

ダニエルは笑った。「さあね。ぼくの顧客は電信送金を使ってる。でも、思うほど大きくはないんじゃないか。その家の場所は？」と訊ねた。

「コネティカットのリッジフィールドあたり。州の西側で、ニューヨークとの州境に近いわ」

「わかる。そこなら期限までに行って帰ってこられる。ぼくの車で行こう。ここから数ブロックの車庫に駐めてあるから」そこで怪訝《けげん》な面持ちになって言った。「むこうの電話はいまも通じてる？」

「どうかな。なぜ？」

「出かけるまえに確かめといたほうがいい」

「なぜ？　チャールズが隠れてると思う？　警察はカリブの線を追ってるけど」

「いや」とダニエルは言った。「むこうに警察がいるんじゃないかと思ってね」

「ああ。そうか」ガブリエラは携帯電話を取りあげた。

だが、ダニエルはそれを止め、店の奥にある公衆電話を指さした。

「逆探知してるかもしれないってこと？」

「ここまで来ると、やたら気になる」

ガブリエラは立って電話まで歩き、受話器を取って硬貨を入れた。二分後、テーブルにもどってくると、ダニエルの横に椅子を引き寄せた。

そして浮かない顔を見せた。「いい判断よ、ダニエル」

「誰が出た？」

「ホロウェイ刑事。コネティカット州警の。間違えたって言って切ったけど」溜息をつくと、ガブリエラの身体はふたつに折れそうだった。ダニエルとはさほど身長は変わらない――たぶん彼のほうが三インチほど高いだけなのだが――心が挫けたいまは、真上から見おろされている感じがした。ダニエルの首が下を向いた。「これが最後のチャンスだったのに……ああ、サラ……」彼女はつぶやいた。「どうしたらいい、ダニエル？　あのお金がなければ……」

ふと口をつぐむと頭を反らした。「待って、待って……」もう一度、目の前にひろげた書類の山に手を入れた。

「どうした？　羊を襲う狼みたいに」

　ガブリエラの暗色に塗られた爪が、ビジネスフォームの記入事項をたどっていった。「これはチャールズの控除不能経費をまとめた数字。個人的なもの。仕事と関係ないから、いままで気にしたことはなかったけど」書類にいま一度目を通し、ガブリエラはある項目を示した。「去年、彼は宝石店とデパートで十万近く使ってる。そのうち何点かを、住所がマディソン・アヴェニューのソニア・ディートリッヒ宛に送ってる」

「誰なんだ？」

「聞いたことがない名前。チャールズがデートしてたのは知ってるけど、相手が誰かは言わなかったし。女の人がオフィスを訪ねてくることもなかった」そして、ふたたびバランスシートと台帳を読みこんだ。「ねえ、彼女に出したのはプレゼントだけじゃないわ。小切手もさんざん切ってる。十万あまり」

「たぶん現金もだ」

「そうよ」ガブリエラは声をはずませた。「行方がわからない百万は彼女が持ってるのかもしれない」

　ダニエルが訊いた。「彼と道連れで国外へ逃げたんじゃないか？」

「チャールズがお尋ね者だとすると、彼女にしてみたら、誰よりもいっしょのところは見られたくない相手でしょう。ああいう女は第六感がはたらくから。ほら、生き延びるのに」

　ダニエルはその言い方が気になった。「ああいう女って？　面識がないんじゃないのか」

「直感よ」ガブリエラはあっさりと言った。

「それでどうする？」

「彼女に連絡して……」そこで悩むと、「ちがう、これはどう？　彼女に連絡して、警察がチャールズと関わった人間を捜してるって話す。チャールズはあなたの疑いを晴らすために、残していったものすべてをわたしに取りにいかせようとしてるって」

「百ドル札の束が詰まった大きな肩掛け鞄まで？　うまくいくとは思えない」

「まあ、そうね。じゃあ、こういうのは？　お金が用意できなければ、わたしは警察へ行って、あなたがチャールズのために盗んだ金を隠してることを打ち明けるって言うわ。そういう役目をなんて呼ぶの？」

「仲介屋《バッグマン》」

「あの刑事たちに、彼女はバッグマンだって話す。ああ、バッグウーマンね。こちらに五十万が来て、むこうは刑務所へ行かずにすむ」

「そのほうがずっとましだな」

ダニエルは丸めたナプキンをカップに突っ込みながら訊いた。「でも、彼女が家にいなかったら？」

ガブリエラはしばし考えこんだ。「そしたらプランB」

「どれ？」

「彼女のアパートメントに押し入って、室内を引っくりかえす」

ふたりは八八丁目とマディソンの角で、ガブリエラが指したビルから二棟離れたあたりに立った。「あそこ。あそこに住んでる、彼のガールフレンドだか、愛人だか、共犯者だか知らないけど。ミズ・ディートリッヒという人」

「いちばん最近の職業は〝尻軽〟だな」とダニエルは低い声で蒸しかえした。

ガブリエラはバッグに書類を探った。それから発信した電話を耳もとに持っていった。数秒して電話機を離した。「留守番電話。不在だと判断していいかしら」

「判断とは逆で、ショットガンを掃除するのに忙しくて電話に出ないのかもしれないぞ」ダニエルは少年っぽく魅力的に見えた……彼自身も、どこか魅せられたようにガブリエラの顔を眺めていた。

「わかった。もうひとつのほうで行く」

〝プランB……〟

「ここで待ってて」ガブリエラはブラウンストーンの上品なロビーへはいっていき、郵便受けを調べるとダニエルのもとにもどった。「驚いた、二階全体が彼女の家よ」ふたりはその暗い窓に目を凝らした。人が住んでいるようには見えなかった。

ふたりは建物脇の路地をはいった。地階の窓には、すべて精巧な渦巻き装飾の格子がはまっている。しかし二階はというと無防備で、わずかに開いている窓があった。

「手を貸して」

ゴミ収集容器をその窓の下まで動かした。

ダニエルとふたり、また表通りに出ると現場を見渡した。歩道に人通りは少なかった。「路地は狭いし、わざわざ覗きこんでこっちに気づく人もいない」

「本気で押し入るつもりなんだな？」

「ええ。本気も本気」

角に休業中の古美術店があった。その店頭に巨大な中国の獅子が二頭、巨大な鎖で歩道につながれている。あれを盗む人間が世の中にいるだろうか、とガブリエラは思った。重さ八百ポンドもある醜悪な彫刻を、いったい誰が売りに出すというのか。

「あなたはそこで待機して、わたしはそう——訪ねるふりをする。誰かが建物に近づくようなら電話して」

ダニエルがすばやくキスをしてきた。「幸運を祈る」と言いながら、十フィート退くと携帯電話を出した。

ガブリエラは路地へ引きかえした。路地にはいろうとしたそのとき、警察の覆面車輛とニューヨーク市警の青と白のパトロールカーが、警告灯を歯切れよく瞬かせて建物の正面に停まった。

ダニエルが前に出かけたが、ガブリエラはその場にとどまるように小さく合図を送った。きのう邪魔をしてきた二名の刑事、ケプラーとスラニが覆面車輛から降りてきた。パトロールカーからは金髪の若い制服警官が一名。

三人ともダニエルのことは顧みなかった。

ケプラーが、自分たちが立つ歩道のほうに手招きした。「こっちへ、ミズ・マッケンジー」

ガブリエラは動かなかった。

「さあ。早く」

彼女はためらいながらも警官たちのところへ行った。

「何をする気か話してもらいましょうか」スラニが慇懃《いんぎん》に質問を投げてきた。

「仕事よ」

「では、仕事の中身と、そこにこの路地が関わってくる理由を説明ねがいましょう」

「わたしは法律を破ったわけじゃない」とガブリエラは反論した。

「そうか？　あんたは——ここに突っ立って——きっと……他人の家に押し入ろうと考えてたんだろう？」これはもちろんケプラーの発言で、そこには皮肉がこめられていた。

「馬鹿なこと言わないで。ここにはボスの友人が住んでるの」

「友人だ？」ケプラーはあてこするように質《ただ》した。

「ミズ・ディートリッヒのことは、われわれも知ってます」とスラニが言った。

ガブリエラはまくしたてた。「わたしには彼女と話す権利があるわ」

「話すって、何を？」

「それを話さない権利もある」

ガブリエラは古美術店の大きな獅子に目を向けた。ダニエルは二十フィート離れて、集まった見物人の後ろに立っていた。たぶん、このやりとりが聞こえる程度の距離——でも、警官たちに気づかれるほど近くはない。ガブリエラはそこを動かないでと目顔で伝えた。

「それであんたは窓の下から、ミズ・ディートリッヒに何をささやきかけるつもりだった？」

ケプラーはゴミ容器を見た。「ロミオとジュリエットを気取って」

「あなたたちこそ、ここで何をするつもり？」ガブリエラは語気を強めた。

ケプラーは笑いだした。「ずいぶんな態度だな——泥棒のくせに。あんたの質問に答えるなら、あんたは協力的じゃないし、チャールズ・プレスコットは二十いくつもの重罪容疑で指名手配中で、われわれは別のほうから事件の手がかりを追ってる。それでここに来た。ミズ・ディートリッヒのことを話してもらおうか」

「なにも知らない。わたしはチャールズのことが心配だった。彼から連絡はあるのか、元気でいるのか訊こうと思っただけだから」

「もう一度訊く。それを窓越しにやるのか？」ケプラーは、きっと睨みつけてくる相手を無視して付け足した。「そういうことはふつう電話ですますもんだ。ま、その話は勾留してからでもできるか」

「えっ？」

「おれたちはあんたのボスのオフィスにあらためてガサを入れた。目録を調べて消えたものがあることに気がついたんだ。ガブリエラ・マッケンジー、おまえを司法妨害で逮捕する」ケプラーはその口上を以前から楽しみにしていたかのように発した。

ガブリエラは思わず叫んでいた。「嘘よ！」

ケプラーが嵩《かさ》にかかって言った。「この際だから強盗未遂も乗っけてやる」そして路地を覗きこむと、「ゴミ箱で？　いやはや」

「あなたたちにはわからない。わたしの……」ガブリエラの声は途切れて消えた。

「あなたの、何ですか？」とスラニが訊いた。

「おねがい。いまは刑務所に行ってる暇はないの」

ケプラーは笑った。「それはあいにくだ」彼は背を向けてノートに何かを書き留めると、制服警官に合図した。警官の名札には〈チャップマン巡査〉とあった。

　警官がガブリエラに歩み寄った。「バッグを下ろしてむこうを向け、両手は背中に」

「おねがい！」

「早く。むこうを向け」警官は手錠を出そうと視線を落とした。ガブリエラはそのタイミングで前に飛び出し、警官のホルスターからオートマティックを抜き取った。

　あっという声とともに、野次馬たちがその場から散った。

「ガブリエラ！」とケプラーが叫んだ。すばやく動いて彼女の腕をつかんだ。揉みあったすえにガブリエラは横ざまに倒れ、苦痛に悲鳴をあげた。だが身を振りほどくと銃をケプラーの顔に向けた。怯《ひる》んだケプラーは身をかがめ、銃弾を避けようとばかりに手を振った。

「下がって！」とガブリエラはわめきながら刑事たちを狙った。「ふたりとも！　銃を棄てて！　早く！　その車の下に！」

　スラニが必死で食いさがる。「やめるんだ！　あなたは――」

　しかしガブリエラは刑事たちに冷たい目を向けた。ふたりは指定された場所に銃を放った。転がる銃が暴発しないかと一瞬視線をそらした隙に、制服警官がガブリエラを組み伏せようと突進してきた。ガブリエラはそれをかわしてよろけた。体勢を立てなおそうとした拍子に銃弾が放たれた。

　若い警官は目を白黒させ、胸を押さえて路面に膝をついた。「くっ、くそ。うっ」

　ガブリエラは息を呑んだ。

　スラニが彼女にも、まだ彼女が握っていた銃にもかまわず、倒れた警官のもとに走った。警官は腕を揺らし、足をばたつかせていた。刑事は身を寄せると肩越しに怒鳴った。「救急車を呼べ！」

ケプラーが掠《かす》れた声で吼《ほ》えた。「この牝犬が！　撃つなら撃て、それでもおれはやつを助けるからな」そして無線を抜いた。

ガブリエラはすすり泣きながら後ずさった。やがて背を向けて駆けだした。銃は角を曲がるとき、下水溝の格子付近に投げた。合流したダニエルもやはりショックを受けていた。また走ろうとしてダニエルに制止された。「歩け。下を向いて歩くんだ」

「でも――」

「いいから。ゆっくり。歩け」

ガブリエラはうなずき、何度か大きく息をつくとダニエルの腕を取った。

ふたりは東へ向かった。

それからまもなく、けたたましいサイレンが八方からひびいてきて、薄ら寒い午後の空気を切り裂いた。

第23章　日曜日午前九時四十五分　十五分まえ

NY
POLICE
DEPARTMENT
CITY OF NEW YORK
PD

「よし」ケプラーは電話から顔を上げた。「住所はマディソンと八八丁目の角」

「ということは？」とスラニが訊いた。

「チャールズ・プレスコットのガールフレンド」ケプラーは紙片に目を落とした。「ソニア・ディートリッヒ」

「またクソめんどくさいことを」とスラニはこぼした。

「最近、愚痴が多いな。おまえらしくもない」

「おれらしくない？　南アジアの血を引く人間は――おまえにとっては〝インディアン〟だろうが、おまえの好きなインディアンじゃないぞ――毒は吐かないって？　コールセンターで働く人間は毒を吐くなって？」

「そいつは人種差別だ」ケプラーは憤った。「どういうことなんだ、〝おれの好きなインディアン〟っていうのは？　おれはカジノには行かない」

「カジノ？」スラニはすかさず切り返した。「図星だ。ほら見ろ」相棒に向きなおった灰色の顔はすっかり勝ち誇っていた。スラニはスーツの上着を脱いで椅子に掛けた。

ケプラーはつねづね、相棒が細身でいながら筋肉をしっかり付けていることに感心していた。

週末にはたいていサッカーをしにいく。たまにクリケットもやるが、これはケプラーにはとんと理解できないゲームである。ゴルフに精を出せばいいのにと思いながら、ケプラーは手を振った。議論は終わりの合図だった。

会議室の戸口に人が立った。

「おっと、これは名前三つの新米か」ケプラーはそう言いながら名札に目をやった。

「フレッド・スタンフォード・チャップマンから任務報告を」と若い金髪の警官が言った。その口調には若干苛立ちがまじっている、とケプラーは感じた。

「まあ、念のため申しあげると、私はいつだって毒を吐いてます」新米は会話を立ち聞きしていたらしい。「とにかく、悪態はもう悪態じゃありません。ちがいます」

〝苛立ち……〟

ケプラーは面白くない、つつしめと言わんばかりの表情を向けた。金髪は口を閉じ、その内容はともかく発言を控えることにした。

「わかった、フレッド・スタンフォード・チャップマン――」

新米が言った。「スタッシュと呼んでくれませんか？　そうやって――」

「いや、おまえは断然フレッド・スタンフォード・チャップマンだ」ケプラーは名誉称号を授けようと言わんばかりだった。

「断然ね」とスラニがくりかえした。

「よし。よく聞け」ケプラーが〈チャールズ・プレスコット・オブ〉に関してブリーフィングをすると、巡査は目もとに生意気そうな表情を残しながらも納得したようだった。さらにいくつか忠告も添えた。

そこでケプラーは言った。「朝飯でも食うか。たっぷりと」

「しかも高いやつを」とスラニは付けくわえた。

ケプラーはさらりと言ってのけた。「請求書は警邏《けいら》に回そう。たぶん、ここにいるわれらが金髪のバイキング戦士がサインしてくれる」

新米はしばらく黙りこんでいた。張り込みに出ても、自分の食事代を出さなければいけないのかと考えていたのだろう。「私が？」

「この事件はとんでもないクソだ――失礼、ガンジー」ケプラーがスラニを見ながら言うと、相棒はまた中指を立ててみせた。「だから、おれたちにはブラッディ・メアリーも必要だ。さもなきゃ、ああ、シャンパンだ」

「シャンパン？」新米は死にそうな顔をした。

ケプラーはまるまる十秒をあたえた。それから言った。「おまえをおちょくってるんだよ、フレッド・スタンフォード・チャップマン」

「ですよね」新米は初めから気づいていたふりをした。

「コーヒーを飲む時間があるって、それだけさ。目的地は……もう一度、住所は？」

「マディソンと八八丁目の角」ケプラーはチームの新メンバーに向かって、「そこにプレスコットのお妾《めかけ》さんがいるんだな」

若い警官は言った。「妾っていうのは、結婚同然の関係にありながら、社会階級の違いで恋人と結婚できない女性のことです。アメリカには妾なんてまずいませんよ。階級の問題も少ないし」

刑事ふたりは巡査を睨みつけた。

新米は赤面した。「あくまで私の意見です」

「まったく」とケプラーは吐き棄てた。「やっぱりおまえの奢りだ」

スラニがおおよそ理性的な調子で言った。「そろそろはじめるか」

刑事たちは巡査を見つめて待っていた。

「何ですか?」新米は声がうわずりそうになっていた。

スラニは顔を曇らせた。「聞いてなかったのか?」

「というと?」

「ブリーフィングだ。たったいまの」

「聞いてました、はい」だがろくに耳をかたむけていなかったのか、事情を呑みこめない様子だった。

「あれを忘れたのか?」ケプラーはドア近くのテーブルに置かれた防弾ベストを指さした。

「遠慮します」と新米警官は答えた。「あれを着るとやたら汗をかくんで。それに、そこまで大変ですか?」

第22章　日曜日午前九時三十分　十五分まえ

ふたりは乱れたベッドの端に並んで腰かけた。温かいシーツがねじれて丸まり、まるで宇宙から見るハリケーンの雲のようだった。

脚がふれあっていた。

「すぐに調べないと」とダニエル・リアドンが言った。〈オクトーバー・リスト〉を必死で探すジョゼフや殺し屋の一味が表で待っているとばかりに、眼下のレキシントン・アヴェニューを眺めていた。荷物はまとめてあった。

「そうね」ガブリエラは気がなさそうに言った。立って自分のものを集め、ジムバッグに突っ込んでいった。ダークブルーで、サイドにナイキのロゴがある。ナイキはまだこのロゴを使っているだろうか。それとあのフレーズ――

〝いいからやれ《ジャスト・ドゥ・イット》……〟

ファイルを除けばろくに持ち出さなかったので、作業はすぐに済んだ。ダニエルの視線が気になった。ブルージーンズ、クリーム色のシルクのキャミソールの上にグリーンのVネックのセーター。L・L・ビーンの明るいグレイのウィンドブレイカー。ダニエルはやはり新しい服――きのうと同じようなスーツを着ている。濃いグレイ。イタリア製。プレスも完璧。ネクタイをしていないのは、週末ということで多少の譲歩をしているのだ。服から漂うのはアストリンゼン――ドライクリーニング用の薬品――の匂いだが、アフターシェイブ、ローション、ムスクの香りもほのかに感じた。それと靴磨き用のクリーム。ダニエルは靴にとても気をつかっていた。服との組み合わせが、なぜかやたらに興奮を誘った。

そうだ、調べなくちゃ、とガブリエラは思った。でもその気になれない。このままここにいたかった。彼のそばに。

すぐそばに。

この期《ご》におよんで馬鹿げてる。それでもつかの間、欲望と――より深い、灼けるように熱い関係が生まれるのではという期待に呑まれた。

するとダニエルに引き寄せられ、シルクのスカーフの感触がある右手で首筋を撫でられた。抵抗しても、それはごく一瞬のことだった。唇を寄せては引き、求めあうほどに肌から肌へと熱が乗り移っていく。リラックスすればするほど、抱き寄せるダニエルの腕に力がこもった。やがて身体の内側で、どうしようもなくほどけていく感じを意識していた。

もう一度、痛みと紙一重の抱擁。そこでダニエルが身を引いた。「すまない。こんなことをすべきじゃなかった」が、悔いている様子は微塵《みじん》もなかった。

心に刻まれたサラの名前が目に見えるほどでありながら、ガブリエラはやわらかな声音で言った。「いいえ、これでよかった」彼女はまたダニエルにキスをした。

「朝食をすませて宿題を終わらせよう」ダニエルは書類に目をやった。「五十万ドルの当てを見つけないと」

ガブリエラはうなずいたものの、また彼をベッドに引きもどしたいという誘惑に駆られていた。その先のことは容易に想像できる。ダニエルのそそるように張り詰めた肉体は、すでに目で充分確かめていた。しっかりと、揺らぐことのない腕。固さと柔らかさがうまく調和する唇。いたずら好きの舌はよく動いて——ダニエルは感触ばかりか味覚も楽しむ男だった。じつは支配することに案外執着するガブリエラを、まるでおかまいなくベッドに押し倒し、片手を腿に、片手を胸に伸ばしてむさぼりつくすのだろう。ひたすら我が物顔で、征服するように。

そして温もりと悦びが麻薬のように、彼女にとっては唐突な終わりを迎えるまでひたすら増していく。

ああ、わたしはそれを求めている。

後ろを振りかえれば、すれちがったまま別れた男たち。

すれちがいどころか。

でも後ろ髪引かれながら、ガブリエラはそんな幻想を押しのけ、温かいシーツも、ダニエルの匂いも、その手と口の記憶も締め出した。

優先すべきこと。

目的。

〝サラ〟という名前。

第21章　日曜日午前八時三十分　一時間まえ

誰かに見られている感じがした。

フランク・ウォルシュはウエストヴィレッジのアパートメントへ向かいながら、四十がらみで大柄の、ベースボールキャップからカールしたブロンドの髪をはみ出させ、黒っぽい外套《がいとう》をまとう男の存在に気づいていた。男はハドソン・ストリートの反対側を同じ方向に歩いている。だが、奇妙なのはこの男の歩き方だった。誰でも足もとか前方を、または左側に並ぶ窓を見るものだ。ところがこの男、日曜の朝のまばらな車の行き来にしきりと目をやっていた。尾行してくる車を気にするようなそぶりだった。

なぜ気にする？　あの警官たちに追われているのか。強盗？　殺人犯？

それとも、ミスター外套は自分の標的、つまりこのフランクリン・ウォルシュをわざと見ないようにしているのか。

三十歳にもなれば獲物に付きまとうことも、争うことも、攻撃のこともわかっている。生き延びることも。

血のことも。

この男は厄介だ、と直感が告げていた。

すばやく視線を投げると、男はそれを予期していたように目をそらした。フランクに見えたのは、丸顔と気味の悪い髪——きついカールの金髪を撫でつけている。でも、それがヴィレッジという町であり、風変わりであることが特徴なのだ。

やがてミスター外套は足を止め、気になることがあるといったふうに首をかしげ、さりげなく窓を覗きこんだ。すると彼も地元の人間なのか。フランクはうろたえる自分を戒めた。それに、護身の方法はわかっている。彼はポケットに忍ばせたナイフをたたいて確かめた。

じきに思いはミスター外套から離れていった。いまから三十分後に起きるはずの現実、もう何日も頭のなかを占めてきたナイフ仕事のことも飛び越していた。

で、行き着いたのは……ほかに何かある？　くそっ。週末に母親を訪ねたこと。さんざん飯を食わされた。ロングアイランドでいちばん混むショッピングモールに付きあわされた。ろくに話題もなかったし——あったためしもないが——あの女ときたら、妹の結婚話を五回、六回と持ち出してきた。

その話には、バーバラと亭主の間に「一年もしたら子どもができるわよ」というオチが付いた。

そうなると、妹がセックスしている不快な場面が否応なく頭に浮かんできて、少なくともデザートまでは食欲が失せたままだった。

「ブロビーとスティーヴは四人欲しがってるわ。年子が理想ね」

母親はどういうつもりなのか。そこで息子が魔法の杖（うむ、ひどい言葉の選択だ）でも振ったら、さっと子どもを産む妻がぱっと現われるとでも思ったのか。まったく、息子は息子なりに努力してることがわからないのか。おれの人生はどこの誰ともちがう。そもそも、おれのこだわりを理解できるやつはいるのか。

ナイフ、争い、血……

それにもうひとつ、実用性。いまの職種では多くの女と出会えない。

それでも、フランクはいま特定のひとりを求めつづけていた。

ああ、ガブリエラ……

〝火曜日なら〟

笑顔まじりの彼女の言葉。

マディソン・スクウェア・ガーデンにあるペン・ステーションからの帰り道、フランクは軽快に歩を運んでいた。この調子で歩けば、肌寒い秋の空気のなかではとくに百カロリーは消費できるにちがいない。わざわざ上着を脱いでいたのは、寒さでカロリーを使って脂肪を落とすためだったが、通り過ぎる店頭のウィンドウで自分の丸々とした姿を見るのは気が進まなかった。ニットのシャツを着てこなければよかった。貼りついて体形が目立つのだ。

じゃあ、見るな、と自分に言った。

だが見てしまう。

それでも上着は脱いだままだった。寒中では、暑い日よりも五十パーセント余分にカロリーを消費する。北極にいると、好きなだけ食べても体重は減る。そこは調べてある。一日六千カロリー。北極で一年すごせばいい。

また周囲に目をやると、ミスター外套がいつのまにか通りの同じ側を歩いていた。しかも相変わらずこちらと同じペースで。

付きまとい、攻撃、殺し……

やっぱり気を採まずにはいられない。

この男はなぜおれに興味を持つのか。仮に興味があるにしても、どうしておれがこのペン・ステーションから南へ向かう通りにいるとわかったのか。

だがもちろんのこと、フランク・ウォルシュはコンピュータというものを、いい面、悪い面ひっくるめて熟知していた。電話の盗聴にもデータマイニングにも詳しかった。けさ、フランクは街へもどる切符をクレジットカードで買った。電車に乗るからと母親に電話した。その気になれば、彼がどの列車に乗って何時に駅に着くのかも調べられるし、また風体にしても――陸運局の写真が（現在より三十ポンドも痩せているにせよ）手にはいる。

ヴィレッジの自宅がある通りに曲がると、ポケットのナイフに手を置き、さっと後ろを振りかえった。

カールした髪の男はいなくなっていた。

フランクはそのままブロックを過ぎ、自室がある八階建てのビルに近づいた。ドアに駆けこんで周囲をうかがったが、静かな並木道に人影はなかった。

ロビーにはいってようやくほっとした。

「やあ、アーサー」

年輩のドアマンは、オールドスパイスの匂いとともに足を引きずってきた。「荷物が届いてますよ、ミスター・ウォルシュ」

「Ｆｅｄｅｘかな？」フランクはククリ刀ではないかと思っていた。このネパールのナイフは、人の想像よりはるかに危険な代物だった。

陽気なシェルパだなんて。

「いや、直接の届け物で。きのう、ヒスパニック系の男が置いていきました」

ビニール袋に四角くて重い物がはいっている。彼はそれを受け取った。

「ありがとう」ドアマンにはチップを渡す気はなかった。気前がよくなるのはクリスマスのころなのである。袋のなかを覗いてはっとしながら、そこに添えられたメモを読んで笑い声をあげた。

アーサーに五ドルを差し出した。

老人は受け取る際に礼も言わず、片手を挙げただけだったが、フランクはそれを限りない感謝の念だと解釈した。

フランクはドアの鍵をあけて室内にはいると、大画面のテレビの前にある肘掛け椅子に上着を放った。

三室からなるそのアパートメントは暗く、正気とは思えないほど散らかっており、たまに、そのときの気分によって閉所恐怖に襲われることはあってもくつろげる場所だった。キチネットにはガスコンロが二口と、冷凍のＴＶディナーが一、二食分まかなえるオーヴン。テーブルの上では電子レンジと本や雑誌が共存している。だがその昔、ここがボヘミアン・アートの華やかなりし舞台であったころには、人は詩や絵画を生み、マリファナを吸い、好きなだけ女と寝て、酒に溺れた。料理など、無用とはいわずとも二の次だった。フランクは窓辺に行き、名の知れたアーティストのコミュニティであるウェストベスを眺めた。一九七一年に、ダイアン・アーバスが手首を切ったその部屋が見えた。少なくとも、魚が針に掛かるのを感じた不動産ブローカーはそう言ったのだ。奇矯な写真家が自ら命を絶った場所を一望できることで、まるでこのねぐらの魅力が増すとばかりに。

やがてフランクは視線を転じ、黒い外套を着る男たちに目を走らせた。ブロンドの巻き毛を撫でつけた、《マトリックス》ばりの殺し屋の姿はどこにもなかった。彼はカーテンを引いた。

それから受け取ったばかりの荷物のところにもどり、シャンパンのドン・ペリニヨンが納まる深緑色の箱を喜色満面で手にした。付いていたメモをはがした。

親愛なるフランク　あなたのことを思ってる。もうすぐこれをふたりで飲めるわ！　火曜日が待ち遠しい。連絡するから！　XOXO、ガブリエラ

ロトの最後の数字を削って百万ドルを当てた気分だった。うれしくて大声で笑った。シャンパン！　それも安物とは思えない。

フランクはギャビーの締まった腰、毬《まり》のように突き出した胸、ふだんはまとめあげるかポニーテイルにしているらしい、鳶色の豊かなストレートヘアを思い描いた。でも、たまに髪を下

ろしたときの彼女が好きだった。

ああ、可愛いじゃないか。

あの黄色の水着を着て、セントラルパークで日光浴をしていた姿を思いだした。たしか腹に傷があった。あれは帝王切開の痕か、それとも事故のせいなのか。

どうしたらわかるだろう。

本人に訊けよ、間抜け。

金曜日に、ふたりでコーヒーを飲んで正解だった。どうやらおれは試験らしきものに合格したのだ。なぜって、こいつを見ろ！　フランクはあらためて緑の箱をためつすがめつした。メモを読みなおした。それをもう一度、もう一度とくりかえした。

おい、ドン・ペリニヨンだ。グーグルで検索してみた。

まさか！　百五十ドル！

フランクは火曜日に彼女が来たときのことを夢想しはじめた。部屋はぴかぴかにしておく。掃除機をかける。それと消臭。何かが臭うのだ。

ベッドにはきれいなシーツを……

フランクは時計を見た。おっと、デートのことはあとで考えるとして。そろそろ闘いの時間だ。

死の時間、血の時間。

掌が汗ばんできた。

黴臭いベッドルームで、フランク・ウォルシュはドレッサーの上にポケットの中身を出していった。しわくちゃの紙幣で四十三ドル、小銭、レシート、ネッコ・ウエハースの包み紙、キットカットの包み紙、それにいつも携帯している刃渡り二インチのスイス・アーミーナイフはルーペ、楊枝、はさみが付いている。

クローゼットの扉を開いた。なかには靴が数十足、スーツ一着、コンバットジャケット四着、帽子掛けにヘッドギア一個とグリーク・フィッシャーマン・キャップ。フランクはその帽子を取って赤毛の頭にかぶった。そしてくたびれた事務椅子に座るとコンピュータを起動し、靴を脱ぎ捨てた。コンピュータの画面に目を凝らしながらマウスで音量を上げると、異次元から別世界の音楽が鳴りひびいた。

画面いっぱいに見馴れたロゴがひろがると、故郷の標識を目にしたような安心感につつまれる。

グラヴィアス・メージャーの一族

ナンバーワン・オンラインRPG

フランクは〈ゲームを再開する〉をクリックし、自分の化身《アバター》を呼び出した。プレイヤー本人とは髪の色しか似ていない、痩身でハンサムな戦士を武器庫に行かせ、ダレーシアン・ナイフを装備させた。それからペガサスに乗って、台湾の若いプレイヤーが操るアバターと一戦まじえることになっていたプロスペシアの森まで飛んだ。

彼らはゲームのルールに則り、部族間の争いを解決するため、あらかじめ一対一の闘いを決めていたのである。

まもなく到着した〈裁きの広場〉は、すでに両部族のアバター数十名に取り囲まれていた。フランクが個人的に会ったこともない、まして実際に会話をしたこともないプレイヤーに操作されて、戦士や魔法使いが拍手喝采しながら声援を送ってくる。むろん敵側も同じように、自分たちの戦士を応援していた。

そこに登場した対戦相手のアバターは、尻尾が触腕になった異様な怪物だった。闘いの場を見まわすと柵をまたいだ。

フランクも己れのアバターに同じことをさせた。アニメのキャラクターが向きあった。

ふとミスター外套の記憶が脳裡をよぎったが、すぐに消えた。いまはナイフでの闘いに勝たなくてはならない。物騒な刃を突き出したアバターを低い姿勢で進ませると、敵は防御の姿勢を取りながら、蛇を思わせる顔で様子をうかがってきた。

フランクはサイドにフェイントを入れ、ナイフを飛行機のプロペラのように回転させながら前方に跳び出した。それも自分の戦略にこだわりながら――化け物にレイプされるギャビーを護るという体で。

血が飛び、おぞましい絶叫が給料一カ月分のボーズスピーカーから放たれた。

フランクはふたたび前進した。

〝付きまとい、攻撃、殺し……〟

第三部　日曜日

第20章　土曜日午後十時　十時間三十分まえ

「ハル、土曜の夜を台無しにしてすまないな」

「どういたしまして、ピート」

男たちは固く手を握りあった。両者の右手首には、偶然にも金のブレスレットが巻かれていた。一方は上品なもの、もう一方はちがった。

「まあ、座って」ピーター・カルパンコフはデスクとして使っている、華美だが古びて色の沈んだマホガニーのアンティークテーブルの向かいを指した。「掛けてくれ。飲み物は？　ウィスキーでも？　好みだろう？　別のものにするかね？」

「いや、けっこう」ハル・ディクソンは若干太めの体軀、スーツには多少皺が寄っていたが、シャツは夜のこんな時間にもかかわらずプレスが利いている。

彼らはカルパンコフの会社が所有する十番街のビルの最上階、三階にいた。

ロシア人は注いだウォッカをいとおしむように啜った。そして眉を上げた。「本当に？」

「いや、いいんだ、ピート。たしかにあんたの言うとおり、ウィスキーは好物だが、かまわないでくれ。家に帰って女房に臭いを嗅がれたら大騒ぎになる。女房といっしょには飲めるが、そのまえには飲めない。事情は察してくれ」

「なんと、女、女、女か……」細身の男はくすりと笑った。男がウラジーミル・プーチンとあまりによく似ているので、ディクソンは彼がロシア大統領の親戚ではないかと思うことがあった。訛りはないのだが、たまに訛っているような気がしてくる。

隅っこで、カルパンコフの大型犬——ディクソンには犬種がわからなかった——が唸り声をあげ、伸びをしながら訪問客のことをゆっくり眺めまわした。敵意を示すわけでもなく、かといって親しげでもない。犬はまたクッションに座りこみ、大きく息を吐いた。百五十ポンドはありそうだった。ディクソンに注がれたその茶色の目は動く気配がない。黒と灰色の毛は生まれつき尖っているのかもしれないし、逆立っていたのかもしれない。

襲いかかる直前のように。

「あいつはいい子だ」カルパンコフが愛情をこめて言った。

「でかいね」

「うまくいってるようだな」カルパンコフは感心したような顔つきだった。「新しいショッピングモールの計画は」

「ああ」とディクソンは答えた。ロシア人の目をじっと見据えた。「濡れ手で粟《あわ》ってやつだな、その言い回しの意味はろくすっぽ知らないが」

カルパンコフは目を瞬かせると笑った。「ま、たしかにな。考えたこともなかった。〝濡れ手で粟〟か。どういう意味なんだ？　人は話す言葉に不注意だ。常套句、口から出まかせ。たまに胸が悪くなる」

「そうだな」

カルパンコフのオフィスからはハドソン川が一望できた。夜になったいまは黒い筋でしかない。北へ、南へと引いて流れていくのは黄、赤、緑の光だった。自分の世界に籠ったカルパンコフが、やがて顔を向けると、ディクソンがじっとこちらの目を覗きこんでいた

やけに変わった瞳だと思いながら、ディクソンは視線をそらした。五十の灰色の影《フィフティ・シェイズ・オブ・グレイ》ではない。ふたつだ。

ロシア人は言った。「そろそろニューアークの例の計画について話し合うころじゃないかと思ってね。あんたとおれとで」

楽しげな太鼓の響きがディクソンの腹をくすぐった。彼は熱く語った。「そいつはたまげたな、ピート。八桁は軽いぞ。八桁も半ばまで行く」そして心のなかで言った。いいから落ち着け。これじゃあ、まるでジャスティン・ビーバーのことをしゃべりまくるガキみたいじゃないか。

「八桁、ああ、そうだな」

「きれいに仕上がるぞ」とディクソンは言った。

これはその案件に、大型ドライクリーニング店へのリースがふくまれていることを絡めたジョークだった。かねてディクソンはそこに一枚嚙みたがっていた。

だが、カルパンコフはその言葉遊びにピンと来ない様子だった。

ディクソンは無表情だったが——カルパンコフのような人間と取り引きする際には、それを心得ていなくてはならない——喜びがむくむく湧いてきた。もう一年にもなるが、彼はカルパ

ンコフから何かしらのプロジェクトに、どんなプロジェクトでもいいから誘われたいと願ってきた。しかしニューアーク？　なんと。ボードウォーク。パークプレイスだ。

「そこで頼みがあるんだが、ハル」

ニューアークの一部を手に入れるためなら、カルパンコフには当然手を貸すつもりだった。その依頼がなんであろうと。ディクソンは身を乗り出すと、うれしい予感とともに眉をひそめてみせた。

「なんでも」

が、飴または鞭の中身は、すんなりとは出てこなかった。

電話が鳴ると、カルパンコフはごていねいに「失敬」と断わってきた。

「おかまいなく」ディクソンは犬を見つめた。犬は見返してきた。勝負を先に降りたのはディクソンのほうだった。

片方の肩を、つぎに反対の肩を上げて、ディクソンはグレイのスーツジャケットの着心地を調節した。きつめで薄手のウール、その日の寒さには生地が薄すぎた。家を出てすぐ気がついたのだが、オーバーを取りに帰りたくはなかった。妻のところには。シャツは派手すぎると思われがちなパステル調のブルー。ディクソンは気にせず明るい色のシャツを着た。もはやトレードマークなのだ。きのうはピンク、きょうはブルー。あしたはイエローを着る。カナリアイエロー。お気に入りで、日曜日にはいつもその色を着ていた。

ロシア人の電話が終わった。ここからはいつものように、男どうしの会話のなかではっきりムードが変わり、真剣な駆引きがはじまる。カルパンコフが体裁というものを土に埋め、その墓の上にテントを立てるかのように指を組み合わせた。「ちょっと気になることがある」

「ああ」

カルパンコフはよくそんな言い方をした。気になることがあると。

「〈オクトーバー・リスト〉の話は聞いたか？」

「いや。知らないな。何なんだ？」

「こっちもよくわからない。ただはっきりしてるのは、そのリストに集められた人物が力を持ってるってこと。それに危険であること。三十名、もうすこしいるか。聞くところによると、おれが以前手を組んだようなやつもいるらしい」

「〈オクトーバー・リスト〉か。なぜそんな名前で？」

カルパンコフは肩をすぼめて、「誰に訊いてもわからない。謎だ。十月に大騒ぎが起きるってことかもしれない」

「来月か」

「来月だ。あるいは去年の十月に騒ぎがあって、その結果、何かが企てられているのか。それでな、ハル、おれはそのリストが欲しい。そのリストが必要なんだ。でも手下は使えない――おれが絡んでるかもしれないからな。おれが関わった連中だ。あんたは無関係だな」

どうせ、おれはつまらない小物だからな、とディクソンは思った。しかし気を悪くすることはなかった。犬のように真面目にうなずいていた。そう、普通の犬だ、そこの隅っこにいるでかいやつじゃなく。

ロシア人はつづけた。「そこでひとつ相談だ。これはヘンリーから聞いたんだが――ヘンリーは知ってるか、うちをまとめてくれてる男だが」

「もちろん。ヘンリーは知ってる。いい男だ」

「ああ、そうだ。その彼が、街に住む女がリストを持ってるとか、その在りかを知ってるとかいう話を聞きつけてきた。あんたのほうで女からリストを受け取ってくれたら、あんたとおれでニューアークのプロジェクトを折半にしよう」

「五十パーセント？」ディクソンは口走った。「またずいぶん気前がいいんだな、ピート」

カルパンコフはお世辞を受け流した。「その女の名前はガブリエラ・マッケンジー。リストをつくった野郎のオフィスマネジャーだ——野郎は高飛びした」

「女の家は？」

「アッパー・ウェストサイドだが、いまは留守だ」カルパンコフは指でテントを立てると、ぐっと身を乗り出した。「女と、いっしょにいる男は人目につかないように行動してるが、こっちの情報源によると、ふたりは市内にいるらしい。男の名前はリアドン。部下たちは、今夜か明日には居場所をつかんで報告すると言ってる」カルパンコフはさらに声を落とし、テーブルに両掌をつけた。「ハル、街に出たらあんたが頼りだって話を聞いた。ほら、困ったときの頼みの綱だって」

「やってみる」ディクソンは控えめに言った。「地理には明るいしな」

カルパンコフは咳払いをした。その視線が、デスクに置かれたフォードのモデルカー六台のうちエドセルへと流れた。「で、リストを手に入れるには、どんな手でも使うのか？　そこに異存はないのか？　今度の相手は女だ。それも罪のない」

「なんの問題もない」ディクソンは本気でそう答えたが、すでにこの仕事にそそられていると
は口にしなかった。
「驚いて騒ぐぞ」
「女なんてそんなもんだ。月のものが来てるときはなおさらね」
カルパンコフは微笑した。「むこうは用心深くなってるってことさ。リストを欲しがってる
のはおれだけじゃない。狙ってるのが何人かいる」
「なら、むこうの居場所を教えてくれたら、おれのほうで片をつけよう」ディクソンは仕事の
算段をするうちに顔をしかめた。「つまり、女は追われてることを知ってるのか？」
「そうだ」
「あんたもご存じのように、おれはご婦人方を相手にするのが得意でね。教会の執事みたいな
調子で話しかけるのさ。そうすると、むこうは警戒をゆるめる。おれは聖書だって持ち歩いて
る」ディクソンは胸ポケットから黒い小型本を抜き出してみせた。
「さすがだ、ハル」
ディクソンは破顔した。「おれを近づけたところで、ブツを抜いて女を車に押しこむ。工事
現場まで連れていって仕事をする。女はリストの在りかをしゃべるだろう。で、そのあとか？
月曜日のショッピングセンターでコンクリートを流しこむんだ。死体はぜったい見つからない」
「なるほど」
「で、いっしょの男は？　絡んでるのか？」
「いや、女と寝てるビジネスマンってとこだな。どうでもいい。だが……」三つめのテントが

立った。

「そいつの面倒もみよう。たぶん消したほうがいい」

ロシア人は首を縦に振った。「部下が女を見つけしだい連絡する」

男たちが席を立ち、今度はより力強い握手を交わすと金のチェーンが鈍く鳴った。主人の手を熱く握りしめるディクソンの拳を見て、犬が起きあがった。ディクソンはたちまち手を引っこめて後ずさった。

「大丈夫だ」とカルパンコフは言った。「あんたのことが好きなんだよ」

そりゃあ、メインディッシュにしたいからだろう、とディクソンは内心思った。彼は立って睨むだけで満足している犬に頬笑みかけた。

五分後、ハル・ディクソンは吹きさらしの寒い通りで、軽いスーツの襟をかき合わせた。組織犯罪の大物ピーター・カルパンコフとゴジラから離れ、ようやく人心地がついた。軽やかな足取りで道を行きながら、〈オクトーバー・リスト〉を手に入れたら誰に売ろうかと考えていた。

第19章　土曜日午後八時三十分　一時間三十分まえ

PRIVACY PLEASE

「こわい」ガブリエラは歯を嚙みしめたまま言った。

彼女はふるえていた。目をつむり、息を乱していた。「どうしてこんなことをするの？」タクシーの後部座席でダニエルにもたれかかると、ダニエルが肩に腕をまわしてきた。ガブリエラは目を拭った。「誰にこんな卑劣な真似が？」足もとに置いたＣＶＳ薬局のビニール袋を見ながら、さらに身を寄せていくと、まわされた腕に力がこもった。ダニエルはたくましかった。着ている上物のスーツは厚手ながらドレープのある生地で、そこに隠された肉体の張りは腕が一度ふれただけでも伝わってくる。

彼に会ったのは金曜日、きのうのことだとガブリエラは思いかえした。

それからの出来事。

すぐ間近で濡れた額を拭いてくれて――それから同じハンカチで自分の顔も拭いたダニエルの記憶に、身内で何かが低く弾ける感じがした。

あれがたった二十四時間まえのこと？　何年も経っているような気がする。

ふたたび、よりかすかな、より温かい疼きを意識した。だがガブリエラはそんな思いを脇へ押しやった。いまはそんな暇はない。

サラ……

三十分まえ、タクシーでトライベッカのロフトに寄り、ダニエルは洗面道具と着換えを入れたジムバッグを持って出た。そして同じくガブリエラのアパートメントへ向かった――いちばんの目的はファイルフォルダーを取りにいくことだった。

ガブリエラは言った。「書類はなんの役にも立たないかもしれないけど、サラの命を救えるものといったら、わたしたちにはそれしかない。ここまで来たら藁《わら》だってつかむわ」

ダニエルの視線は、血の気の失せた子どもの身体よろしく丸められたビニール袋に注がれていた。いろいろあったにもかかわらず、彼は落ち着きはらっていた――あの胸が悪くなるような路地で、袋から転がり落ちたものを目にするまでは。あのとき、彼はガブリエラよりも激しく反応して身を引いた。

思わず「おい……」と声を洩らしていた。

そのショックが去っても、代わりに怒りと、それにおそらくは覚悟といったものが一気に湧きあがってきた。

「どうしてそれを持ってきたの？」とガブリエラは訊いた。

路地にいたあの場で、ガブリエラは袋が酸にまみれているとばかりに投げ棄てた。だがダニエルは上品な絹のハンカチを使い、袋とその中身を回収したのだった。

彼は答えた。「証拠だ。たぶんＤＮＡが残ってる」と袋を顎で指し、「もしかしてジョゼフの指紋も……やつが不注意な男なら」

「そうね。そこまで考えつかなかった。感情的になってしまって」

「あの状況で、それも無理はないさ」

ふたりは黙りこんだ。セントラルパークを過ぎたタクシーがアパートメントに近づくころ、ガブリエラは運転手に話を聞かれていないか気配を探ったが、運転手は携帯電話に向かって中東の言葉で会話に熱中していた。ガブリエラはダニエルに耳打ちした。「警察に見張られてる。きっとジョゼフにも」

そして運転手に向かって一ブロック北の、アパートメントがあるビルの裏通りまで行くように指示した。黄色いタクシーは通りの暗がりに停まった。「すぐもどるから」と彼女は運転手に告げた。

メーターで待ち時間を加算する運転手には乗客の目的など、秘密の任務が絡んでいようと関心はなかった。運転手はたたみかけるような会話を再開した。

タクシーを降りたガブリエラは、それこそスパイに尾行されているとでもいうように、隣接するビルの壁沿いをアパートメントの通用口まで歩いていった。荷物の搬入口は開いていたが、地下へつづくドアは施錠されていた。だが、持っていた玄関の鍵ではいることができた。

五分後、ガブリエラは明かりを消したまま自室にいた。ほとんど手探りで、服と必要なビジネスファイルをナイロン製のジムバッグに突っ込むと、ドアから外をうかがい、廊下に隣人や、とくにニューヨーク市警の警官がいないかどうかを確かめた。人気はなかった。

ガブリエラはドアの錠をおろした。

表にもどってすばやく後部座席に乗りこむと、運転手は縁石を離れた。

ダニエルが膝をつかんできた。

数ブロック離れてから、ガブリエラは「サラ」と悲しげに発した。「あの子はいま何をして、何を思っているのかしら」

「そんなことは考えるな」とダニエルがささやいた。彼の腕がふたたび肩にまわされて、ガブリエラは温かさにつつまれるのを感じた。

リンカーンセンター周辺で発生していた土曜の夜の混雑を抜けると、タクシーはミッドタウンを南東方向へ進んだ。十分後、ウォルドーフ・アストリア・ホテルに着いた。ダニエルが料金を払い、ふたりはパーク・アヴェニューの歩道に立った。ダニエルはまたもナプキンを使って、気味の悪い中身のビニール袋をジムバッグに突っ込んだ。

「気をつけて」ガブリエラは力なく言った。「血に」

ロビーにはいると、彼女は立ちどまって目をしばたたいた。「ああ、きれいね」

「ウォルドーフは初めて？」

「遺伝子をたどれば、そうでもないけど」

「クライアントと会うときはだいたいここなんだが、宿泊したのは数えるほどしかない。家を直してるときとか。ここには古いニューヨークがある。それが好きなんだ」

ガブリエラはきょろきょろしながら贅沢な木のしつらえ、ロビー中央の大きな時計台、高い天井を眺めていた。

「行こう。観光はあとにして」

デスクへ行ったふたりは二室にチェックインした。ダニエルが自分のクレジットカードを使った。ガブリエラがカードを使うことで、〈オクトーバー・リスト〉を欲しがる警察などに居場所を突きとめられるのではないかと心配したのだ。いまやデータマイニングが流行していることは、ガブリエラも〈ニューヨーカー〉で読んで知っていた。

ふたりはエレベーターを降りた。部屋は隣り合わせではなかったが、同じ階にあってさほど離れていなかった。廊下を歩いていて、ガブリエラはまたも引き寄せられる感覚が芽生えるのを意識した——きのうバーで出会ったときよりもずっと強く。

そう、頭のなかではサラ、サラと思いつづけていた。しかしその名前も、ダニエルをこっそり見るときに身体の奥底で感じる疼きを止めることはなかった。それにしても、彼と寝ようと考えるなんてどうかしてる。

でも、と彼女は心の内で反論した。きっとひとりが長すぎたのよ。

それにダニエル・リアドンはすこし——もしかしたら、ずいぶん——あなたと似ているから？

サラ、サラ、サラ……

だが自分に言い聞かせた。集中して。

廊下で、ダニエルが言った。「食事をしよう。少なくとも飲み物を」

「ええ、そうしたほうがよさそう」

その日の朝、ふたりで囲んだ朝食はおぼろげな記憶になっていた。

それぞれの部屋に荷物を置いたあと、落ち着いて気品のあるロビーのバーで落ち合った。壁際の長椅子に、膝がふれるように並んで腰かけた。そこへ髪をきつく引っつめた給仕の女性が現われ、挨拶をしてリズと名乗った。おふたりはお仕事で、それとも休暇ですか、とリズが訊ねた。ガブリエラは返事をダニエルにまかせた。

「観光でね」とダニエルは愛想よく答えた。

「天気が良くなくて残念です。先週は暖かかったんですが」

注文はチーズとパテとパン、それにブルネッロのボトル。コクのあるトスカーナのワインを口にしながら、ふたりはとりとめもなくいろんな話をした。――〈オクトーバー・リスト〉誘拐の件と、ましてやあのビニール袋のことは除いて。ガブリエラはアパートメントから持ち出した、〈プレスコット・インベストメンツ：未決〉とラベルを貼られたファイルを席まで持参していた。だが、そこに誘拐された娘を救う方法が見つからないのが怖いのか、そのまま開かずにいた。

ガブリエラは電話を見て溜息をついた。「ラファエルから。無事に届けてくれたわ。いまのところはうまくいってる」

その一報にうなずきながら、ダニエルがジャケットを脱ぐと、開いたシャツのVゾーンに赤みがかった傷痕がのぞいた。それは胸から肩まで伸びていた。ガブリエラの視線を気にして、ダニエルはシャツの襟元を押さえた。

「何があったか訊いてもいい？」

ダニエルは迷っているようだった。

「ごめんなさい、詮索するつもりはないから」

「いや、話そう。何年かまえ、子どもを乗せてニューハンプシャーまで車を走らせてるとき、疲労に襲われてね。無理するべきじゃなかったんだが。居眠りして道をはずれた」

「まあ」

「車は土手から川に転落した。ドアは閉まったきりだ。そのうち水がはいってきた」

「ダニエル、そんな！」

「とにかく冷たかった。あの日は紅葉を見に出かけたんだ。九月なのにやけに寒かった」

「それで？」ガブリエラはささやいた。

「みんな溺れて死ぬはずが、たまたま地元の人間が通りかかった――映画の《脱出》に出てきそうなやつだ、わかるかい？ 山で暮らす田舎者さ。そいつはピックアップトラックで土手を駆け降りると、斧をつかんで水温一、二度の水に飛び込んだ。車まで泳いできて、われわれが脱出できるようにリアウィンドウを叩き割ってくれたんだ。息子たちを外に出したあと、金属片で切った」

「そんなひどい目に」

ダニエルは短く笑った。「それでだ、われわれが岸に上がったと思ったら、そいつはすぐに手を振って去っていった。金も受け取らず、名前すら言わずに。それこそ、人助けをして凍え死ぬのはごめんだとばかりにね。そうするのが世の中でいちばん自然なことみたいに」

「いまも痛む？」ガブリエラは彼の胸を顎で指した。

「いいや。五年まえの話だ。湿気があるときにこわばったりするけど。それだけさ」ダニエルは声を落とした。「愚かな真似をして、息子たちを殺すところだった。あの男からもう一度チャンスをもらったようなものなんだ。自分にそんな価値があるとは思わない。でもあいつのおかげだ」

ガブリエラは彼の腕に置いた手に力をこめた。彼にキスをしたくてたまらなかったが、どうにか思いとどまった。またワインを飲みだして、ふたりとも押し黙った。

ダニエルが小切手にサインをしてから、ふたりでファイルを半分ずつに分けた。夜の残った時間を使い、疲労の極に達するまで、チャールズ・プレスコットが隠した現金の行方を追うことにしたのだ。ふたりはエレベーターまで歩いた。エレベーターを降りると、ダニエルはガブリエラの部屋の前まで付き添った。

ガブリエラは彼を抱きしめた。「ダニエル、わたし――」

「お礼のしかたを忘れた？」

彼女はきつくしがみついて、堪えきれず噎《むせ》んだ。

「大丈夫」とダニエルが言った。「お嬢さんは無事だ」

ガブリエラは目もとを拭うと身を引き、深呼吸をした。自分を抑えた。

数秒が過ぎても、ふたりはその場に立ちつくし、近くの部屋から流れてくる笑い声やテレビのアクション映画の音声に耳を澄ましていた。

ドアを開き、部屋にはいったガブリエラは後ろを振り向いた。ダニエルが近づいていた。

キスするつもり？

自分でもどう応じたらいいか迷っていた。

だが、ダニエルはこのうえなく礼儀正しい抱擁をして「おやすみ」とつぶやき、フォルダーの束を抱えて廊下に退いた。ドアが閉まり、ガブリエラはひとりになった。

第18章　土曜日午後五時五十五分　二時間三十五分まえ

99
46 000998

ふたりはイーストサイドの通りを北へ向かって歩いていた。ゴミや観光客や早い時間からの食事客を避け、夜勤の労働者、犬を散歩させる人々、それにホームレスの男女を避けながら……もしかするとホームレスに見えるだけで、じつはみすぼらしく、髪やひげや服の汚れに無頓着な地元の住民かもしれない。

タクシーをつかまえ、ガブリエラのコープ・アパートメントへ行くという彼らの目的は実現困難となりつつあった。ガブリエラは腹立たしそうにつぶやいた。「どういうつもりなの、あいつら、おかげで一時間も損した。もう期限が来るのに！」

「それでも、きみは刑務所にいるわけじゃない」

ガブリエラは気休めの言葉に反応しなかった。「だってダニエル、打つ手がないのよ。どうせお金ができないのはわかってるけど、それでも期限までにすこしは具体的な手立てを見つけることができたのに。もうすぐ現金は用意できるってジョゼフを安心させるような。それなのに……もう」その声は絶望にうちひしがれていた。ガブリエラは歩いてきた東と南に顔を向けた。「とんでもないサディストよ、あのふたり」

「いったいタクシーはどこへ行った？」とダニエルがこぼした。

何台かは通り過ぎていったが、どれも乗車中か回送だった。回送車に財布を振ってみせたが、運転手は素通りしていった。

タクシーを探して道を折れると、人通りも少なく、観光スポットにくらべて薄汚れて暗く、刺激の強い匂いが立ちこめる路地を行った。油じみたウィンドウのむこうで色褪せ、埃をかぶるDVD、レースやボタン、古本、金物を並べた店、胆汁のような緑色の蛍光灯に照らされる侘しいポルノショップ、市の検査など通りそうにない中華やメキシコ料理のテイクアウト料理店を過ぎた。そんな店舗の前には痩せて色黒の男たちが陣取り、煙草を喫しながら静かにしゃべったり、電話をかけたりしている。

ガブリエラの携帯が鳴った。彼女は腕時計を見た。「期限の時刻よ」ふたりは足を止めると、会話を盗み聞きされないように建物の煉瓦塀に寄った。

深呼吸をひとつしたガブリエラは〈受信〉を押し、ダニエルのためにスピーカーをオンにした。

「ジョゼフ?」

「ああ、ガブリエラ。ずっと電話を見てたんだ。目を凝らしてね。鳴らなかったな」

「いまちょうど六時よ。電話をしようと思ってた！　嘘じゃない。聞いて——」

「おれの金は用意したか?」

「〈オクトーバー・リスト〉を見つけたから！」

「手もとにあるのか?」また例のからかうような調子で。「そいつはめでたい！　どんなやつだ?　厚いのか、薄いのか、厚紙に印刷してあるのか?」

ガブリエラは嗄《か》れた声で口走った。「教えて――娘はどうしてる？　ねえ！」

「ちょっと……厄介でね」ジョゼフは不満そうな声を出した。

「なに？　どういうこと？」

「あんたからいい報らせが届かないって話したのさ。それはあの娘にとってもいい報らせじゃないんだろう」

「そんな話を娘にしたの？」ガブリエラは声をひそめて言った。

「さあ、どう思う？　あんたの娘をこれ以上怖がらせて、それがおれのためになるって？　正直、あんたには冗談も言えないな。すこしリラックスしたほうがいい。それで金は？」と訊ねる声音がいきなり平板になった。

「リストは入手したわ」

「そこは聞いた。でもそう言ったって、あんたが金を持ってるってことにはならない。しかも、リストの中身について訊かれたくなさそうにしてるところをみると、それだって怪しいもんだ」

「ちがう！　本当だから！」

「なあ、人が〝本当だから〟とか〝信じてくれ〟って言うのは、きまって嘘をついてるときじゃないか？」

「わたしは嘘はついてない！　持ってるわ。ちゃんと保管してある。持ち歩きたくないから」

「そこまでしなくても。ニューヨークはメイン州ポートランドとくらべて強盗が少ないんだ。まあいい。あんたはリストを手に入れた。すばらしい《ヴンダーバー》！　で、金の話にもどろうか」

「あなたの要求に沿うために、一日じゅう街を駆けまわったわ」とガブリエラは叫んだ。「おねがい、もうすこしだけ。思った以上に時間がかかったの。ごめんなさい！」

「罪悪感に駆られたか？」

ダニエルが怒りに身を硬くした。表情が暗くなった。それでも黙っていた。

ガブリエラは電話に身を寄せた。「おねがい、悪夢だったわ。警察がそこらじゅうにいる！　チャールズのタウンハウスの裏庭に忍びこんで宝物を探すこともできないのよ」彼女は声を詰まらせた。やがて怒りの声を吐き出した。「早く教えて！　娘はどうしてるの？」

「娘は生きてる」

「い、い、生きてる？　それで元気なの？」

「まあな」

「怯えてるのね」

「おれは高いところが苦手だ。蛇も得意じゃない。でもおれたちは譲りあえる。とにかく、世の中を回すのは金だ。それがおれたちの取引きだった」ジョゼフはまた気分を損ねたようだった。「あんたはそれをぶち壊した。約束を破ったんだ」

「あなたに渡すお金は手に入れる」ガブリエラはまくしたてた。「もっと時間が必要なの！　できることはすべてやってるから」

「もっと時間が、もっと時間が」嘲るような声音だった。

「もうちょっとだけ」

「まさか金が用意できてるのに、それをごまかして懐に入れたまま娘を取りもどそうって魂胆じゃないだろうな」

「ちがう！　そんなことするわけないじゃない」

「だってあんたは職なしだ、ちがうか？」

ガブリエラはふるえだした。ダニエルが彼女の肩に手をまわした。

ジョゼフが言った。「あんたはチャールズ・プレスコットのオフィスマネジャーだった」

「ええ」ガブリエラは低声で答えた。

「だったらビジネスのことは知ってるだろう？」

彼女はためらった。「何の話？」

「ビジネスのことは知ってるんだろう？」ジョゼフは苛立ってくりかえした。

「それは……ある程度は。何を知りたいの？」

「あんたは罰則ってものに通じてる」ジョゼフの声にはまるで抑揚がなかった。下手に出るような調子が消えていた。「たとえば税金を期限内に納めないと罰則があるだろう。つまり、あんたは期限内に金を払わなかった。締め切りを守らなかった」

「努力はした」

「努力は意味のない言葉だ。やるかやらないか。やる努力をする、なんていうのはありえない。わかった。新しい期限だ。明日の午後六時――」

「ありがとう！　それなら――」

「話は終わってない。明日の午後六時――あんたは〈オクトーバー・リスト〉を届ける。それと、今度は五十万」

「無理よ！　そんなに用意できない」

「あんたは税務署にそうやって訴えるのか？　『ごめんなさい。あなたの言う額は払えません。わたしに罰をあたえないで！』って。ナチの言いぐさだな」軽薄さがもどった。その笑いはほとんど声になっていなかった。

「だったら百万にすれば？」ガブリエラは憤っていた。「一千万は？」ダニエルが腕をつかんできた。彼女はジョゼフに言った。「わたしは必死でやってるのよ」

「ああ、それは〝努力〟といっしょだな。必死もなにもない。われわれの契約の半分を守るかどうかだ」

「契約なんかじゃないから！　あなたはわたしを強請《ゆす》って、娘を――」

「もしもし！　おれたちは映画の台詞について話してるんじゃなかったっけ？　じゃあ結論を言おう。その一、十万の罰金。その二、あんたにはゴミ拾い競争に参加してもらう」

「なに？」

「ゴミ拾い競争」

「理解できない」ガブリエラは声を詰まらせた。

「どこが理解できないって？　簡単だ。おれなら、あんたが賞品を見つけるのに三十分もかからないってほうに賭けるね」

「気が狂ってる！」

「それはまあ、この際どうでもいい。タイムズ・スクウェアへ行け。四八丁目と七番街の路地に置かれたゴミ収集箱の裏だ。交差点の西側の」

「そこに何があるの？」とガブリエラは甲走ってふるえる声で訊いた。

だが、ジョゼフの答えは電話を切ることだった。

タクシーは要らなかった。

ジョゼフが賞品を取りにいかせようとした場所は、ほんの四、五ブロック先だった。ふたりが足を踏み入れたタイムズ・スクウェアは、きらびやかな光に高画質の巨大モニター、そして脈打つ音楽、行商人、ストリートミュージシャン、もどかしくなるほどの往来、頭のおかしなサイクリスト、観光客、観光客、観光客が入り乱れためくるめく世界……演劇、コンサート、食事、映画を心待ちにする人込みはさらにひどく騒がしかった。

十分後、ジョゼフが指定した交差点まで来た。ガブリエラは「あそこよ！　あの収集箱」と言って歩きだした。

「待て」とダニエルが言った。

「いやよ」きっぱりとした返事だった。

ダニエルは止めようとした。が、身を振りほどいたガブリエラは膝をつき、深緑色のくたびれたゴミ収集容器の裏側に目をやった。

引き出したCVS薬局の袋のなかを覗いて、ガブリエラは息を呑んだ。「サラのスウェットシャツだわ！」ピンクの服がきつく押しこまれていた。それを取り出そうとした手が止まった。

「血よ、ダニエル！」ほとんどが乾いて茶色くなっていたが、明らかに血痕だった。古代の戦士が顔にほどこす化粧に似て、どことなく野蛮な感じがした。

ガブリエラが恐るおそる取りあげたシャツには、ギンガムチェックのリボンが結ばれていた。

ひろげた服の内側から、冷たい路地に何かが転がり落ちた。その色は肉のピンクと血の赤、形は小指のそれだった。

ダニエルは石畳に頭を打ちつけそうになったガブリエラを抱きとめた。

第17章　土曜日午後五時三十分　二十五分まえ

〝唯一の善とは、おのれの利益を深めること……〟

ジョゼフ・アスターは買物袋を手にマンハッタンの西のはずれ、四十番台の通りにある倉庫へ向かいながら、そう声にして唱えた。道路は車の行き来で騒がしく、ハドソン川は静かだった。

歩道を圧するほどの巨体で、その柄の大きさと死んだ目、それにブロンドの巻き毛を見て、人々は彼を避けた。ジョゼフとしては、彼らが警官等の脅威でなければ気にも留めなかった。イントレピッド海上航空宇宙博物館の壮大な眺めを前に、ジョゼフは脇道に折れ、平屋の倉庫に近づいていった。ごつい南京錠をはずして扉を力任せにあけると、なかにはいって扉を閉じ、明かりを点けた。倉庫内はほぼ空だったが、ヴァンが二台駐められていて、うち一台はまったく役に立たず、一隅に積まれた箱はたわんで散らかり放題の床に溶けこんでいる。ほとんど使用されていないそこは、似たような建物が千、二千、三千とある、いかにもニューヨーク地区らしい場所だった。その手の建物は小さく堅固な構造で、つねに塗装と燻蒸《くんじよう》消毒の必要に迫られ、窓はないか、あってもすっかり煤けて屋内はほぼ真っ暗である。大半は合法的だが、なかにはある活動における——人目を忍び、警察から逃れる——隠れ家として、男たちが、主、に男たちが利用する。長期のリースで前払い。公共料金は偽装会社が支払っている。この倉庫を使うのは今夜が最後になる。ここはこれきりにして、残りの仕事はソーホーの同じような場所に移ってやる。その仕事は〝ガブリエラ用〟あるいは〝プレスコット用〟と呼べばいいようなものだが、ジョゼフは――ひねたユーモアをこめて――〝サラのお泊まり用〟と称していた。

彼はジャケットを脱いだが、ベージュの布製手袋ははめたまま――手袋は必須なのだ。そして隅にある作業台のところへ行った。台の中央には、その日ガブリエラに見せたウィンドブレイカーと、胸に〝サラ〟と刺繡されたスウェットシャツが置かれていた。その右側にあった古い工具類のなかから、大ばさみを選び出した。枝や花の茎を切るようなはさみである。先が錆びていたが充分に尖っていた。

〝唯一の善……〟

ジョゼフは買物袋から、服飾店に飾られるマネキンのファイバーグラス製の手を取り出した。その日の午後、〈プレスコット・インベストメンツ〉の看板が出ているビル付近でリアドンとガブリエラを尾行したのち、ファッション・ディストリクトのとあるショールーム裏の搬入口からプラスティックの腕を失敬したのだ。

大ばさみをしっかり握り、マネキンの小指を第二関節のところで切った。それをスウェットシャツの真ん中に置くと、買物袋から最後のアイテム、厚手のセロファンでくるんだビーフ・テンダーロインを出した。その袋の底にはさみで穴をあけると、プラスティックの指とスウェットシャツに血を滴らせた。思った以上に液体が出て、それらしくむごたらしい出来ばえになった。

おみごと。

シャツとギンガムチェックのヘアリボンはひとまとめにした。

牛の血を見ながら思った、なんて愛らしく、心地好い……あとで忘れずガブリエラに伝える台詞。作業をしながら、世界でいちばん気に入っている飲み物のボトルを開けた。スペシャル・ブルー。これ一筋といってもいい。元気が出るし、気分が落ち着くのだ。ぐっと呷った。

〝一日一本……〟

片づけをして、ステーキを倉庫の狭い厨房にあった冷蔵庫に入れると、CVS薬局のビニール袋に細工をほどこした。

テーブルにもどって腰かけ、愛してやまないハワイアン・パンチ——オリジナルフレーバーの赤を口にした。

袋のなかの形見の品に、どんな反応があるだろうか。

また腕時計に目をやった。期限が迫りつつある。ジョゼフはガブリエラと〈オクトーバー・リスト〉のこと、それからダニエル・リアドンのことを考えた。リアドンには六時間まえ、ガブリエラとロビーにいたところで対面したばかりだが、もうすっかり嫌いになっていた。

やがて、思いはガブリエラの友人フランク・ウォルシュに流れた。面識はなく尾行をしただけだが、情報はもちろん掘り出してあった。工作に精を出すときには予習は欠かさない。

でぶのフランク・ウォルシュ。おたくのフランク・ウォルシュ。

ミスター・ウォルシュに含むところはなかった。見立てとしては、浅はかで初心《うぶ》な男。痛ましい。

　フランクがこの世の最後の夜を母親とすごすというのも気の毒な話だった。しかも女と寝ずに。少なくとも、本人にはその気もないのだ、とジョゼフは甘いドリンクを啜りながら思った。気味が悪い。

　九月の寒さが身に染みて、天然素材の防寒具を着こんでいるにもかかわらず、ジョゼフは身顫《ぶる》いした。この仕事は早く終わりにしてクイーンズの家に帰りたかった。ネットフリックスのレンタル映画が数本、小さな赤い封筒におさまったまま待っている。彼のように人生で二十二人を――男、女、そして必要に迫られ、または偶然のなりゆきで子どもを――殺した男が映画を楽しむと聞くと、たいがいの人は驚くだろう。でも、それがどうした？　人殺しだって人間だ。じっさい、映画やテレビから仕事のヒントを得ることもある。

《長く熱い週末》、《レオン》、《イースタン・プロミス》など。『ザ・ソプラノズ』はそうでもない。ファーストシーズンの途中で、トニーと一味が――とくに賢いわけでもないのに――逮捕されて刑務所に放りこまれない理由が解せなかった。

　運がよかったのか。

　いや、脚本家のせいだ。

　ジョゼフは上着の襟を立てると、家に帰ってソニーの前に座ってひとり、いや、メインクーンの愛猫アントニオーニと最新のディスクを鑑賞する図を想像して悦に入った。さっきのテンダーロインを夕食にするか。

　だめだ、今晩は〈リーン・クイジーン〉にする。カロリーを減らす。

ジョゼフは腕時計を見た。ＣＶＳの袋を手に外へ出ると倉庫の戸締まりをした。

第16章　土曜日午後四時五十分　四十分まえ

oger smith hotel
reade

「まさか見つかるとは思わなかった」とガブリエラは息をはずませて言った。「〈オクトーバー・リスト〉が」

オフィスビルから足早に遠ざかったふたりは、三番街を歩いていた。

ダニエル・リアドンが言った。「ぼくは中身を見なかった。どうだった？」

「最初のページをちらっと見ただけよ。名前と場所と番号。たしか口座、金額も。わたしには意味がわからない。心当たりのある人もいなかった」

しばらく黙って歩いてから、ダニエルが切り出した。「リストに、〝オクトーバー〟について書いてあった？」

「いいえ」

「どういう意味なんだろう。綴り換え《アナグラム》、名前の？」

「もしかして、来月何かが起きるってことかしら。すごく悪いことが」リストを表に出さなかったことになおさら罪の意識をおぼえたのか、ガブリエラは溜息をついた。

「あとどれくらい？」と彼女は訊いた。「ジョゼフの期限まで？」

間をおいてダニエルは言った。「約一時間十分だ」

「うそ！　もうそんな時間なの？」ガブリエラはジャケットを引き寄せた。しきりに風が吹いて、秋の寒さが身に沁みた。「お金なんて見つかりっこない。手がかりもないし」

ダニエルも同じ意見だった。「お手上げだ」

「でも、わたしたちにはリストがあるわ！」

ダニエルは重い口を開いた。「それはやつが六時までに欲しがってるものじゃない。やつの要求は金だ」

「だけど、あれがいちばん重要なものだって、そんな気がしない？　むこうがまともなら、リストが手にはいったらサラを解放するわ」

「申しわけないが、ガブリエラ、ぼくにはやつがそれほどまともな男には思えない」

相手を睨みつけるガブリエラの声がヒステリックにひびいた。「でも、わたしにはあれしかないのよ！」

「それでも」とダニエルは言い張った。「われわれはやつの金を見つけなくちゃならない。少なくとも金の在りかに目星をつけて、近づいたと連絡できるようにする。そうやって——具体的な情報をやつに渡せば——時間は稼げるかもしれない」

ガブリエラは肩を落とし、出てきたビルに顎をしゃくった。「オフィスになにもなくて、ほかに当てもなければ——」彼女は不意に口をつぐんだ。

「なんだい？」

眉をひそめながら、ガブリエラは言った。「ゆうべ、あなたと会ったときのことだけど？」

ダニエルは微笑した。「憶えてる」

「わたし、バンカーズ・スクウェアの倉庫をリースする交渉で、オフィスを早めに出たの。仕事を切りあげて。そのときファイルをいくつか持ち出した」

「なるほど。きみは相当なワーカホリックじゃないかと思っていた。その中身は？」

「経理用の未決の書類よ。一部は取引きのものだけど、チャールズ個人のもある。そのなかに何か見つかれば、少なくとも手がかりはつかんだってジョゼフに話せる」

「じゃあ、きみのところへ行こう。早く。もうあまり時間がない」

タクシーを捕まえようと、ふたりはアップタウンの通りへと急いだ。

ダニエルがタクシーを止めようと手を挙げたそのとき、背後から怒声が飛んだ。「そこを動くな」

ふたりははっとして足を止め、視線を交わすと振りかえった。

怒りを抑えきれないでいる刑事ふたりを、ガブリエラは目を丸くして見つめた。ダニエルにささやきかけた。「だめ、待てない！　いますぐ家まで行かないと！」

彼女は刑事たちに見入った。「ケプラー刑事と……」そして灰色がかった顔の片割れに目を向けた。

「スラニ」

ケプラーがタクシーに、そのまま行けと合図した。

「だめ！」ガブリエラは叫んだ。

タクシー運転手は迷ったすえ、憤った刑事の形相に気圧《けお》され、別の客を探して走り去った。

スラニが問いを発した。「あなたのボスから連絡は？」

「ないわ。彼の行先のことは、あれ以上なにも知らないし。わかれば通報してる」

「ほんとに？」とケプラーが訊いた。「あんまり忙しくなかったのか？」

「それはどういう意味？」ガブリエラの声は燧石《ひうちいし》のように固かった。

「自宅の部屋でのんびりテレビを見てたとか？」刑事は切りかえした。「他人が何しようが知ったこっちゃないけどな」

「わたしがここにいるって、どうやって突きとめた？　尾行したの？」

「おれたちは〈プレスコット・インベストメンツ〉にいた。すると、あんたの人相と一致する誰かさんが、あそこから出てくるのが見えたのさ。こっちは美しいこの界隈を散策としゃれこむつもりでね。もしやあんたがここに現われやしないかと思って。重罪を犯したあとに」

ふたりのうち、落ち着きがあるほうのスラニが言った。「たったいま、プレスコットのオフィスに不法侵入があったという報告が来たもので」

「えっ？」ガブリエラは訝しそうに声を出した。

ケプラーがまじまじと――しかも嘲るように見つめてきた。「あんただろ？」

「わたしは――」

「嘘はつくな」

「ちがう」とダニエルが断固として言った。

ガブリエラが振り向くと、ダニエルは刑事のほうに歩み寄っていた。「ガブリエラは私物を取りに帰った。でも警察の封印があったので、そのまま出てきた」

「ほんとか？」とケプラー。

「間違いないわ」ガブリエラはそう言うと、ジョゼフが近くでこの会話を冷静に観察しているような気がして周囲を見やった。

〝そうだ、ついでにひとつ、あんたのことを見張ってるやつがいる。片時も……〟

「もう行かなくちゃ。こんなことしてる暇はない」

彼女の抗議に取り合うことなく、ケプラーがつづけた。「ビルの正面に警官が立ってた。そいつがロビーにはいるあんたたちを見なかった理由は何だ?」

「わからない」ガブリエラは堅苦しく言った。「その人があそこを警備してたんだったら、本人に訊いて」

ケプラーが嚙みついた。「おまえら、いったい何を探してるんだ?」

「私物よ。聞いたでしょ。わたしの小切手帳、銀行の取引明細。あなたたちが興味をもつものじゃない。チャールズとは無関係よ」

「じゃあ、犯罪現場の封鎖は破ってないんだな?」

「もちろんよ」

「犯罪ですからね」とスラニが言った。

「でしょうね。だから外に出たの」

ケプラーが脅すような口調で言った。「いま警官に室内を調べさせてる。なくなったものがないかどうか」

ダニエルが言った。「いま彼女は辛い目に遭ってるんだ。大目に見てやれないのか?」

ケプラーは人をないがしろにするという技を磨いているかのようだった。侮辱らしきものをこめてダニエルを上から下まで睨《ね》めまわすと、その場を離れ、携帯で何本か電話をかけたり受けたりした。

そばにいたスラニはさほど敵意は見せなかったが、容疑者たちに逃げるそぶりがあれば押さえようと身構えていた。

ガブリエラは時計を見た。ダニエルもそこに目を落とした。「時間よ」と彼女はつぶやいた。「期限が……」その顎がふるえていた。「家にあるファイルを取りにいかないと！」

期限はあと四十五分に迫っていた。

「もう行かないと！」

ケプラーが電話を切った。「あんたたちに会えてよかったよ」と言ったが、とくべつ喜んでいるふうでもなかった。「FBIがまた別の発見をした。さっき、あの顧客たちの話をしただろう？　連中の多くはいまも金融サービス圏内にいる――合衆国、ヨーロッパ、極東だ。あとブラジルもな。たいがい株や債券のトレーダーだ。だが少なくともひとりだけ、爆薬と化学兵器が専門の有名な武器ディーラーがいる。こっちで身元が割れたのは、そいつひとりだけでね。ガンサー。たぶん、あんたが話してたヨーロッパの男だろう。セント・トーマスの。とにかくそこは感謝する。ファーストネームはわからない。元々はフランクフルトの出身。おれたちは、そいつがアッパー・イーストサイドのどこかに隠れ家を持ってるんじゃないかとにらんでる。その名前にピンとこないか？」

「いいえ。チャールズにガンサーなんて名前のクライアントはいなかった」

「いや、いた」とケプラーは言い募った。「いま話したとおりだ」

「わたしは聞いたことがないっていう意味」

　ケプラーはふとガブリエラのバッグに視線を落とし、突き出している封筒の角を認めた。

「それは何だ?」

　ガブリエラは身を引いた。「べつに」

「べつに?　そいつはべつにどころじゃないな」

「ただの私物よ」

「中身は?」

「それに答えるつもりはないから。知りたいなら令状でも取ったらいい」

　ケプラーはスラニを見て言った。「おれたち、刑事学校で何を習うんだっけ?」

　相棒が言った。「どの部分の話だ?」

「容疑が重罪である場合——たとえば不法侵入」

「ああ、オフィスビルに不法侵入した場合?」

「それだ。つまり、われわれは令状なしで容疑者の所持品を調べることができる、そうだな?　憲法に従ってね」

　スラニは言った。「われわれの後ろ盾が憲法だ」

「すてきじゃないか、あの憲法は?」ケプラーはひとりごちると、ガブリエラの手からバッグをひったくって封筒を抜き出した。

第15章　土曜日午後三時十五分　一時間三十五分まえ

ふたりは注意深く、ミッドタウンの湿った並木道を黙然と進みつづけた。警察はプレスコットのオフィスを見張っているはずだった。

ガブリエラは交差する通りを走っていく車に目をやった。暗色の車、明るい色合いの車、タクシー、リムジン、トラック。車輛の数は歩行者に負けず劣らずで、これもマンハッタンというつづれ織りの一部なのだ。でも普段と変わったところはなにもない。彼らに特別な関心を向けてくる人間はいなかった。

だが縁石に寄せた覆面の警察車を見て、ふたりはイチョウの木のそばで足を止めた。幹に犬がマーキングしないように、低い錬鉄製のフェンスで囲まれている。「あれよ」と彼女はささやき、自分たちが立っている側の五十フィートほど東にあたる六階建てのオフィスビルを指さした。正面玄関脇の看板にセラピスト、カイロプラクティック、グラフィックデザイン会社など、一ダースもの事業者の名が掲げられていた。

そのいちばん上に、〈プレスコット・インベストメンツ社〉とあった。

「調子は?」とダニエルが訊いた。

「平気」と質問をはねつけた。

十代のガブリエラは、〝教授〟からまったく同じか似た質問で慰められたものだった。「大丈夫か？」「平気か？」〝教授〟はかたわらに座って彼女のことを眺めた。煙草とアフターシェイブの匂いがした。初めはいまと同じ口調で平気とかわすのだが、〝教授〟は執拗で笑顔をくずさなかった。そうやって娘が学校のことだの、誰かに笑われただの（十三歳になっても、ガブリエラは杭みたいにひょろ長かった）、外が寒くて曇っているだのと文句を言っては悲しんだり、怒ったり、傷ついたりしていることを探り出した。

ガブリエラはずっと感情の問題に付きまとわれてきた。

一時とはいえ、〝教授〟は悲しみを忘れさせてくれた。

その記憶を押しやった。必死の思いで。

「来たわ」ガブリエラはラテン系の魅力的な同僚、エレナ・ロドリゲスがいる通りのむこうを顎で指した。同僚の女性は目を伏せ、深刻な表情で反対の方角からビルに歩いてくる。

顔を上げ、ふたりに気づいたエレナ・ロドリゲスは道を渡ろうとして、オフィスビル正面に駐まる覆面車輛に視線をやった。車内にいるのは巡査一名。エレナは見られたくないとでもいうのか、途中で立ちどまり、後ずさった。トラックの通り過ぎしなを狙って——近づいてくるタクシーに向けて走った。身をよじるような悲鳴と、襲われた鳥の叫声にも似たタイヤの軋りが聞こえたと思うと、何かがぶつかる鈍い音がした。ダニエルとガブリエラの視野にはいらなかったが、その直後、縁石のほうに転がるエレナの姿が見えた。

「おいっ」とダニエルが口にした。

警察の車輛からたちまち巡査が飛び出し、エレナの救助に走った。巡査は周囲を見まわしてから被害者の女性のほうに身をかがめ、無線を取り出した。タクシー運転手が両手を振りまわしながら駆けつけてきた。

「なんてこった」ダニエルはつぶやいた。「彼女、大丈夫か？」

ひどい様子だと思いながらも、ガブリエラは低声で言った。「あっちの心配はいいから。行きましょう」

彼女はダニエルの腕をつかむと前へうながした。ポケットから鍵を抜き出し、オフィスビルへ急いだ。警官がエレナを覗きこみながら無線連絡をする間に、ふたりはロビーまでたどり着いていた。ガブリエラが奥のドアの錠に鍵を挿し、一分足らずで二階まで上がると、ここにも〈プレスコット・インベストメンツ社〉と刻まれた真鍮の飾り板がある扉の前に立った。

扉は黄色のテープで封印されていた。〈犯罪現場　立入禁止〉。いちばん下に緊急時の事務所への連絡先が記されている。

ダニエルは躊躇《ちゅうちょ》していたが、ガブリエラが扉を開いて内側へ押しこみ、ニューヨーク市警の警告を音高く、きっちり半分に引き裂いた。

扉をしめると、ガブリエラはその場で立ちつくし、目を白黒させながら周囲を見渡した。

「ああ、何もかも持っていかれた！　コンピュータ、シュレッダー、ハードドライブ、ファイルキャビネット、小机。きっと引越し用のトラックを持ってきたんだわ！」

ダニエルも室内をあらためると、窓から外を覗いた。「エレナの状態がわからない。並木で視界がさえぎられてる。まだ地面に倒れたままなんじゃないか」

「彼女の心配をしてる場合じゃない。捜さなきゃ！　お金と〈オクトーバー・リスト〉。わたしたちにはそれが必要なの！」

ガブリエラは首を回し、室内に残っている物を確かめた。壁に掛かった出来の悪いイラスト数点、写真、証書と免許状。ほかにも造花を挿した花瓶、事務用品、カップ、マグ、萎れた花、家族の写真、ワインの壜、コーヒーとスナックの箱。二脚のコーヒーテーブルの上には専門誌、〈ニューヨーク・タイムズ〉と〈ウォールストリート・ジャーナル〉の最新版、数冊の書籍――『BRIC諸国の債券市場』、『会計手続』、『石油およびガスのリース会社経営に関する課税措置』。

片隅に置かれた収納箱は蓋がなかったが、書類が詰まっていた。

ガブリエラは膝をついて箱の中身を漁った。

「役に立ちそうか？」ダニエルはそう訊ねながら引出しを調べていったが、事務用品以外にはなにもなさそうだった。

ガブリエラは書面にすばやく目を通した。「いいえ。このビルの不動産記録ばかり。チャールズのビジネスとは関係ない」

彼女が引出しを見てクローゼットを調べるあいだに、ダニエルはカーペットをさわり、壁を叩いてまわった。隠し部屋を見つけようとしているらしかった。

いかにも男のやりそうなことだ、とガブリエラは思った。あながち間違ってはいない。

ふたりは捜索をつづけた。だが二十分後、ガブリエラはぎこちなく立ちあがるとあたりを見まわした。失望したように「ない」と言った。目を閉じて息を吐いた。やがて壁の時計に悲しげな目を向けた。「彼、自分の時計を十分進めてたの、チャールズは。遅刻して約束や電話会議を逃さないように」そのまま時計から目を離さず、「あと二時間。ああ、サラ」彼女は嗚咽《おえつ》を洩らした。「どうすればいいの？」

ダニエルがいま一度、窓の外を注意深く観察した。「警官がビルを見ながら無線で話してる。怪しんでる様子だ。おっと、まずいな」

「どうしたの？」

「誰かがビルを出ていった。女だ。警官が呼びとめた」ダニエルはさっと身を引いた。「またビルを見あげてる。どうやら疑ってる。ここを出たほうがいい」

そのタイミングで、ガブリエラは顔を上げた。「石油とガス」

「えっ？」

彼女は受付のコーヒーテーブルを指さした。「あの本は？」

それは威嚇《いかく》するように分厚い教本だった。『石油およびガスのリース会社経営に関する課税措置』。

「あのへんの仕事はやったことがない」ガブリエラは大部の本を取りあげてめくった。「ダニエル、見て」最初の百ページは、会計と税務手続についての難解な文章がつづいた。だが中程に、会社経営とは無関係な十数ページが綴じこまれていた。

その最初のページの冒頭に〈オクトーバー・リスト〉の文字があった。

ガブリエラは笑った。「これよ！」

「目の前にあったのか」

「さすがね。リストはほかのページといっしょに綴じてあって、へんに膨らんだりしてないから。誰も気に留めやしないし、リースについての退屈な教科書を盗もうなんて人はいなかった」

ガブリエラはリストをていねいに切り取った。「コピーしましょう」と周囲に目をやった。

「待って。コピー機がないわ。警察に持っていかれた。なぜ？」

ダニエルは肩をすくめた。「メモリチップかも。指紋か、わからない」

ガブリエラはまた窓外に視線をやった。「もうっ」すぐに身を退いた。「下がってて」

「どうした？　警察？」

「いいえ。別人。道のむこうの路地にいる男が窓を見あげてる。ジョゼフかもしれない。似たような黒っぽいコート。はっきりしないけど」

「やつはどうやってここまで尾行してきたんだ？　その狙いは？」

「彼、わたしたちが警察に行くか見張ってるって言ったわ」ガブリエラは慎重に外を覗いた。

「もう見えない。わたしの被害妄想かもしれない」

「どうかな。こちらでリストの中身を把握しているわけじゃないが、これを欲しがってるのはおそらくジョゼフだけじゃない」

ガブリエラはもう一度外を確かめた。「警官？　まだ無線で話してる。何か異変に気づいたんだわ」

「ここを出たほうがいい」

「リストのコピーはこれしかない。ジョゼフや警察や外の誰かに」――と、通りのほうを顎で示して――「盗まれるような危険は冒せない。わたしには、これがサラを取りもどす唯一の材料なの」

室内をざっと見て、ガブリエラは棚に並んだワインの壜に目をつけた。「クライアントからの贈り物よ」そしてドン・ペリニヨンのシャンパンが収まる深緑色の箱にうなずいてみせた。「あれを開けてくれない?」

ダニエルがその尾錠をはずして蓋を開いた。ガブリエラは〈オクトーバー・リスト〉のページをきつくたたむと、ダニエルが持ちあげた壜の下に滑りこませた。元どおりに閉じた箱を、ダニエルがビニールの袋に入れた。ガブリエラは黒のサインペンで付箋に文字を書きこみ、それを袋に添えた。

「これをどうするつもりだ?」とダニエルは訊いた。

「友人のフランクのところへ届けさせる」

「厄介男のフランク・ウォルシュか」ダニエルは冷笑をふくんで言った。

「ええ。でも信頼できる厄介男だから」ガブリエラは窓に目を向けた。「警官はどうしてる?」

ダニエルは外をうかがいながら答えた。「まだ無線中だが、こっちの窓をちらちら見あげてる。疑ってるな。間違いない」

ガブリエラは〈E・ロドリゲス〉のネームプレートがあるデスクにもどった。レターサイズの未使用の封筒を出すと、そこへ自分のバッグに入れてあった紙片――レシート、ポイントカード、請求書など十数枚を詰めた。そして封筒の角が出るようにコーチのバッグに突っ込んだ。

「保険よ。念のための。さあ、ここを出ましょう」

シャンパンはダニエルが持ち、オフィスを出るとガブリエラが扉をしめた。エレベーターの動く音が廊下に響きわたった。周囲に目配りをしたガブリエラは階段を指した。三階に上がったふたりは、モップを掛ける痩せたラテン系の男と顔を合わせた。「ラファエル！」

「ガブリエラ！ ミスター・プレスコットのことは聞いたよ。ほんとじゃないんだろう？」

「よくわからない。何かの間違いよ」

「あの人のために祈ってるよ。うちの女房もね」

「ありがとう、ラファエル。こちらはダニエル」

男たちが握手を交わすと、ガブリエラは言った。「わたしのお願いを聞いてくれない？」

「もちろん。どうすればいい？」

ガブリエラはシャンパンを入れた袋を取ってラファエルに渡した。「いまからわたし、弁護士と会って話すことになってるの。これをきょうじゅうに友だちに届けることになってたんだけど、どうも無理みたい。友だちにとって、これは本当に大事なものなの。もしよければ、ヴィレッジにいる友だちまで届けてくれない？」

「そりゃもちろん、届けてやるさ」

「住所はグリニッチ・ストリート八〇番地。ベスーンに近いあたり。友だちの名前はフランク・ウォルシュ」ガブリエラは住所と名前を書き留めた。ラファエルはその紙をポケットに入れた。

「まかせて」

「あなたは命の恩人よ、ラファエル」

ガブリエラはバッグを探り、二十ドル紙幣四枚を手渡した。

「ああ、それはいけない」ラファエルは首を振った。

「いえ、いいの、お願いよ」

「なら、ありがとう《グラシアス》」彼はしぶしぶ現金をポケットに入れた。

「いいの《ナーダ》。もし本人が不在でも、荷物はドアマンに預けて」

ふたりは階段へもどった。ガブリエラが見たダニエルの目が皮肉に満ちていた。「フランクはただのボーイフレンド程度なんだから。本当よ」

「いいか、きみが〝厄介男〟と呼ぶ相手に、ぼくが嫉妬するわけがないだろう？ 〝あいつ〟とか〝色男〟呼ばわりするようなら話は別だが」

ガブリエラはダニエルに両手をまわすと首筋にキスをした。ふたりは階段を降り、ビルの裏手の路地に出た。

第14章　土曜日午後二時五十分　二十五分まえ

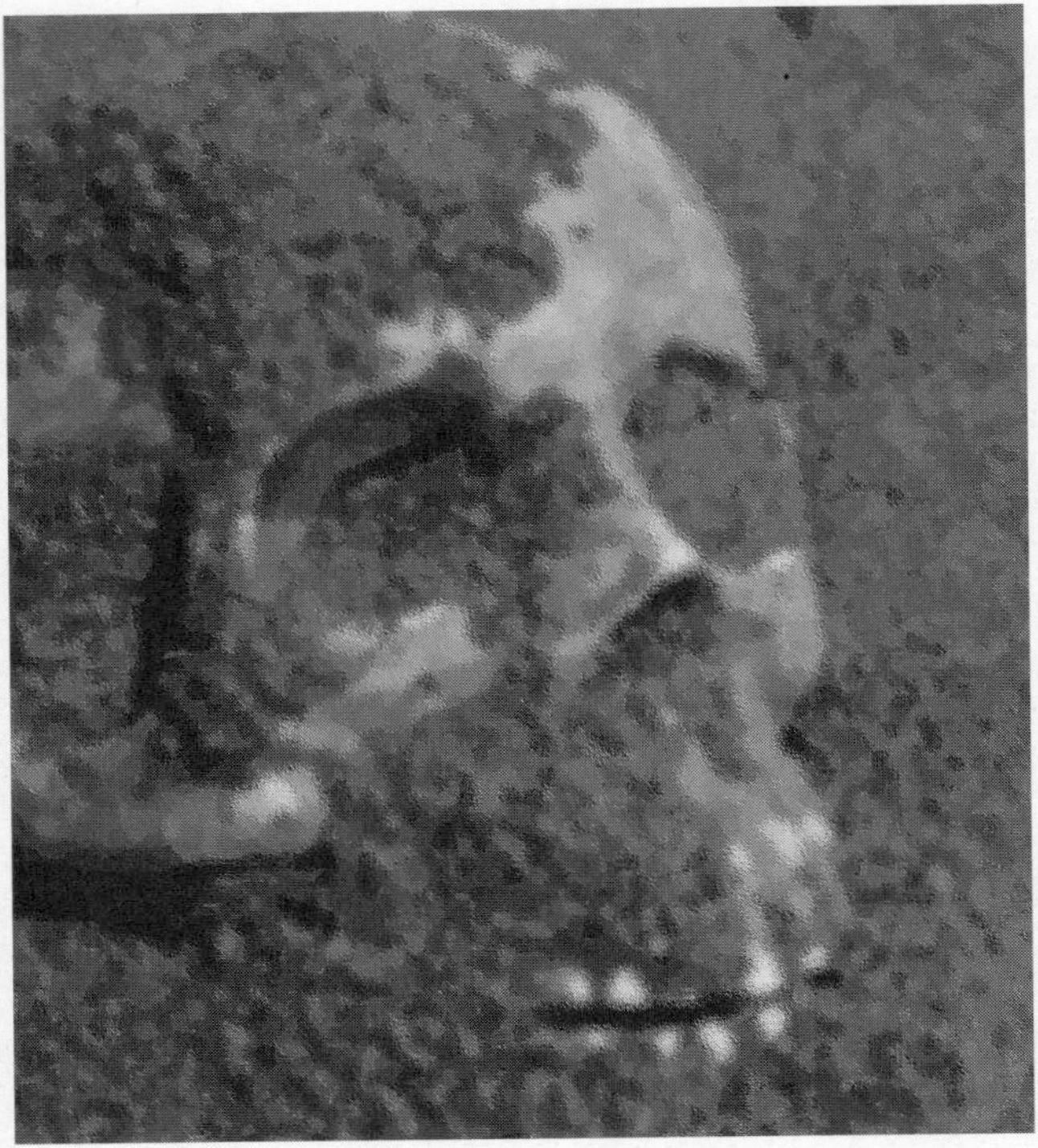

タートルベイは国連本部に近いイースト・マンハッタンの一画で、かつては市内で一、二を争う貧困地区だった。一八〇〇年代後半、この界隈には皮革工場、食肉工場、ビール醸造所、発電所、それに貯炭所と、規制をはずれた産業が乱立しており、労働者の負傷率および死亡率は極めて高かった。薄暗く過密状態の安長屋は荒れて悪臭が漂い、病気が蔓延する危険な場所という意味では、現在の市庁舎付近にあった頽廃堕落の優等生、ファイヴ・ポインツにもひけを取らなかった。

ガブリエラがこれを知っていたのは、ニューヨークの歴史が〝教授〟得意の話題だったからである。〝教授〟は人が贔屓《ひいき》の野球チームの成績に通じているように、街に関する該博《がいはく》な知識の持ち主だった。

この〝タートルベイ〟という名前の由来はその昔、〝教授〟の居心地のいい書斎で聞かされた。イーストリバーの付近の岸辺は入り江になっていて、凪《なぎ》の日もあてにならず、嵐が来れば命取りになるという、そんな気まぐれな水路から貨物船や客船を護る役目を果たしていた。ぬかるんだ土手の葦原や岩の上にはカメがいるかと思えば、サギが魚を獲り、魚は川底が急に深間に落ちこむ手前の浅瀬に棲んでいた。

〝教授〟はこう言った。「当時、あそこは死体の棄て場だった、川がね——いまはそうでもないが。大雨が降ると髑髏《どくろ》や骨が出てきてね。子どもたちはその遺骨で遊んだものさ」ときに川は、マフィアに撃たれた犠牲者の水葬の場になることがあったかもしれないが、百二十五年間でその様相は一変した。いまや落ち着いたたたずまいを持つ優雅な一帯からは入り江が完全に消えた——FDRドライブの建設により直線となったのだ。

そのタートルベイ地区の住宅地に、悪い報らせを受け取ったアッパー・ウェストサイドの——あらゆる意味での——〝影〟からそっと脱け出したガブリエラが、ダニエル・リアドンと並んで立った。

静かな脇道を覗きこんだふたりは、ガブリエラが指さした〈プレスコット・インベストメンツ〉の本部がある小さなオフィスビルの正面に、さっそく覆面の警察車輌を見つけた。

「あなたの言うとおり」と彼女はささやいた。「あそこは見張られてる。チャールズを捜してる。わたしも」

警官が乗りこむその車は別の方向を向いていたが、ふたりは後ずさりして、むこうからは見えない二番街にもどった。目が眩《くら》むほどの陽光は見かけ倒しだった。まぶしくても寒さには用をなさない。

「あのビルにはいってる会社の数は?」とダニエルが訊いた。

「一ダースぐらい。ほとんどが小さいところね。うちの会社も小さいけど」そこでガブリエラは通りを見やると身を固くした。その目が輝いた。「エレナだ」

ダニエルは彼女の視線を追った。

細身のラテン系、三十歳前後の女性が、ジーンズにフォーダム大学のウィンドブレイカーという恰好でずんずん歩いてくる。後ろにまとめた髪は湿っていて、おそらくシャワーの最中にガブリエラの電話を受けたのだろう。

「ああ、エレナ！」ガブリエラは彼女を抱きしめた。

「あんまりじゃない？　気分が悪い。もう吐きそう！」エレナの目は、いま泣きやんだばかりのように赤かった。

ガブリエラはダニエルのことを〝友人〟と紹介した。

エレナ・ロドリゲスは、上から下まで目を走らせながらハンサムな男の手を握り、ガブリエラに〝まあ、上物ね〟を意味する女どうしのウィンクを投げた。「同じ職場なんです、ガブリエラとわたし」

「ええ。聞いてますよ」

エレナはふくらませた頰から息を吐いた。「ほんとに、同じ職場だっただけで。それ以上のことはなくて」そしてガブリエラに向かって、「ほかに何か聞いてる？」

「いいえ、けさ警察から聞いた話だけ」

エレナの可愛らしい顔が暗くなった。「あなたも同じ連中と話したの？　ケプラーとインド系の男。あいつらのことはぜんぜん好きになれない。とくにケプラー」

「そうね」

エレナは沈んだ表情でオフィスビルのほうに顎をやった。低い声で、「ここに通ってくるときは、いつも幸せいっぱいだったのに。それが……」と言って肩をすくめた。そして溜息まじりに、「わたしに何かできるかしら。手伝えることならなんでもするわ」

「ダニエルとわたしは、オフィスでチャールズの無実を証明するものを見つけるつもり」

「彼をはめた犯人を見つけるのね」

ガブリエラはためらったのちに言った。「そう」

ダニエルはガブリエラを横目で見て、そこに同僚であり友人でもある相手に嘘をつこうとする罪悪感をはっきり感じていた。

「そこであなたの力が必要になる」

「もちろんよ」

「言っておくけど、エレナ、これは……極端なことよ」

「ねえ、わたし、なんでも、する、って言ったでしょ」

「わかった。あなたには車に轢かれてもらいたい」

「えっ？」

「轢かれるっていっても、通りを横断しはじめたところで轢かれたふりをするだけでいい。タクシーか乗用車のドアかサイドに接触して、歩道に倒れこむの。すると建物を警戒中の警官があなたを助けにくる。そこでダニエルとわたしがビルに忍びこんで、オフィスを家探しするわ。本物の身分証は出さなくていい。適当にでっちあげるの――バッグは家に置いてきて。それならオフィスに侵入されたことに気づかれたあとも、あなたがトラブルに巻きこまれることはないから」

ダニエル・リアドンはふとガブリエラを見つめると、軽い笑い声をあげた。「きみは名案を思いつく人なんだな」

「だって、わたしはオフィスマネジャーなのよ」とガブリエラは答えた。

「〝なんでも〟って言ったのは」可愛い女性が口ごもるように言った。「ほんとは徹夜してファイルを読むみたいなことなんだけど。でも、わたしのお尻を狙わせたいなら、事故にするしかないか。それで、叫んだほうがいい？」

「好きなだけ大声でね」

第13章　土曜日午後十二時三十分　二時間二十分まえ

〝ああん、ああん、ああん……〟

「まったく」とブラッド・ケプラーはつぶやいた。「たまらんな」彼は怒っていた。しかも寒かったし、身体がこわばって痛んだ。彼らがいるのはアッパー・ウェストサイド、ガブリエラが住むコープ・アパートメントの向かいのビルの屋上だった。ふたりの男はイアフォンを一個ずつはめていた。分け合っていた。

「ああん」とスラニが言った。

ケプラーはとげとげしい笑い声をあげた。「それでウケてるつもりか？」

スラニの反応がなかった。

「いまおまえが出した声だよ」

「ん……何の声だって？」

「〝ああん〟って。おまえは呻いた。あれに合わせて」ケプラーは渋い顔でイアフォンを叩いてみせた。そして窓を開けたままカーテンが閉じられた、ガブリエラのリビングルームに視線をもどした。

「何の声だって？」スラニはくりかえした。「おれが呻いた？」

「おまえが呻いた。〝ああん〟って言った」

「ほう。それで？　おまえは何をいらついてるんだ？」スラニは何かを非難され、ふてくされたような調子で訊いた。ケプラーは気にしなかった。どうやら、土曜日のふてくされワールドシリーズの勝利は自分のものになりそうなのだ。

「女には街を出たボスが手配を受けて、あんたは貯金も飛んで失業だって教えてやったのに、いったいどうなってるんだ？」

〝ああん、ああん、ああん……〟

「野郎め。間違ってる。明らかに間違ってる」

「あれはなかなかのハンサムだ。そこは認めろ。あの俳優にそっくりだ」

「いや、ぜんぜん似てない」

「でも、おれがどの俳優のことを言ってるか、ちゃんとわかってるんだろう？　だったら似てるさ。やつは見てくれがいい」

ケプラーは相棒がこんなことを言うのは、おれを少々懲らしめるためなのだろうと思った。

スラニは肩をすくめた。「彼女があそこで何をしようが、おれの知ったことじゃない。おまえだってそうだ。われわれの任務は彼女を見張ること。そうさ。それ以上のことじゃない」

驚いたことに、ガブリエラとボーイフレンドはあのまま街路を行くどころか、彼女のアパートメントへ直行した。彼女を尾行する気でいた刑事たちは付近のビルにあわてて監視装置を設置し、寒さのなか、小石を埋め込んだ屋上に座ったり膝をついたりしていた。ケプラーとスラニはレコーダーを回し、マイクを標的に向けて待機した。

すぐにふたりの声が聞こえてきた。このすぐれた電子機器のおかげで、会話のかなりの部分が聞きとれた。

当初、室内での話し合いはおもにプレスコットと会社のことで、ガブリエラはあの〝ろくでなし〟ども、これはむろんケプラーとスラニのことだが、彼らがもたらした悲報をいまだ受け入れられずにいた。また〝起こった出来事〟にたいしてショックと怒りをおぼえているというコメントも聞いた。

会話のすべてが録音された。役立つ情報はなかった。

視覚に関して、初めは見るべきものがなかった──影、揺れるカーテン、光沢ある表面に反射する光。それから二十分ほどまえ、刑事たちは静かなささやき声を耳に留め、ケプラーがウインクとともに双眼鏡で窓のなかを覗いた。ケプラーはスラニの肩をつかんで耳打ちした。

「勘弁しろ」

刑事たちはセーターを脱ぐガブリエラに息を呑んだ。ブラにきついストレッチパンツという姿で窓辺に寄ったガブリエラは、カーテンをしめた。

〝かんべん……〟

しばしの沈黙を経て、欲望の音が電波に乗って届いた。

そして、それが強くなっていく。

「ああん、ああん、ああん」を織り交ぜながら、「ええ、そこ。やめないで！」

そこで月並みに、「やって！」

「膝が痛くなる。なんで屋上に石を敷くんだ？」

「排水のためだろう」

「おっと、小石は雨を通さないって？」

スラニが言った。「よっぽど虫の居所が悪いんだな。おい、ズボンを見てみろ」

「なんだと？　ああ、くそっ」ケプラーの膝にタールのような染みが点々と付いていた。

ガブリエラが、「四つん這いになれ。それがおまえの望みなんだろう？」と命令される声がした。

彼女は息も絶えだえに、ええ、それが欲しいと答えた。

また〝ああん、ああん、ああん〟がはじまった。

スラニが笑い、それがケプラーをますます怒らせた。

やがて長く尾を引く〝ああん〟が聞こえた。これでパーティもお開きだろう、とケプラーは踏んだ。

「性交後の喜悦か」とスラニが低声で言った。「ぼちぼちだな。さっさと屋上から引き揚げよう。ここにいると凍えそうだ」彼はしゃがんだ姿勢から起きあがった。

ケプラーが言った。「出かける女に注意したほうがいいぞ。おれたちは糊みたいにくっついていくんだ」

「準備はできてる」スラニは言った。「準備ができてないように見えるか？　で、〝糊みたいにくっつく〟だって？　もっとましな言い方はできないのか？」

ケプラーは無視した。

だが追跡はすぐにははじまらなかった。ガブリエラのアパートメントから、ささやきが伝わってきた。ゲームが再開されたのだ。

〝ああん、ああん、ああん……〟

「くそったれめ」とスラニは洩らし、また腰をおろした。

ケプラーは目を剝いた。相棒はめったに悪態をつかない。〈チャールズ・プレスコット・オプ〉は、全員に最悪の展開をもたらそうとしていた。

第12章　土曜日正午　三十分まえ

ティッシュで目頭を押さえたガブリエラはダニエルと歩道にもどり、いましがた家のロビーで聞かされた冷厳な事実を受けとめようとしながら、黙ってセントラルパークをめざした。ふたりが行く歩道には、頭上から木々が濃い影を差しかけていた。九月の太陽は遠いスポットライトほどの小さな熱源でありながら、いまも強烈な力を発散している。ガブリエラはたまに腕がふれあうのを感じて、ダニエルは抱きすくめて慰めてくれるのだろうかと想像した。

そうはならなかった。

「これからオフィスへ行くわ」彼女は声を振り絞って言った。「警察の捜査も終わってるだろうし。〈オクトーバー・リスト〉を探してみる」

窓に自分の姿が映っていた。まるで他人のようで、ありきたり——タン色のストレッチパンツ、バーガンディレッドのぴったりしたセーター、革のジャケット、バッグを肩に掛け、手にはティファニーの紙袋、かたわらにハンサムな男。映画かスポーツクラブ、あるいは友人たちとのブランチに出かけるところ。

まるで他人。

でもちがう。

「あのジョゼフって男は」とダニエルが応じた。「まったく。あいつの軽薄さにはぞっとする。あのジョーク。吐き気をもよおすね」

「とにかく警察へ行くべきだって気もする」ガブリエラは相手を見つめた。「あなたはどう思う？」

ダニエルは考えこんだ。「正直言って、それがばれたらひどい結末になると思う」

「だけど、こういうときの対処のしかたを知っているのが警察でしょう！」とガブリエラはまくしたてた。「警察には誘拐の専門家がいる。いるはずよ。人質解放にあたるネゴシエーターが」

「この場合はちがう。ジョゼフは、きみが支払いに応じそうな金額を要求しているわけじゃないし——きみに警察の援護があるわけでもない。もし警察に話せば——ジョゼフにそれがばれなかったと仮定しても——いずれ出てくる〈オクトーバー・リスト〉を、警官は欲しがるだろう」

一瞬の間があった。「そうね」ガブリエラはまたティッシュで目頭を押さえた。

「それに、こっちはジョゼフが脅しのとおりにやると考えなきゃならない。きみが警察に近づかないように、誰かに見張らせておくとか」

「あなたは関係ないわ、ダニエル。この話にも、わたしにも関わるはずじゃなかったんだから。わたしだって、二十四時間まえには知らなかった。もう帰って、わたしのことは何もかも忘れたほうがいい」

ダニエルの顔が動いた気がした。

彼は言った。「そこには興味がない」

「そこって？」

「きみを忘れることには」ガブリエラは彼の腕をつかむと、その硬い前腕につかの間頭をもたせかけた。まえに観た映画で、ダニエルとよく似た俳優が、観客の女性たちの興奮を誘うようにシャツを脱いだ。ふたりは顔ばかりか身体つきもそっくりだった。

「わたしのオフィスはミッドタウンの東。タクシーに乗りましょう。期限は……午後六時。やることがいっぱいあるわ」ガブリエラはタクシーを探した。

「待て」ダニエルが鋭くささやいた。

「えっ？」

「尾行されてる」

「まさか」ガブリエラは疑っているようだった。だが背後を振りかえると、縁石に寄って停まろうとしているヴァンが見えた。「ジョゼフ？」

「いままでヴァンは一台も見なかった」

「あれが警察で」狼狽が声に表れていた。「ジョゼフが気づいたら、わたしたちが通報したって思われる！　サラが殺される！」

「警察かどうかわからない。たまたま通りかかっただけかもしれない」

しかし、ヴァンは偶然通りかかったのではなかった。実際に警官が乗っていた。それはコロンバス・サークル方面から走ってきた、ニューヨーク市警の青と白のパトロールカーが急ブレーキをかけ、Uターンすることで裏づけられた。

　ガブリエラは言った。「ヴァンに乗ってる人間がパトロールカーに無線を入れて、こっちに来るなって命令したのよ。そう、警官だわ。彼らはわたしがチャールズのところへ連れていくと思ってる」

「ほら」ダニエルがつぶやいた。

　ガブリエラは警察のものと思われる覆面車輛に目を転じた――ルーフから小型アンテナが何本も突き出しているグレイのセダン。

「ああ」と彼女は怒って吐き棄てた。「そこらじゅうにいる！」

「どうする？」

　しばらく思いをめぐらしたのち、彼女は言った。「わたしのアパートメントにもどりましょう。待って、あそこの縁石のへんまで歩いて」

「えっ？」

「日向を行くの」

　ダニエルは眉根を寄せた。やがて笑顔になった。「そうか、わざと姿をさらしておくのか」

「そう」

　十分後、ふたりはアパートメントのビルまでもどった。今度は歓迎されざる敵の存在もなく、気が進まなそうに動くエレベーターで二階まで上がった。南向きの部屋にはいると、ガブリエラはダニエルが持ってきたティファニーの紙袋と自分のバッグを、ドアの近くにあるアンティークのテーブルに置いた。脱いだジャケットをフックに掛けた。

部屋を見まわしていたダニエルが、本とブロンドの少女の写真に目を留めた。

「サラか」

ガブリエラはうなずくこともしなかった。どのみち質問ではなかった。

ほかにもあった写真の被写体は、ほとんどがガブリエラ本人だった。両親とのスナップが数枚。ダニエルはその一枚をじっと見据えた。

「きみとお父さん？」

ガブリエラはダニエルのほうを見た。「そうよ」

「見栄えのする人だ。ご両親は街に住んでる？」

「父はもうこの世にいない。母は独り暮らし」

「そうか。お父さんのお仕事は？」

「電力会社勤務。コン・エジソンに。部長だった」

写真は十年ほどまえに撮影されたものだった。二十二歳のガブリエラと、ちょうど三十歳離れた父親が並んでいる。父娘は同じ五月十日が誕生日で牡牛座。ガブリエラはそのことをダニエルに告げると、物憂げに付けくわえた。「父はよく、牡牛座の人間はだいたい星占いを馬鹿にしてるって話してた」

ダニエルは笑った。そして、ごま塩頭をきっちり整髪した長身の男の姿をもう一度眺めた。

ガブリエラは、それが父の死の一週間まえに撮った写真であることは口にしなかった。

父娘は同じ表情をしていた。かまえたところのない、くつろいでおどけた顔。

ダニエルが額装された十枚ほどの芸術写真に気づいた。すべてモノクロだった。彼は近づいて見入った。その大半は静物と風景だが、なかにポートレイトもあった。

「で、これはきみの写真か」

ガブリエラはサイドカーテンの隙間越しに窓外を見つめていた。「えっ？」

「この写真。きみの？」

「ええ」

「なるほど、すばらしいな」ダニエルはカーペットが敷かれた床を歩くと、かがみこむようにして写真の一枚一枚を眺めた。

「むかしは絵を描いてたんだけど、写真のほうがいいと思って。現実を取りこんで操作していくところに魅力があるの」声に熱がこもったと思いきや、不意にそのエネルギーは絶えて、ガブリエラは額縁に入れて飾ってあるハートのクレヨン画に黙って目を注いだ。余白に、〈ママ、愛してる〉と苦心して書いた字が添えられている。

ダニエルがゆっくり窓に近づいていった。

「警官が見える？」彼女は絵から視線をはずした。

「まだ見えない」ダニエルがあらためて外を覗いて答えた。

ふたりはつぎの行動について、サラを救う方法——〈プレスコット・インベストメンツ〉のオフィスへ行き、〈オクトーバー・リスト〉と金を見つける手段を話し合った。

ガブリエラは無言のまま椅子に腰を落とした。「どうにもならない」と言った。

「一歩一歩進めば、どうにもならないってことはない」ダニエルは通りを見通して舌打ちした。

「ああ。やつらがいる。通りのむこうの遊園地にふたり、下を向いてうろついてる。ただしビジネススーツ姿で、近くに子どもはいない。袖に隠したマイクに話しかけてるのかもしれないな。おっと、それから向かいのビルの屋上にも？　通りにいた二人組に似てる」

「屋上？」ガブリエラは不審の面持ちで言った。「こっちを覗こうとしているの？」

「いや。見たところ、いまは装備を組み立てているだけだ。マイクだな――皿みたいな形の」

ガブリエラは窓を背にすると、室内にぼんやりと目を走らせた。

「いいわ」

ダニエルが物問いたげに目を向けてきた。

「彼らの作業が終わったら教えて」

ガブリエラは不安そうに窓辺を行ったり来たりした。

わずか一分後に、ダニエルが言った。「オーケイ、連中は太いレンズでこっちを狙おうとしてる」

彼女はダニエルに近寄って耳打ちした。「チャールズと事件について話すけど、ジョゼフのことは口にしないで」

彼はうなずいた。

ふたりは五分間にわたり、チャールズ・プレスコットが起こしたとされる犯罪、またガブリエラが置かれた抜き差しならない状況について、即興ながら信憑性のある会話をつづけた。が、途中、本物の涙がガブリエラの頬を流れ落ち、言葉がつづかなくなる場面もあった。

やがて、窓の正面に立ったガブリエラは指示を出した。「こっちへ来て」

「えっ――？」

「こっちへ来て」彼女は語気も強くくりかえした。

その口調に圧《お》され、ダニエルは半信半疑で指示に従った。涼しい秋の風が開いた窓から吹きこんでくるなかで、ガブリエラはダニエルにしがみついて唇にキスをした。最初はためらいがちに、しだいに強く。

「あなたもキスして」と彼女はささやいた。

ダニエルは驚きながらも命令どおり、強く情熱的な口づけをしてきた——つかまれた肩が痛いほどだった。ガブリエラは男の本物の欲求を感じた。自分の内にある願望が沸きあがった。

彼女はそこで自分を抑えると低声で言った。「後ろに下がって、目の前の光景を愉しむふりをして見つめて」そしてバーガンディのセーターを脱いだ。

「そんな芝居をする必要なんかない」とダニエルは口にした。

淡いブルーのブラにぴったりしたストレッチパンツという姿で、ガブリエラは窓辺に寄ってしばしたたずむと、おもむろにシェードを下ろした。それからセーターを着た。

「がっかりだ」とダニエルが洩らした。

彼女は唇に指をあてた。テレビのリモコンをつかみ、ボリュームを絞りながら本体とケーブルテレビのチューナーのスイッチを入れ、有料配信のチャンネルでアダルト映画を探していった。二度クリックすると、映ったのはいきなり本番の低俗な映画で、若いカップルがプールサイドの窮屈そうなラウンジチェアで事におよんでいた。

〝ああん、ああん、ああん……〟

ガブリエラは顎でドアを指し、玄関のラックから革のジャケットをつかんだ。だが隣りのフックに掛かっていた服を見るうち、彼女の顔は暗く沈んでいった。フェイクファーのパーカ。涙がほとばしり出た。

ダニエルはガブリエラの肩に腕をまわし、力づけるように抱いた。ガブリエラはサングラスを掛けた。ダニエルもそれにならい、ふたりはカーペットとクレンザーの匂いがする廊下に出た。十分後、裏手の通用口からこっそり外に出ると、他人を詮索しようという耳目を逃れ、ふたたびセントラルパークをめざした。

第11章　土曜日午前十一時十五分　四十五分まえ

「まだ信じられない」とガブリエラはつぶやいた。「もしあなたが彼に、チャールズに会えば、あいつらの話なんて嘘だと思うから」

彼女とダニエルは言葉もなく、アッパー・ウェストサイドの暗がりに足を踏み入れた。もうすぐアパートメントだった。家にもどったら同僚のエレナやチャールズの弁護士と連絡を取り、事実をはっきりさせるつもりだと彼女は語った。

さらに付け足して、「あんないい人、どこを探してもいないのよ。わたしが離婚したとき、必要なものがあればなんでも言ってくれって、彼は言った。離婚専門の弁護士を見つけてくれた。街で一、二を争うような弁護士。費用の一万ドルを貸してくれて。でも、それって借金じゃなかった。返そうとしても受け取らないの」ガブリエラは手にしたティッシュで目もとを押さえた。

ふたりは摩天楼に囲まれた渓谷のような交差点を折れ、西へ向かった。まもなく行き着いた建物はコロンバスとアムステルダムの両アヴェニューの間に位置する、セントラルパークから数ブロック離れた煉瓦造りの五階建てだった。

ロビーにはいっていくと、エレベーター付近に立っていた男がしつこい目を向けてきた。

「ガブリエラ・マッケンジー？」

「もう。また警官？」彼女はダニエルにささやきかけた。

そしてふたりは男が持っている〈ホールフーズ〉の紙袋に目を留めた。

「何なの、これは？」ガブリエラは静かに訊いた。

「あんたがガブリエラ？」男の身の丈は六フィート二インチ。がっちりしているが肥ってはいない。肥料袋を思わせる、がっちり詰まった体格だった。髪はもじゃもじゃとしたブロンドの巻き毛。

「ええ。ところで、あなたは？」

軽薄な笑い声。「いや、これは。どうも。美しい朝だ。すばらしい。これから曇って気温が一気に下がるという予報だが、いまはこの陽気を楽しみましょうか」

男は、大男にしてはしなやかな身ごなしで歩いてきた。「ジョゼフです」と手を差し出した。「頭をひねることはない。お目にかかるのは初めてだ」会釈されたダニエルは男の暗い瞳に見入った。ボタンをはずした黒いオーバーの下に、ゆったりした茶色のスーツと腹回りに筋が二本寄ったドレスシャツ。なぜか歯はかすかなピンク色に染まっていた。

「あなたは……？」ガブリエラはその質問を最後まで口にせず、代わりに「どうしてわたしを知ってるの？」と訊いた。

「いや、まだ知らない。個人的には。残念ながら。ご機嫌いかがです？　いまはおしゃべりする気分じゃないって？　なら心配ご無用。あんたの興味を惹きそうなものがある」

「いったい何の話？　わたしたちのことはほっといて」

「待った。〝興味を惹きそうな〟ことなんだって。その正体が気にならないか？」

「ならない」

「またまた。ぜったい気になるから。五ドル賭けるよ。おれを上に連れていかないか？」

「おい、あんた、いいかげんにしないか」とダニエルが言い、すこしばかり前に出た。

パンチをかわそうというのか、ジョゼフは片手を上げた。媚《こ》びたようなにやけ笑い。おどけた調子。「ちょっと覗くだけさ。いいだろう？　たのむよ」彼は買物袋を掲げてみせた。

ガブリエラがダニエルに顔を向けると、ジョゼフは袋に手を入れ、夕暮れのニューヨーク港の水面を思いださせる、青黒い色合いのウィンドブレイカーを取り出した。サイズは子ども用だった。ジョゼフはさらに、バービーに似たビニール人形も見せた。だが、その人形からは服が剝ぎ取られていた。太陽の光を浴び、ベージュの肌が光った。

ガブリエラは悲鳴をあげた。

ジョゼフが露骨に顔をしかめた。「耳。耳！」彼は自分の耳をたたいてみせた。「やかましいんだよ」

ガブリエラは怒鳴った。「どこでそれを？　サラのジャケットよ！　人形も！」後ずさりしながら携帯電話をつかんだ。

ジョゼフが言った。「おっと、電話か。こっちが通報を厭がるってことぐらいわかれよ。そんなに筋違いの話じゃないだろう？　おれならそう思うけどな」

「こいつはいったいどういうことだ？」とダニエルが吼えた。

ジョゼフは指を振ってみせたが無言だった。

ふるえる声でガブリエラはくりかえした。「どこでそれを？　あの子はどこ？　あなたは誰なの？」

「これはまた質問だらけだ……一度に一問ずつにしようか。上着はミズ・サラからもらった。それは馬鹿でもわかる。で、どこにいるか？　あんたはどう思う？　おれの友だちといっしょにいるよ。三番めの質問だが。その答えはしばらく控えておく」

ガブリエラは突進して男の襟首をつかんだ。不意を衝かれたジョゼフはよろけると、薄ら笑いを怒りの表情に変えた。ダニエルが彼女を引きとめた。

するとジョゼフの顔に如才ない笑みがもどった。「落ち着いて！　可愛いサラは無事さ」

ダニエルがにじり寄ろうとした。ジョゼフはオーバーとジャケットを開き、拳銃の台尻を見せた。「発表したいことがまだある！　だから、そこでおとなしくしてな、カウボーイ」

目を丸くしたダニエルが後ろに退いた。

ガブリエラは銃を見つめて息を呑んだ。

ジョゼフはダニエルのことを眺めまわした。「それで、あんたはいったい何者なんだ、カウボーイ？」

「おれは友人だ」

「友人か。わかった。財布を見せてみな」

ダニエルはためらいがちにポケットに手を入れ、現金の束を差し出した。百ドル札と五十ドル札。千ドルはあった。

「そいつは財布の中身だ。財布じゃない」

「取れよ」

「いらない。欲しいのはあんたの財布だ」

ガブリエラは叫んだ。「サラはどこ？　何をしたの？」

ジョゼフはまた耳をさわった。「人目を惹くような真似はおたがい遠慮しようか。こいつは――彼は拳銃を叩いてみせた――「あんたのヒステリーよりずっとうるさいぜ。さあ、カウボーイ、財布だ」

ダニエルが柔らかな革製品を手渡した。

「もうやめて……」ガブリエラは泣きだしていた。

札入れをあらためながら、ジョゼフはさまざまな事実を記憶しようとしている様子だった。名刺を一枚抜き出し、それをためつすがめつした。「〈ザ・ノーウォーク・ファンド〉。儲かりそうな名前だ」そして全部を返した。「なるほど、カウボーイ・ダン、あんたの住まいはフランクリン・ストリート八五番地か。いいところだ。いまはそれで充分さ。でも、もしおれが借金するはめになったら、あんたが現金をなげうってくれると思うとありがたいね」それからガブリエラに向かうと、「で、ミズ・サラのことだが。彼女がおれの友だちのとこを訪ねてるのは、あんたのボスのせいだ。たぶん想像はつくだろう。チャールズ・プレスコットが姿をくらました。それでおれはたいへん迷惑してる。そのあたりは警察から聞いてるんじゃないか？」

「ええ、でもどうして――」

唇に指をあてるしぐさを見て、ガブリエラは沈黙した。「イエスだけでけっこう。こっちが訊くまで余計なことは言うな。わかったか？」

ガブリエラはうなずいて拳を握りしめた。

「いいか、ニューヨークの優秀な市警察からまた連絡があっても、やつらとは話すな。電話がかかってきても、発信者番号に見憶えがなければ出るな。相手が伝言を残しても返信はするな。街で声をかけられて、時間だの、うまいドーナッツを買える店だのを訊かれても、むこうがあんたのボスの下着の好みとかをほじくりそうになったら、弁護士と相談しないかぎりなにも言わないと答えろ。あんたが警察と話してるとわかったら、おれは幸せになれない。それはミズ・サラも幸せになれないってことだ」

「やめて！　そんな遊びはやめにして！」ガブリエラは唾を呑みこみ、ウィンドブレイカーと人形を凝視した。「それだけで、あなたがあの子を拉致したことにはならないわ。盗んだだけかもしれないし」

ジョゼフは青いウィンドブレイカーをていねいに巻きあげて袋に入れ、その上から人形を落とした。「つまりこういうことさ。あんたの別れた亭主のティモシーは、けさ娘をダンスクラスに連れていった。その後まもなく、ティムの父親に似たおれの仲間がスクールへ行って娘を早退させた。おじいちゃんの名前と写真は指定保護者リストに載ってる」

「どうして知ってるの？」ガブリエラは呆然として言葉を洩らした。

ジョゼフは答える気がなさそうだった。「予定が変更になり、サラを友人のところへ連れていくことになったと話してね。あんたが急遽《きゆうきよ》旅に出ることになったと。おじいちゃんのそっくりさんは、娘をその友人、すなわちおれのところまで送り届けた。と、そういうわけだ。おれの口から言わせてもらえば、そりゃもうすんなりとね」

「うそよ！　娘は知らない人と車に乗ったりしないわ！」とガブリエラは叫んだ。

「娘がおじいちゃんと最後に会ったのは二年もまえのことだ。マウスを二、三回もクリックすりゃわかる。ほんの二、三回だ。まったく——ソーシャルネットワークってやつはな。近ごろはやたらと軽はずみな人間が多いのさ」

指先で目もとを拭いながら、ガブリエラは弱々しく言った。「お金はあまり持ってないけど。あなたの欲しいものは用意する。借金しても。それに——」

ジョゼフの冷やかすような目が、ふたたびダニエルを捉えた。「緊張してるのか、カウボーイ。落ち着かないんだろう。わかるよ。ヒーローにでもなろうと考えてるのか。ペンでおれの目を突き刺したいか？　ま、まずはあんたが六インチ近づくまえに殺してやるさ。バットだのロケット弾を持ち出して、おれを吹き飛ばしてみろ、われわれのサラがどうなると思う？　すこしは利口になれよ、いいな？」

ダニエルは冷静に言った。「警察に捕まるぞ。ＦＢＩに。誘拐は連邦犯罪だ」

ジョゼフは溜息をついた。「おい、たのむよ……」彼はガブリエラにまた目を流した。その声にいくぶん分別を取りもどしていた。「いいか。娘は元気だ。テレビを見てる。おもちゃもある。いっしょにいるのは、会ったことがないあんたの友だちだと思いこんでる。あんたは出張で一日、二日留守なんだ」

「もし娘に危害をくわえたら——」

「映画の台詞並みの脅しか……時間を無駄にするのはやめないか？」

「娘と話したい。あの子に会いたいのよ」

「じきにな」

「おねがい」

「じきにだ」ジョゼフはあたりに目をくばった。目撃者はいなかった。「じゃあ、よく聞け。いいか？」

「ええ、でも――」

「シーッ。あんたは聞いてればいいんだ」

「わかった」ガブリエラはふるえる両手の先に目を落とした。

「きょう、チャールズ・プレスコットから連絡はあったか？」

「ない、ほんとよ。彼はきのうの早い時間に出かけていった。連絡があればあったって話してる。おねがい……あなたの望みは何なの？」

ジョゼフはうなずいていた。彼は玄関の扉越しにふたたび通りのほうをうかがった。数名の通行人も、こちらのグループには目もくれない。「リストだ――チャールズの顧客の一部について、詳細な情報が付いたもの。正確にいうと三十二名分の」

「三十二名？」ガブリエラはそう訊きかえすと、すばやくダニエルを見た。

「そうだ。やつはそれを〈オクトーバー・リスト〉と呼んでいた。やつが、いわば個人的な仕事をやっていた特別な顧客の一覧だ」

「聞いたことがないわ」

「それはこっちの知ったことじゃないだろう？　いずれにしろ、おれはその顧客のひとりだ。しかも、おれたちはある重要なプロジェクトに関わっていた――それが、あんたのボスが失踪したおかげで止まった。このまま頓挫されても困るから、他の連中と連絡を取る必要がある。やつがいないと、おれたちは舵のない船も同然だ。ちなみに、その言葉の意味はわかるな？リストが〝必要〟なんだぞ。そいつをあんたに手に入れてもらおうってわけだ」

「だけど聞いたこともないものを、どうやって手に入れたらいい？」

「あんたはたいがいの人間よりチャールズのことを知ってる。たとえその言い分が正しくても――どのみち、おれはまだあんたの話をまるまる信用しちゃいないが――仮に正しくてもだ、その在りかを見つけるなら、あんたをおいて他にいない」

ダニエルが言った。「しかし、それがそんなに重要なものだったら、自分の手もとには置いておかないだろう。誰かに頼んで保管してもらってるはずだ。弁護士とか――」

「弁護士は持ってない。こっちで確かめた」

ガブリエラは訊ねた。「ミスター・グロスバーグは？　彼と話した？」

ジョゼフはふと黙りこむと、厚い唇を笑みのような形にくずした。「ミーティングをしたま……話し合いだな。彼がリストを持ってないと、おれは確信してる」

「ミーティング？　そんなことありえない。いったい彼に何をしたの？」

「落ち着けって。一、二カ月もすれば元気になる」

「彼は七十歳よ！　何をしたの？」

「ガブリエラ、この場で、おれたちの意見は一致してるだろう？　おかしなことばかり言わないでほしい。サラのために心を砕いてもらいたいね。リストのことはある人物から聞いた――ちなみに、そいつとはもう縁が切れてるが」

ジョゼフは鼻に皺を寄せ、動揺をあらわにするガブリエラを軽くあしらった。「このトゥイーティ・パイという人物の話だと、チャールズは猜疑心《さいぎしん》の塊りで、リストをコンピュータには載せなかった。モサドがハッキングされるなら、自分もハッキングされると言うのさ。だから紙のコピーしか持っていない。その一通をニューヨークに隠していた。この街のどこかにね。あんたにはそれを見つけてもらう」

「どういうこと？」

「どうやって？」

ジョゼフは指を立てた。「あんたには、自分で思ってる以上に知恵があるだろう」

「ないわ！　ほかの従業員なら聞いてたにしても――」

「やつが差別是正措置《アファーマティヴ・アクション》で雇ったエレナ・ロドリゲスか？　派遣社員？　簿記係？　いや、あそこまでミスター・チャールズ・プレスコットの近くにいたのはあんただけだ。やつがそう言った。ガブリエラみたいな人間はどこを探してもいないとね。つまり、あんたならできるのさ。おれのために、〈オクトーバー・リスト〉を見つけてもらいたい」

ジョゼフはその不気味なまなざしで、ガブリエラを探るように見た。「ほかにも欲しいものがある。おれがチャールズに支払った入会金。そいつを取りもどしたい。四十万ドル」

「入会金？」とガブリエラは訊きかえした。「プレスコットに着手金はないわ。ポートフォリオの年利をもらうけど……」やがてうなずくと、うんざりしたように付けくわえた。「わかった。それって、あなたが話してる特別な顧客のことね。三十二名の」

「そのとおり！」

「でも、秘密ならわかるわけないじゃない、あなたたちの……お金の在りかなんて」

「おっと、そいつはひどいな」ジョゼフは拗ねてみせた。

ダニエルが言った。「いいか、ジョー。現実的になれよ。彼女のボスが高飛びしたとすれば、金も持っていくはずだ」

「ジョー？」男は周囲に目をやった。

「ジョゼフ」

「おっ、おれのことか」ジョゼフは微笑した。「チャールズはあわただしく街を出た。こっちの情報によると、プレスコットは令状が出たと聞いて、金を全額持たずにずらかったらしい。おそらく警察はその一部を見つけたんだろう。だが、おれは残りがたんまりあるとにらんでる。だから、おれはあんたと――ミズ・サラのためにも――あんたが一山当てることを祈ってるんだ。それじゃあ、ガブリエラ、基本のルールをはっきりさせておこうか。まずはさっきも話したが、警察はなしだ。それと他人には一切口外しないこと。別れた亭主、親友、美容師。誰にも」

「なんて卑劣なの！」

ジョゼフは、いまにも殴りかかってきそうなダニエルに向かって言った。「こんなことに引きこんですまない。でも話は見えたよな。あんたは馬鹿じゃなさそうだ。口も閉じておいてくれ。いいか？」

「ああ」

ジョゼフは声をあげて笑った。「物騒な目つきだな」とガブリエラに言った。「いいか、いまはだいたい正午。月曜の始業時刻にはリストが必要だから、あんたには——これはもう気前よく——明日の六時まで時間をやろう。日曜日だ。しかし金は——こっちは話が別だ。すべてがくずれて、警察がおれの家の扉をノックするなんてことになれば、その金をこの手に握りしめて逃げなきゃならない。だから今晩、午後六時までに欲しい」

「今晩？　無理よ！」ガブリエラは喘ぐように言った。「四十万ドルを？」

「サラのためにも、なにがなんでもかき集める方法を考えるんだな」

やがてガブリエラは決然とした声で言った。「娘と話をさせてくれないかぎり、わたしはなにもしないから」

「娘と話はできない」ジョゼフは電話を開いてビデオを流した。「しかし……」

ダニエルとガブリエラは視線を向けた。愛らしいブロンドの少女が座ってテレビのアニメを見ている。背景に伸びるふたつの大人の影には目もくれない。

「どうしてこんなことを？」ガブリエラはふたたび声を荒らげた。

ジョゼフはうんざりしたように息を吐くと、電話をしまった。「抜き打ちテストの時間だ。いちばん大切な基本のルールは？」

「警察はなし」その言葉は水中でつぶやかれたように聞こえた。

「いいぞ、Aプラスだ」ジョゼフは人形とウィンドブレイカーを入れた袋を手にした。「そうだ、ついでにひとつ、あんたのことを見張ってるやつがいる。片時も目を離さない。信じるか？　答える必要はない。じゃあな」と言い残して彼は去った。

第10章　土曜日午前十時三十分　四十五分まえ

四人はセントラルパークで光にさらされた。容赦のない、苦痛をもたらす光に。

ニューヨーク市警の金バッジをしまったナレシュ・スラニは、目をやったダニエル・リアドンのことは相手にせず、ガブリエラに問いかけた。「きょうはチャールズ・プレスコットから連絡がありましたか?」その刑事の灰色の顔は、いまのまぶしい太陽でさえ温めきれない感じがあった。

「わたしのボス? いいえ。それって、彼がどうかした?」ガブリエラの目がダニエルに向けられた。もうひとりの刑事、ブラッド・ケプラーもダニエルの存在には気づいていたが、相棒同様に体《てい》よく無視していた。

「最後に会ったのはいつ?」と陽に灼けたブラッド・ケプラーが訊ねた。

「きのう、職場で。午前中に。その後、わたしは打ち合わせに出て一日もどらなかったから。事故でもあったの? おねがい。教えてください!」

刑事たちは疑うようなまなざしで見つめていた。スラニが言った。「ミスター・プレスコットは失踪しました……どうやらそれも、顧客の大金とともに」

ガブリエラは哄笑した。「まさか、ありえない。何かの間違いよ」

「残念ながら。スラニ刑事とおれは市警の金融犯罪課の人間でね。ミスター・プレスコットはこの二カ月、捜査対象になっていた」

「別のチャールズ・プレスコットよ。別人に決まってる」

しゃべるのはもっぱらスラニのほうで、ここで話を引き取った。「これまでSECとFBIが、国内外の不審な株取引口座を調べてきました。そうした口座の一部を設けたのがミスター・プレスコットで、それは何名かの顧客に便宜をはかるものであるらしい。われわれが関わっているのが、そのニューヨーク・ルートです。何カ月もかけてきたんですよ」

「そんなはずないわ！」

スラニがつづけた。「われわれはけさ、事務所を手入れし、自宅で逮捕する予定でしたが、捜査の情報が洩れたらしく、彼はきのう遅くに逃亡しました。いまもチームで事務所と自宅を捜索中です。姿をくらました彼は国内にあった半ダースもの口座を空にして、海外の追跡不能の口座に金を振り替えました」

ガブリエラはうつむいた。四人は歩道にある水道管の点検パネルのところに立っていた。その鉄製の部品はニューヨーク以外のどこかで造られたものだ。アメリカ製ですらない。彼女は言った。「彼はきのうは遅くまで仕事があると言っていた。お話ししたように——わたしはほぼ一日、打ち合わせでオフィスを出てました。彼と顔を合わせたのは朝の一時間ほど。ろくに言葉も交わしていない。きっと夜まで仕事して帰るんだと思ってた」

「帰宅はしなかった。自宅はわれわれの監視下にあったんです」

「逃げた？　どうして」

ケプラーがダニエルに訊いた。「あなたはミズ・マッケンジーの友人？」

「そうです」

「チャールズ・プレスコットは知ってますか？」

「いいえ」ガブリエラが答えた。「彼は知らないわ」

ダニエルは説明した。「ゆうべ、会ったばかりなんですよ。ガブリエラとぼくは」

刑事たちは、ふたりの関係を一夜のセックスと翌日の朝食だけのものとみなしたのか、ダニエルにたいする興味を失った。ダニエルは、刑事たちの心証は気にしていないようだった。

ガブリエラはつづけた。「これは何かの間違いよ。そもそもチャールズが法にふれるようなことをするはずがない。想像もつかない」その声がふるえていた。彼女は咳払いをした。「彼が突然出ていったとすれば、それは緊急事態が発生したからよ。顧客に問題が起きたんだわ。チャールズはそういう人。たんなる投資アドバイザーじゃない。友人の——」

「そうだ、問題が起きた。連邦告発だ」とケプラーが言い添えた。「ミズ・マッケンジー、間違いなんかじゃない」感情的ではなく、しかし苛立ちの気配を感じさせる声だった。

ガブリエラは口走っていた。「わたしはオフィスマネジャーよ。わたしの知らないところで、彼に何ができるというの？　できるはずがないでしょう？」

ダニエルは身じろぎした。それはおそらく、共謀をほのめかすような発言をするのは得策ではないとの思いがあったからだろう。ガブリエラは黙りこんだ。スラニが、あまり効果があるとも思えないサングラス越しにまばたきして言った。「われわれは、あなたがこの計画に加担しているという証拠はつかんでいませんが」

だがスラニの口調からすると、語尾には〝まだ〟のひと言がふくまれていた。

「あなたたちが話題にしてる顧客って誰のこと？」とガブリエラは強く訊いた。

「名前はまだわかっていません。ＦＢＩによれば極東、南米、中東の人間がかなり多い。目下、現金と株式の購入を追っています」

ガブリエラはややヒステリックに笑った。「見当違いよ！　そんなところに顧客がいるなんて聞いたことがないわ。だって、わたしは全員を把握してるし」

スラニが反論した。「それでも、こちらの情報では、顧客はそんな地域にいるんです。ざっと三十二人。しかもミスター・プレスコットはその口座に金を動かしている。目的？　マネーロンダリングの線が濃厚ですが、はっきりしていません」

「なんてこと」動揺のあまり、ささやき声が洩れた。「顧客が三十二人？」

「二日まえの時点で」

ガブリエラは口を開いたが、まともに言葉が出なかったのか、唇をゆっくり引き結んだ。

スラニが言った。「いいですか、ミズ・マッケンジー、ミスター・プレスコットはわれわれに不意打ちを食わせたんですよ。彼がコロンブス記念日の週末、チューリッヒへ飛ぶ片道切符を持っていることはわかっていたし、そこまでは出国しないものと思っていた」

「片道？　出張の手配はわたしが全部やってるの。出かける計画なんてなかった。しかも片道なんて」

「ところが、やつは出かけた」とケプラーが吼えた。

相棒がつづけた。「プレスコットは捜査の噂を耳にして高飛びしました。でも行先はスイスじゃない。われわれにもわかりません。だから、この三十二名の顧客の氏名と住所を知りたい」

「オフィスで何か見つからなかったの？」

スラニは説明した。「プレスコットがきのうの午後六時、セント・マーティン島へ発ったことはわかっています。その後の消息は知れません。現地の当局も発見できずにいる。だから、あなたのご協力をお願いしているんです。われわれは彼の行先を知りたい」

「知ってることを話すんだ」黒い目を細めたケプラーが言い放った。

「わたしはなにも知らない！」

「あんたは知ってるって、ガブリエラ」ケプラーが嘲るような調子で言った。「たとえば、やつがマイアミに家を持ってるのは知ってるだろう？」

「ビーチハウスね。もちろん」

「ほら！　だろう？　あんたは知ってるのさ。それをまだ提供してないだけで。つづけようか。ほかに家は——こっちは海外にとりわけ興味がある。あるいはいっしょにすごしそうな友人、ロマンティックな相手だとか」

ガブリエラは歩道にくっきり伸びる影を見つめていた。陽光がしつこく葉を照らしている。

「ミズ・マッケンジー？」

彼女は顔を上げた。「えっ？」

ケプラーがさらにぶしつけに訊いた。「プレスコットは国外に家を持ってるのか？　外国にわざわざ訪ねるような相手がいるのか？」

刑事たちの表情は、答えは聞くまでもないと語っていた。

うち何人かは当然、悪名高き三十二人にふくまれる。

「ほら、ガブリエラ、話せよ。さっきの調子で！」

ダニエルが言った。「これはあんまりじゃないか。つらい報らせをいきなり持ち込んでおいて。いいやり方とは思えない」

刑事たちはまたしてもダニエルのことを無視した。温厚なタイプのスラニがつづけた。「よく考えて、ミズ・マッケンジー。彼は旅について話していませんでしたか？　会う予定だった相手について？」

「そうそう」とケプラーが言った。「思い当たることがありそうじゃないか。教えてくれよ。ほら」

ダニエルがケプラーを睨みつけた。だが刑事はガブリエラの顔に視線を据えたままだった。

「さっきセント・マーティン島って言ったけど。彼はむこうへ行くと、ときどきセント・トーマスまで足を伸ばしたわ。誰と会ってたのかは知らない――あなたたちが話してる、三十二人の特別顧客のひとりかもしれない。わたしにわかるのは、その男がヨーロッパから来て、一年のうち九カ月をセント・トーマスで過ごしていたってことだけ。それに大きな、巨大なヨットを持ってる。船名は〈アイランド〉か〈アイランズ〉だったと思う」

その情報の断片に興味を惹かれたように、刑事たちは顔を見合わせた。

「よし、こっちで確認を取ろう」とスラニが言った。

ケプラーがうなずいた。「いいぞ、ガブリエラ。おれの見込んだとおりだ」

ダニエルは刑事のにやけた面を叩きたそうにしていた。

ガブリエラはスラニに訊ねた。「エレナ・ロドリゲスとは話した？　彼女もチャールズのアシスタントだけど」

「ああ、一時間まえに」とケプラーが答えた。「あんたほど役には立たなかったよ」

スラニが名刺を差し出した。「ほかに思いつくことがあったら連絡を」

名刺を受け取ったガブリエラだったが、その手が落ちた。顔にさらなる動揺の色が浮かんだ。彼女は刑事たちを見つめた。「でも、どうして。だって……ほら、わたしの仕事は？　これからどうやって稼げばいいの？　わたしの給料は……わたしの退職基金は？」

スラニが目配せすると、ケプラーがついにうわべだけの同情を見せた。「残念ながら、プレスコットは昨夜遅く、会社の預金を一切合切引き出したんだ。給与分も基金もね。やつがケイマン諸島の銀行に移した二千五百万近くの金は消えた。なにも残ってない。一セントもだ」

第9章　土曜日午前十時　三十分まえ

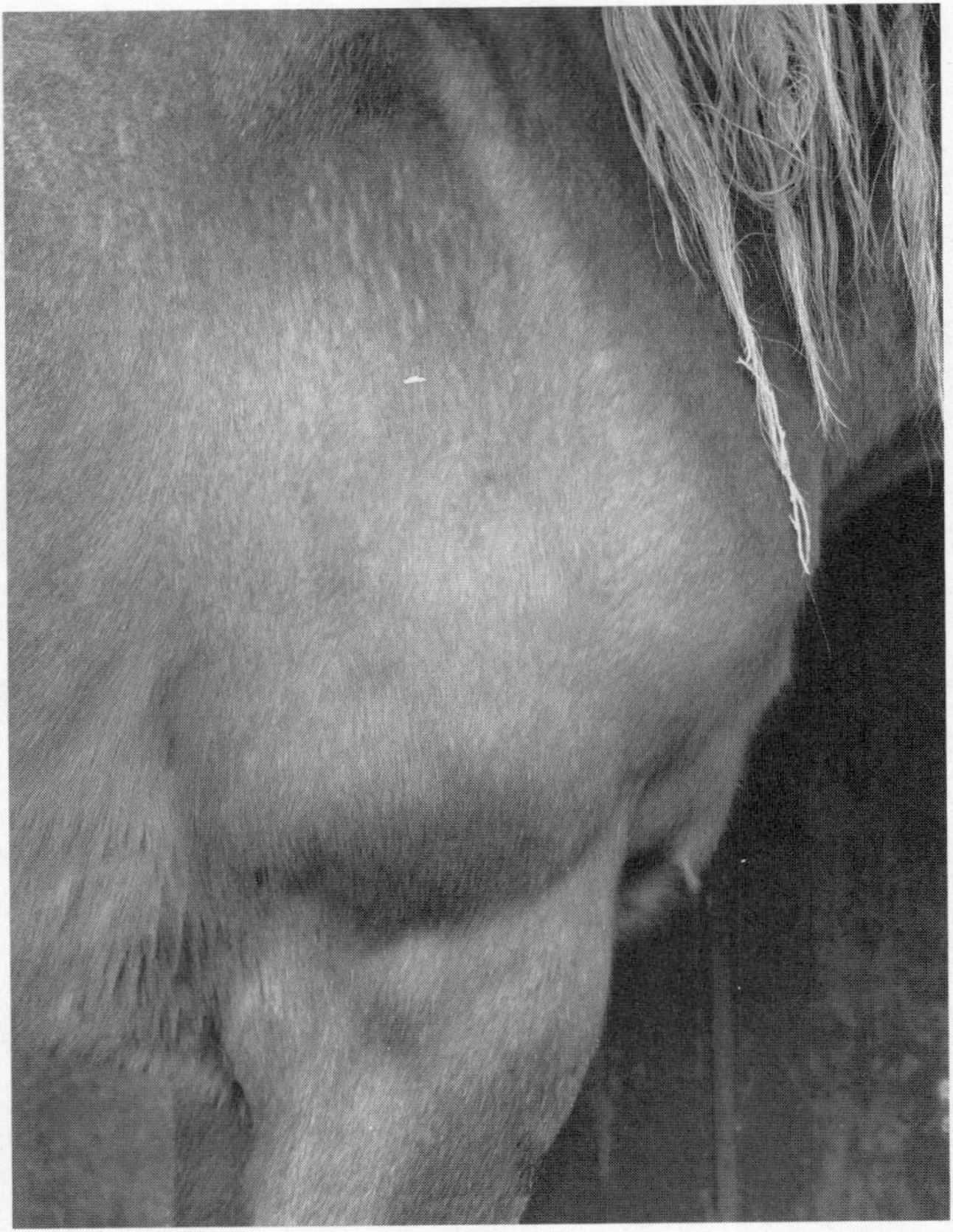

ふたりはセントラルパークのシープ・メドウを過ぎ、さえぎるもののない太陽が照りつける並木の陰を行った。葉はまだ枝に貼りついたまま、その組織や葉脈はジャクソン・ポロックの絵さながらにけばけばしく多彩で、つねに明暗が変化している。風はやむことがなかった。バッグを肩に掛けたガブリエラは、ダニエルが取ってきてくれたティファニーの紙袋を片手に提げ、反対の手には娘のウォルナット・クリームチーズ・ベーグルがはいった袋を持っていた。

「あっちへ行きましょう」と彼女は顎で指した。

貯水池に出ると、熱に浮かされたようなランナーたちから離れて歩いた。ひとりの本格的な競歩選手が、ジョギングする連中をラクダを思わせる足取りでつぎつぎ追い抜いていった。

会話は出会った翌日にありがちな現実的な話題へと移って、ダニエルは〈プレスコット・インベストメンツ〉との関わりを訊ねた。ガブリエラはそれなりの熱意をこめて補足した。「あの仕事を愛してる。本気で愛してる。わたしは成績が良くて、卒業のときには優等賞をもらったんだけど、でも実務なんてやりたくなかった。ミズ・クリエイティブだったから。わたしにはそこが大事だった、書いたり、描いたり、デザインしたり、写真を撮ったりすることが。そしたらヘッドハンターに、チャールズ・プレスコットのところへ行かされた。パンフレットの撮影をやるフリーランスの人間を探してるからって」

ガブリエラは微笑した。「フォトショップなんかのソフトウェアを使えるか訊かれたりして、その面接の最中にむこうが話をさえぎった。『忘れてくれ』って。わたし、泣きそうになったわ。その仕事がしたかったから。でも彼は笑いながら言ったのよ、『きみのポートフォリオは見た。みごとな写真だ。きみはアーティストだよ。しかし私に言わせれば、きみの本当の才能は分析と構成力にある。ビジネスにね』

当然、わたしは帰されるものだと思ったけど、その場で仕事を振られたわ。オフィスマネジャーの仕事。フルタイムで、手当なんかもみんな付いて。最初は傷ついた。だって、わたしは有名なアーティストになるつもりだったから。でもそのうち、そうじゃないかもしれないって気になった」

ガブリエラは笑顔でダニエルを見つめた。「そろそろわたしへの質問はやめにしたら？　情報ならグーグル検索があるんだし。逃げ出すつもり？」

「いや、まだだ。ここまではゆうべみたいな悲惨なことにはなってない」そこでダニエルは魅力的な角度で首をかしげると、程よく神妙な調子で言葉を添えた。「でも、きみはまだ写真をあきらめてなかった」

「そう。それがおかしな話なんだけど、わたしはまえより創造的になった。フルタイムで働くうちに解放されていったの。写真とかデザインやアート、執筆で生計を立てる必要がなくなって。自分で感動する写真が撮れるようになった。つまり、チャールズは正しかったのよ。わたしにはビジネスの才能があった。オフィスを切りまわして備品のリース交渉から会議の設定、帳簿づけ……全部。チャールズと出会って救われたわ。あのころは離婚したばかりで、その先の進路や、誰かに評価されることなんかを求めていたし。彼はわたしの指導者になって……どうしたと思う？」

「きみに言い寄ってこなかった」

「一度もね。いつでも紳士だった。やさしくて、面白くて。これぞ素敵な男性ね。素敵な人なんてろくにいないビジネスの世界で」

「そこは身に沁みてるわけだ」

ふたりはあばたのようになった歩道をゆっくり越えた。何度か肩がふれあった。そのたびに、ガブリエラは電流が走るのを感じた。「なぜか人生には一度か二度、いい出会いがあって、そのことが人をすっかり変えてしまうってことがあるじゃない。それがチャールズなの」

「なるほど、彼はビジネスってものをわかってるんだな。金を稼げる」

「そういうこと。チャールズは天才よ。うまくいってるわ」

「だったら連絡してみるかな。こちらはいつだってビジネスをいっしょにやる相手を探してる。ちょっと考えてることがあってね。彼はきみの投資もやってるのか？　きみの401kとか年金の？」

「チャールズはわたしをいろいろいいポジションに置いて……」不意に言葉を切ったガブリエラは、口を開いたまま目をしばたたいた。

ダニエルは明らかに醒めた表情をくずすまいとしていた。やがてそれをあきらめ、咳きこむようにして笑った。

「もう」と返したガブリエラも、同じく小さな声で笑った。「投資戦略はいくつか提案されたわ。億万長者になる気はないけど、サラが大学にはいるときのお金ぐらいはね」

「別れたご主人からの援助は？」

巧みな方向転換だった。ガブリエラは声音を変えずに言った。「ティムは自分探しをしてる。よく冗談めかして——独り言で——言ってたんだけど、あの人は石の下をよく見たほうがいいって。彼なりに頑張ってるとは思うわ。とにかく、子どもがいれば子どもが最優先になるわけだし。仕事に不満があっても、子どもが卒業するまでは文句は言わない。うんざりしても、子どものためを思って歩み寄る。バレエの発表会は金輪際ごめんだと思っても、黙って従う」ガブリエラは舌を鳴らした。「さあ。昔の夫の話はもう終わりよ。今度はそっちの話を聞かせて、あなたの……子どものこと」

その意味ありげな言葉の間に、ダニエルは笑った。「ああ、ブライスとスティーヴン。十五歳と十七歳」彼は息子たちのことを、ハンサムでいかにもアメリカの少年らしいふたりだと語った。そのうえで、賢くてこっそりビールを飲んだり門限に一時間ほど遅れるぐらいの悪さしかしないのだと評した。「ドラッグはやらないし、喧嘩もしない」

いい大学へ行かせようと考えてはいるが、アイビーリーグはだめ。しっかりした教育を受けさせたいが、それには多様性のある大きな学校で、と言った。

「金融？　ビジネス？」

「どうでもいい。ぼくには資本主義が合っていた。興奮するし、好きなんだ。だが何にしろ、息子たちがやりたいというのがいちばんだ。それが成功の秘訣だからね。そうだろう？　あいつらはアーティストかもしれないし作家かもしれない、もしかすると写真家かも……そもそも三十になるまで、自分が本当にやりたいことがわかるなんてやつはいないだろう」

馬道のそう遠くないあたりを、一分の隙もなく装備に身を包んだ若いブルネットが優美な馬を駆っていた。

「カメラを持ってる？　サラのために写真を撮ったらいい」

「いいえ、ふだんは持ち歩かない。それに馬の写真なら山ほどあるから」

ふたりは美しい生き物が北のハーレムの方角へ走り去っていくのを見送った。

ガブリエラは黙りこんだ。ダニエルが訝しげに歩道を見やった。

「なに？」

「人に見られてる気がしてね」陽射しがきつくなり、ダニエルはレイバンを掛けた。

ガブリエラは目を向けた。「誰も見えないけど」

「たぶん気のせいだ。男だったかな。黒っぽいオーバーを着ていた」

ガブリエラのアパートメントに向かって歩きながら、途中、物売りの屋台を覗いた。古本、CD、もちろん食べ物。食べ物はいつでもある。

ガブリエラはふとダニエルの物腰に変化を感じとった。「きみがレストランで話してた例の厄介事だが。そいつはどこまで厄介なんだ？」彼はもう一度、誰かが見ている気がした場所をすばやく振りかえった。

「フランク・ウォルシュはわたしを尾行したりしないわ」

「しない？　本当に？　待て、そいつはぼくより大きいのか？」

ガブリエラはダニエルの鍛えられた肩、腕、胸を値踏みした。「もし喧嘩になったら、勝つのはあなただと思う」

ダニエルは息を吐いた。「なら安心だ」

「真面目な話、フランクはいい人よ。頼りになるし。それに……やさしいし」

その発言に、ダニエルは大声で笑いはじめた。

「あそこ」交差する通りの先にガブリエラが指さしたのは、どこといって特徴のない建物だが、ニューヨーク市の奇妙でありながら親切な賃貸法のおかげで手ごろな物件だった。

ダニエルが何かを言いかけたそのとき、スーツ姿もぱっとしない男がふたり、はっきり意図をもって近づいてきた。

男たちが現われたのは公園の、ダニエルが尾行者を見たという方向からではなかった。

ひとりはアングロサクソン、陽灼けした顔にアビエーターグラス。もうひとりはインド——南アジア——の系統、太陽光線で自然に色が濃くなる眼鏡。ニューヨーク市警のバッジと身分証を見て、ガブリエラはまごついた。

「ガブリエラ・マッケンジーだな」

「はい……そうです。あなたがたは？」

アビエーターグラスの片割れがぶっきらぼうに言った。「私はケプラー刑事。こっちはスラニ刑事。ちょっと話をいいだろうか？」

第8章　土曜日午前九時　一時間まえ

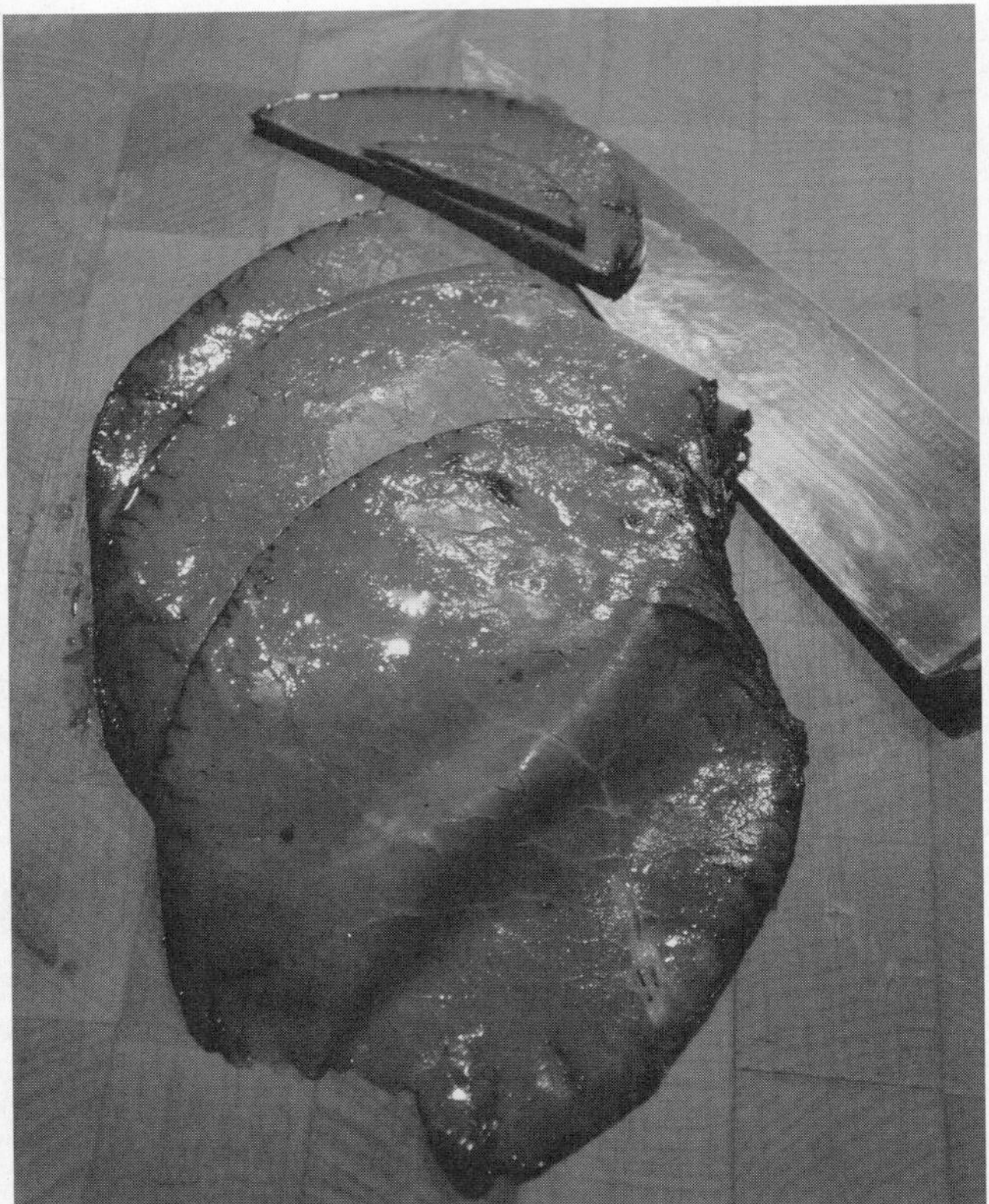

アッパー・ウエストサイドにある〈アーヴィングのデリ〉で、ふたりは汚れの浮いた窓辺に向きあって座った。

そこはリノリウム、へこんだクローム、擦り切れた板材がごた雑《ま》ぜに使われている、混沌とした雰囲気のレストランだった。ガーリック、魚、湯気の上がるベーグル、トースト、コーヒーの匂い。シャワー代わりに振りかけられた、場違いな香水とアフターシェイブの香りもする。土曜日だというのに、なぜ着飾っているのか。

その日はすっきり晴れた九月の土曜日で、人出も多かった。テーブルに陣取ったり、列をつくる地元の住民が多かったが、ガブリエラが言うところの〝侵入者〟も大勢いた。

「うちの〝界隈〟からの？」ダニエルが常連客たちの海鳴りを思わせる声に負けじと叫んだ。

「トライベッカから？」

「一四丁目を渡る人間には、パスポートの提示を義務づけたらどうかと思って」

「それは職質だ」

ふたりは食事にもどった。

ガブリエラは、ダニエルが週末なのにスーツ姿であることが気になった。きのうのと似たグレイの地だったが、カットはちがっていたし、ブラッシュピンクのドレスシャツを合わせていた。ネクタイはしていない。この後、ミーティングでもあるのだろうか。それとも、たんにカジュアルな服装をするより落ち着くということなのか。ガブリエラのほうはタン色のストレッチパンツにバーガンディレッドのセーター、真珠も着けていた。足もとはアンクルブーツ。ダニエルがその容姿をつくづく眺めたのは、彼女がほかに気をとられていそうな一度きりのことだった。セーターが身体にぴったりしていた。

テーブルは小さく、ガブリエラは例のターコイズ色が特徴のティファニーの紙袋を隅に置きなおした。「あらためてお礼を言うわ」

「どういたしまして」

ブロードウェイの七五丁目付近にあるデリに絡めて、ダニエルはガブリエラの住所を訊ねた。

ガブリエラは顔をしかめた。「四ブロックほど先かしら。この道はしょっちゅう通る。いまのわたしのお尻があるのは、〈アーヴィング〉のおかげよ」彼女が視線を投げたカウンターには、どれも味が想像できる料理が盛大に盛られていた。「ユダヤ料理《コーシャー》って、低カロリーってことじゃなかったのね」そこで口を閉じて眉を寄せた。「待ってるんだけど」

ダニエルは手のひらで額を叩いた。「どんなお尻？」

「言葉足らずだし遅すぎる」

「でも、きみはどう見ても運動をしてる」

「そこは点数をすこし差しあげることにするわ」

ダニエルは達観したような表情を浮かべた。「ご承知だろうが、男が女に向かって〝おっ、運動してるね〟と言うのは誘いの文句だ。女がそれを訊ねるのは、男が日曜の朝はベッドでごろごろしてるのか、それとも夜明けに起き出してアディダスとデートするのかを確かめるためさ」

「よく考えてみないと。それが誘いの文句?」

ダニエルが訊いた。「ジャムはどう?」

朝食はコーヒー、ライ麦のベーグルにスモークサーモン。オニオンはなし。「オニオンは四、五回めのデートで食べるものだから」とガブリエラは宣言した。

「これはデートなのか?」

ガブリエラはゆうべのことを考えていた。彼女の返事は、「それって深く考えるほどのことかしら」だった。

「まあね。でも、きみは投資会社をやり、ぼくはベンチャーキャピタルを経営している。どちらも深く考えるプロフェッショナルだ。ちがうかな?」

「そうね」

「だが深く考えなくても、ぼくらがゆうべの耐えがたい時間を乗り切ったのは事実だ」

「ええ、そのとおり」

ダニエルは怪訝な顔をした。「きみは料理をつつきまわしてる。そのサーモンを一切れもらってもいいかな? 脇によけたやつを」

「どうぞ」

彼はサーモンを刺して口に入れた。「きょうのきみの予定は?」

「一時にサラをダンスクラスに迎えにいく。で、残りの週末はいっしょにすごすわ」

「ふたりでお楽しみってわけだ」

「ええ、まあね」ガブリエラは目を瞠った。「〈アメリカン・ガール・プレイス〉と〈FAOシュワルツ〉は当然行くわ。でも、MOMAとメトロポリタンも。サラが美術館に行きたいって。生意気なのよ。まだ六歳だってことを忘れそうになる」

「生意気か。つまり遺伝だ」

「あの娘がわたしから受け継いだのはむら気な遺伝子。ああ、わたし、また別れた夫のせいにしてる。そうしないように、いつも自分に言い聞かせてるんだけど」

ふたりはコーヒーのお代わりを注ぎにきた若い男にうなずいてみせた。そして礼を言った。

ダニエルは微笑しながら彼女を眺めた。「ここで込み入った話をするつもりかな?」

ガブリエラは大笑いした。「あなたはクライアントを大儲けさせるのね。そんな洞察力を働かせて」

「エンゲージリングがない」ダニエルは彼女の指に目をやって言った。「きみは美しい――ちなみにこれは〝おっ、きみは鍛えまくってるね〟にくらべて、誘いの文句としては弱い。こっちはただ、込み入った事情がありそうだって気がしただけさ」

「わかった。若干込み入ってるわ」

「若干?」

「いいから!」ガブリエラはまた笑った。「彼の名前はフランク。フランク・ウォルシュ」

「ひどい名前だな」ダニエルは完璧な鼻に皺をつくって言った。

「聞いてる？」

「話してくれ、フランクのことを」彼は最後の言葉を唇で弾くように発した。「フランクの込み入った話を死ぬほど聞きたいね」

「厭な言い方！　デートはする仲だけど」

「結婚するつもりで？」

しばらく間が空いた。「じつは、わたしより彼のほうが関心あるみたい」

「そんな話は初めて聞いた」とダニエルは皮肉まじりに言った。「ぼくは最初のデートでプロポーズされた経験がある。その女性は、ぼくが仕事をしてると聞いたとたんに結婚を申し込んできた。作り話じゃない。ちなみに、いくらかテキーラがはいっていたことは申し添えておこう」

「イエスって答えた？」

「何に？」ダニエルはとぼけてみせた。

ガブリエラはつづけた。「フランクは変人よ――コンピュータおたく。引きこもり気味だし。でも映画にくわしい――わたしも映画好きだし――それに、面白くて思いやりもある。最近、そういう人はなかなかいないわ」

「ぼくのガイドラインを教えようか。鍵はやさしさだ」

「やさしさ？」

「人が目下の恋愛対象を、なにかと腹立たしいと語るのは恋をしてる証拠だ。やさしいって言うのは絶望的で、さっさと見切りをつけ――腹が立つ相手に走るしかない」

「さしあたり、フランクについては未来の形容詞を一切控えることにするわ」ガブリエラは腕時計を見た。「ダンススクールに行くまでまだ時間があるし。わたしをアパートメントまで送りたい？」

「いいアイディアだ。それでお尻の余分な肉を落とす効果もあるだろう」

「惜しいけど腹は立たない。まだね」ガブリエラはサーモンの最後の一切れが刺さっていたダニエルのフォークを取り、ピンクのキューブに入れてあったサワークリームに漬けるといきなりほおばった。

第二部　土曜日

第7章　金曜日午後十時　十一時間まえ

「だから正直に言うと」ガブリエラはダニエル・リアドンに言った。「今夜みたいに奇妙な夜は記憶にないかも。傷ついた？　傷つけるつもりはなかったけれど」

その発言にたいして、ダニエルは反応しなかった。代わりに訊いた。「でも、デートだった？」

ガブリエラはしばし考えこんだ。「デート風だった」

「デート級？」

「ふうん」と彼女は正した。

「ああ」

ふたりはひんやりする九月の宵を、南端のバッテリーパークからブロードウェイを北に向かって歩いていた。チェッカーボードを思わせる、付近のオフィスビル群の窓。その多くに明かりが灯り、暗いところも多少はある。金曜の夜といえども、法曹や金融の世界は休むことがない。人通りは減ったにせよ、車の往来はまだまだ多かった。豪奢なビルの正面にはリムジンが列をなしていた。

「奇妙って」ダニエルは要領を得ないままくりかえした。「レストランのこと？」

たしかに、それもあった。ふたりはインド人の店でカレーとティッカを取り、キングフィッシャー・ビールを飲んだ。熱帯のように湿っぽくてビャクダンの香りがきつく、陳腐なシタール音楽が流れる店内で出された南アジア料理は、おそらくこれまで味わったなかでも最高のものだった。空間を圧する巨大な海水水槽は、容積が優に一万ガロン。ガブリエラは、水槽内にたたずんでは動きまわる色鮮やかな魚に魅せられていた。メニューにはエビが載っていたものの、その他の魚介類はなかった。(「よかった」彼女は水槽を指して言った。「いい気がしないもの」)

「〝奇妙〟だったのは」とガブリエラは言った。「食事のまえの出来事よ」

「そうか。あのとき」

そのときの記憶をたどると、とりわけ印象に残っていたのが、ダニエルが絹のハンカチで額を拭いてくれたときの感触だった。身体の内側に感じた疼きがよみがえってきた。

地下鉄をめざし、ふたりはしばらく無言で歩いた。ガブリエラの駅のほうが先だった。やがてダニエルが口を開いた。「元のご主人に電話したとき、話は聞いてなかったが、きみがお嬢さんとずいぶん口をきいてないことに気がついた。大丈夫なのか？」

「ああ、あの子なら大丈夫。ときどき父親が預かってくれて、彼がそばにいれば落ち着いてる。ふたりは仲がいいし。彼も娘にやさしいし。といっても、別れた相手だから」

ダニエルの渋い笑顔が、そこはわかりすぎるほどわかると語っていた。

九月半ばの微風がふたりを包んだ。

「寒い？」

「ちょっと」

「ぼくの上着を」

「いいえ」ガブリエラは着ていたライトツイードを引き寄せた。「平気」

ダニエルはしつこくは言わなかった。ガブリエラのことを、いったんこうと決めたら譲らない性格と察しをつけたのだろうか。そこは彼女の本質をついてもいた。

ガブリエラは、通り過ぎようとしていたウォール・ストリート近くの広場にしかめ面を向けた。バンカーズ・スクウェアである。「あそこの、あのビルがわかる?」新しい証券取引所の施設の隣りに建つ、うずくまるような恰好の建物はこの時間でも工事がつづいていた。向かいには医療センター——アップタウンの大病院の分院がある。

「あれのおかげで週末が台無しになったわ」

「そんなに手ごわそうには見えないが」

「あなたが知らないだけ」

ほどなく八番街線のアッパー・ウェストサイド行きの地下鉄駅に着いた。ダニエルは歩いて帰るらしかった。

「ほら」と彼は言ったきり黙りこんだ。

ガブリエラは振り向いた。街灯の光が目にはいらないように脇へ寄った。

「ほらって?」と先をうながした。

ダニエルはERの医者に命を救われた患者のような口ぶりで言った。「きみには借りがある。プリンストン式のことで」

「うまくいくといいけど」ガブリエラは真顔で言った。

「きみが自分でやるわけじゃない」

「ベストは尽くしたわ……それも厳しい状況の下で」

だがもちろんのこと、その感謝の言葉は避けられない流れへとつづく序章だった。

ダニエルは言った。「たしかに、きみはとても魅力的だ。でもそれは一部分にすぎない。きみが気に入ったよ。面白いし、芸術家風でもあるしビジネスにも通じてる。そこで相談がある。ぼくは誰かと付きあう予定もないし、しばらく相手もいなかった。きみに電話をしていいかな？」

「番号を知ってれば、誰だってどこにでも連絡できるわ」とガブリエラは言った。「問題はわたしが電話に出るか、じゃない？」

ダニエルは暗い表情をした。「番号通知なんてなかったころのことを憶えてるかい？　あれこそ運命の分かれ道だろう？　電話に出るか出ないかで」

彼女は話を継いだ。「かかってきたのはセールスの電話、デートの相手、別れたボーイフレンド？　採用の連絡？」

「間違い電話かもしれない」

「まさか、母親からだったりして」ガブリエラは顔を曇らせた。「いまや気楽なものね」

「意気地なしだ」

彼らはたがいに三フィート離れて立った。ビジネスマンたちが小走りにふたりを避け、車はさっと通り過ぎていく。

そこが分かれ道だった。ふたりはそれをわかっていた。

ダニエルが頰を寄せてきた。

ガブリエラは熱を感じた。わずかに伸びたひげの感触があった。彼が額と頰の水を拭き取ったときのことを思いだした。「おやすみ」その言葉が静かに口にされた。

「おやすみ」

踵《きびす》を返したガブリエラは、階段を降りながら地下鉄のカードを探った。ふと足を止めて声をあげた。「わたしの靴は?」

「どうした?」

「あの古いティファニーの袋。大人っぽい靴を入れてたんだけど」その晩早くに、彼女はハイヒールをアルドのフラットシューズに履き換えていた。「レストランに忘れてきたんだわ」

ダニエルはにんまりした。

「ちがう」ガブリエラは笑いをこらえて言った。「わざとじゃないから」

「本当に? ぼくにまた会う気だった?」

「ごめんなさい。わたしは男と再会するために、スチュアート・ワイツマンをなくすようなリスクは冒さないから。相手がどんな男でも」

「こうしようか。この際、電話番号の件はおたがい脇に置く。いまはそうしておく。レストランはぼくのロフトに帰る途中にある。こっちで取りにいって、あした朝食のときに届けよう。ブロードウェイの〈アーヴィングのデリ〉で、九時は?」

ガブリエラは間をおいて言った。「そうね」

「なるほど」ダニエルは真面目くさった顔で言った。「きみは朝食はつまらない、今夜と変わり映えしないと考えているのか」

「この三時間より退屈なことはないかも」と答えたガブリエラは地下鉄の入口に消えていった。

第6章　金曜日午後六時三十分　三時間三十分まえ

黄昏《たそがれ》のニューヨーク港を突っ切るように進んでいくアクアリーヴァ・スーパー、その舵を取るのはダニエル・リアドンだった。

「どのくらい出てるの?」ガブリエラはエンジン、風、波の艶めかしい轟音に声をかぶせた。

「約四十」

「時速四十ノット?」

ダニエルが叫んだ。「その言い方はだめだ。ノットには海里と時間がはいってる。四十ノット。時速約四十五マイル」

そのスピードに、ガブリエラは笑顔でうなずいた。「もっと速く感じるわ」

「だったら、コネティカットに持ってるボートを気に入ってもらえるな。七十は出る」

あえてノットかマイルかは訊ねなかった。たぶん、そんな速度のことはどうでもよかった。美しいイタリア製のスピードボートの前面には助手席がない——開放式のコクピットの後部に、革製の乗客席がU字形に設けられているだけだった。ダニエルが座る操縦席に無理やり割りこんでもよかったのだが、ガブリエラは背後に立ってシートの背をつかみ、彼の耳もとに顔を近づける体勢を選んだ。

全長三十フィートで船体が黒く、豪華なウッドデッキを持つボートは穏やかな波を楽々切り裂いていった。水面は暗色のリネンさながら、ニュージャージーの雲ひとつない空は消えゆく夕陽に溶岩流を思わせるオレンジ色に染まり、その眺めを区切るように遠くの大煙突から紫の感嘆符が二本立ち昇っている。

いかにも写真に映えそうだったが、ガブリエラの被写体ではなかった。ガブリエラが撮るのはもっぱらモノクロで、この風景は色彩ばかりが強くて実体に欠けた。あまり興味を惹くような対象ではない。

ダニエルに注意をもどした。ダニエルは一流のドライバーだった——この手のボートの操縦士を〝ドライバー〟と呼ぶことは知っていた。ダニエルは波の一個ずつの動きと力を、まるでフィールドスポーツの相手プレイヤーであるかのように予測した。正面から突っ込んでいくこともあれば、波頭に乗り、その傾斜を利用してボートを加速させたりする。

舵輪とクローム製の装置類をさわるダニエルの手つきはやけに官能的で、微笑を浮かべながら確実に、そして一心にボートを操る姿を見つめるうち、ガブリエラは身体の内側がざわついてくるのを感じた。その青い目で、ダニエルは獲物を狙うライオンのごとく水面を捉えていた。

さらに身を寄せると、アフターシェイブの奥に髪と頭皮と肌の香りがした。

「どうだい?」

「セントラルパークの手漕ぎボートしか乗らないわたしに、性能を判断する資格はないわ」

いまの言葉は軽い冗談と受け取られたのかもしれない。相手の反応はなかった。自分でもどうしてそう思ったのか不思議だった。

ガブリエラは大声でつづけた。「でも波に乗るって——そうね——」

ダニエルは笑った。

「すごい」

ダニエルはスロットルをもどし、船はしばらくそのまま進んだ。声を張りあげずに話せるようになった。ダニエルが硬い表情で言った。「そう、ムードを壊すのは嫌なんだが、あまり時間がない。どうしてもきみの手を借りたい」例の謎めいた話題が蒸しかえされた。

彼は床に置かれた分厚いバインダーを顎で示した。

ガブリエラはきっぱりと言った。「プリンストンらしく行くべきよ」

「プリンストン？」ダニエルは首をかしげた。

「三十八ページを見て。そこに答えがある」

ダニエルはバインダーを膝に置いてページを繰った。ある個所で手を止めて見入った。「本当に？ プリンストンで？」

「ぜったいに」

「かなりの冒険じゃないか？」

「だから勧めるの」

ダニエルは納得がいかない様子だった。

ガブリエラは言った。「でも決めるのはあなただから」

「いやいや」ダニエルは周囲に目をやった。「わかった。そうしよう」彼は笑った。「プリンストン式で」そして言い足した。「きみは命の恩人《ライフセーバー》だ」

その言葉にガブリエラは戸惑った。「別の表現をしてくれない？　だって、わたしたちはいまニューヨーク港の真ん中にいて、大きな船に向かっているわけでしょう」

彼は顔を上げた。「あと一マイルだ。ところで訊くのを忘れてたが、泳げるのか？」

「あなたは出来の悪い船乗り？」

「PPDを渡しておこうかと思って」

「P・P・なに？」

「個人保護装置《パーソナル・プロテクション・デバイス》。きみの言葉で言えば、救命具《ライフセーバー》だ」

「泳げるわ」

「つかまって」ガブリエラが手すりをきつく握っているのを確認すると、ダニエルは大波に正面から切りこんだ。ボートはほぼ宙に浮いて波頭のむこう側に着水した。ふたりの顔に飛沫が飛んだ。

「こっちへ」ダニエルは胸ポケットから白い絹のハンカチを抜き出した。「たんなる飾りだから」と言って微笑した。顔を寄せたガブリエラの額と頬の塩水を拭き取り、それから自分の顔を拭いた。

ダニエルは舵を切り、マンハッタンと平行にボートを走らせた。ふたりは街の灯が生き生きと明るさを増していく別世界の光景を目に留めた。深まる夕闇のなかで、ガブリエラは寒さを感じた。身顫いが出て、彼女は黒と白のジャケットをかき合わせた。

ダニエルは時計を確かめた。七時四十分。「食事をする気はまだある？」

「ああ、そういえばわたし、船酔いはしないの」

彼は眉をひそめた。「それも訊いておくべきだった。失敗したな」

「先に言えばよかった。だから、あなたの質問への答えはイエス。お腹が空いて死にそう。それにそろそろもどらないと。サラとすごせない晩は、彼女が寝るまえに電話をすることにしてる。それは欠かさない」

「ぼくも同じだ、息子たちに」

ハドソン川を南へ、港に帰る針路を取ると、ダニエルはスロットルを前に倒していたずらっぽい笑顔を浮かべた。「あと十五分？」

「いいわ」

ダニエルは舵を右へ切り、さっき目にしたコンテナ船にボートを近づけた。コンテナ船はベラザノ海峡に向かって進んでいた。

「まあ、大きい船だわ」

「こいつはポスト・パナマックス。つまり、パナマ運河は通れないってことさ」

「高さはどれくらい？」ガブリエラは色も雑多なコンテナを積む、赤くごつごつした巨大な船体を見あげていた。

「さあ」とダニエルが答えた。「十層か。もっとあるかもしれない。船は高さじゃなく、長さと幅で分類される。彼女はたぶん全長千フィート、幅が百二十ってところだろう」

「〝彼女〟？　船って女の子なの？」

「ちがう。船は女だ」千分の一秒の躊躇もなかった。

ガブリエラは呆気にとられた。笑うしかなかった。「堂々として醜い。彼女のことだけど」

そう言って彼女はダッシュボードを叩いた。「あなたのボート――彼女の名前は？　後ろには書いてなかったけど」

「ボート」

突風が吹いた。彼女は叫んだ。「ええ。彼女の名前は？」

「いや、〈ボート〉が名前だ」

「それしか思いつかなかったの？」

「そうしたかったのさ」

「それで、〈ボート〉は認められなかった？」

「べつに商標登録をするのとはわけがちがう。でも、そう、〈ボート〉なんて見たことがないな。ふつうはもっと工夫を凝らすから」ダニエルはいくつか例を挙げてみせた。「〈過敏な《イリタブル・》舳先《バウ》〉、〈有人趣味《クルードインタレスト》〉、〈チャーリーの授業料《チャーリーズ・テュイション》〉、〈海の呼び声《ノーティ・コール》〉」

ガブリエラは呻いた。

「つかまって。あの怪物の波が来る」

大波がふたりを襲った。

膝をつき、いっそうきつく握りしめたガブリエラの手の甲が、ダニエルの肩に押しつけられた。そこにダニエルがもたれかかってくる感触があった。ダニエルは船をまっすぐ立てなおすと、エンジンと舵を巧みに操りながら第一波を迎えた。

〈ボート〉はうねりを裂くように乗り越えた。激しく着水した瞬間、肺から息が抜ける気がした。

それにつづいた十数もの波は、しだいに御しやすくなっていった。

船は穏やかな波間にはいった。

「おっと」ダニエルが畏怖にも似た感嘆の声をあげた。中国の海の怪物が感心するような相手だとしたら、いま右手に見えている船は息を呑むほどの代物だった。

「街みたいじゃない」ガブリエラは叫んだ。「あれはなに？」

「VLCC。巨大石油輸送船。タンカーだ。あの高さがわかるか？ 彼女は空荷だ——石油は積んでない。ジャージーで荷を降ろしてる」

「パナマ運河に行くの？」

「彼女もサイズが合わない。地中海に向かうか、ケープ・ホーンを回るか」

「〈タイタニック〉ね」

ダニエルは笑った。「〈タイタニック〉は彼女のたった半分だ」と、スーパータンカーにうなずいてみせた。

「速度はどれくらい？」

「荷を満載して十八ノット。空《から》なら二十五か。ひとりだったら、あのブイまで競走するところだが」

「どうして？」

ダニエルは肩をすくめた。「楽しそうだから」

「そうじゃなくて、どうしてひとりだったら？」彼女はためらうダニエルを見てけしかけた。

「さあ。やって」

「競走を？」

「ええ」

ガブリエラは耳打ちした。「プリンストン式がわたしのおかげだってことを忘れた？　あなたには貸しがあるのよ」

「どうかな」

ダニエルはブイに向けて舵を切ると、〈ボート〉より十万トンは重そうなＶＬＣＣにハンディをやろうというのか、スロットルを抑えた。スピードボートの排気が泡となって湧き、そよぐ風音と餌をもとめるカモメの啼き声が聞こえた。

「いいか？」

ガブリエラは叫んだ。「行け！」

ダニエルがスロットルを一気に倒し、〈ボート〉はブイをめざして跳んだ。針のような形をした船首が持ちあがった。

〈ボート〉と巨大タンカーは、四十五度の角度で交差する針路上にあった。両者が先を争うなかで、タンカーの姿は一秒ごとに大きく、色濃くなっていった。じきにＶＬＣＣはこの世のものならぬ姿となり、その輪郭と航海灯、琥珀色に浮かぶまばらな窓の列しか見えなくなった。抑えようのない影が、空全体を呑みこみながらますます巨大化していく。

「接近するぞ」とダニエルは叫んだ。ふたりは輸送船の右舷を見ると、前方のブイに目を転じた。その距離は三百ヤード。

二百。

百……

「接近！」ダニエルは耳障りな声で反復した。

「接近する。いまなら止められる。止めてほしいか？」

ガブリエラの胸は、粗野な太鼓のように激しく高鳴っていた。スピードに、迫り来る巨大船の近さに、すぐ目の前で舵輪を操る男の存在に興奮していた。ガブリエラは身を寄せ、男の顔に自分の顔を押しつけた。「勝って」彼女はささやきかけた。「勝ってほしい」

第5章　金曜日午後五時　一時間三十分まえ

〈リモンチェッロズ〉は混んでいなかった。

いずれたぶん、いやきっと混むのだろう。なにしろこのレストランはウォール・ストリートの中心にあり、きょうは金曜日だった。店から望む絵画のようなニューヨーク港には、何隻もの船とメトロノームのごとく寄せては返す波が見える。この店は過去八時間で数百万ドルという他人の金をもてあそんだ結果、自分の賢い判断を祝い、悪いことは忘れてしまおうというトレーダーとブローカーのための場所なのである。

だがいま、夕方まえの時刻のバーは空席が目立った。やがて姿を見せるであろうビジネスマンたちはまだデスクにいるか、閉まった取引所で伝票を書いているか、スポーツジムへ行ってバッテリーパークをジョギングしているのだろう。

海辺のこの付近ではとくに、空気に秋の匂いがする。

洗面所を出たガブリエラは真鍮とオークを多用した室内を抜け、三十分まえから座っていた高いスツールにもどった。黒と白の格子のジャケットを脱いで椅子の背に掛けた。シルクの白いブラウスは、膝丈のグレイのプリーツスカートにきちんとたくしこまれている。黒いストッキング、バーガンディレッドと黒のまだら模様のハイヒールは、あとで黒の通勤用のフラットシューズに履き換える予定だった。その履きやすい一足は、靴を持ち運ぶのに使っているティファニーの紙袋に入れて床に置いてある。

ガブリエラは、店に来てから目を通していた書類の確認作業を再開した。その冒頭には〈会計士用未決事項〉とあった。彼女はいくつかの項目に完璧な横線を引いた。線の長さがきっちり等しいアステリスクも書き入れた。それ以降の五、六枚の紙片には企業名が記され、その下に〈バランスシートと損益〉がつづいていた。資産が二億五千万ドルを下回るシートは一枚もなかった。〈CP個人口座〉と題されたものもあった。

つぎに〈短期商用リース〉という契約書に目を向けた。だが、こちらの中身には簡潔に記された部分がなかった。文字が隙間なく二十ページ分連なっていた。溜息をついて初めから読みなおしていく途中、ガブリエラは鏡に映る自分の姿を認めた。ひっつめてピンで留めると、鳶色の髪がなぜだか明るく見える。

その契約書にいくらか手を入れると高窓から外を眺め、ワインを口にしてA桟橋を見やった。その桟橋は以北のグリニッチヴィレッジやミッドタウンにあるものほど大きくないが、より歴史を重ねた構造物である。マンハッタンはダウンタウンの物語に格別の興味をいだいていた〝教授〟は、その逸話を長々と語ってみせたものだ。一八八〇年代に埠頭局および港湾警察向けに建造されたA桟橋は、都市のたゆまぬ発展を見届けてきた。七階建ての時計台は一九一九年に建設、その精巧な時計は第一次世界大戦で死んだ兵士を追悼するものだった。もともとの桟橋を造ったのが南北戦争で名を馳せた北軍将軍の息子であることを思うと、なおさら胸を打つ話ではある。

〝教授〟の話なら何時間でも聴くことができる。

契約書に目をもどしたガブリエラの横で、男が飲み物を置いて携帯電話に話しかけた。

ガブリエラは身を固くして声を出した。「あっ。ねえ」男の反応がないので語気を強めた。

「ちょっと」

ようやく声をかけられたことに気づいた男が、浮かない顔で振り向いた。

彼女が示した袖に茶色の染みができていた。「見てよ」

短く刈った黒髪の下、やけに有名俳優に似て角張ったハンサムな顔立ちが袖に、それからガブリエラの顔に見入った。ガブリエラの視線を追い、男の目が飲んでいたスコッチのグラスに注がれた。眉が上がった。「ああ、ちょっと」と電話に向かって、「かけなおす、アンドルー」電話を切った。「私が？　申しわけない」

ガブリエラは言った。「そう、あなたがグラスを置いたときに。たったいま。電話で話して向きを変えて。こぼれたの」

「すまなかった」と男はくりかえした。身構えるのではない、心から出た言葉だった。

男の目が染みから白いブラウスへ、ブラウス全体へと移った。その下のブラジャーの線が見えた。薄いブルー。視線はやがて染みにもどった。「シルク？」

「ええ、そう」

「対処法を知ってる」男は説明した。そしてバーテンダーを呼び寄せた。バーテンダーは首のタトゥーを化粧で隠していそうな若者だった。ここはイーストヴィレッジではなく、ウォール・ストリートのバーだというのに。

「炭酸水とタオル、グリーンのやつじゃない。白。白のタオルを。それと塩だ」

「塩を？」

「塩だ」

治療薬が届いた。男は自分では水と調味料に手を出さず、ガブリエラにやらせた。ガブリエラはその技を母から聞いて知っていたし、男は祖母から教わったと言った。

「塩は注意して。シルクにどこまで効くかわからない。きつく揉みすぎると傷めるかもしれない」

魔法の技は効き目が上々だった。ごくかすかな変色しか残らなかった。

ガブリエラは怪訝な面持ちで男を見据えた。「どうしてほかの人みたいにマティーニを飲まないの？」

「マティーニは好きじゃない。ストロベリー・コスモなら飲むかもしれないが、それだと染みは消えなかったな。クリーニング代をお払いしよう」

「わたしが男でも、そうやって弁償を持ちかけるの？」

「シルクのブラウスを着るような男には一切なにもしない」

ガブリエラはしばし無表情を取りつくろってから笑った。「いいえ、けっこう。どっちみちクリーニング店には行くから」

「なら、あらためてお詫びをする」

彼女は両手を掲げてみせた。「受け入れるわ」

緊張緩和《デタント》をしおに、彼女は契約書に、男は携帯にもどった。だが書類の最後のページまで目を通して、男のほうも通話を終えると、ふたりは沈黙にうながされておたがいを――最初は鏡越しに――見て、ふたたび会話をはじめた。

「ウィスキーの臭いをぷんぷんさせながら家まで送ろう。ご主人はなんて言うかな？」

「たぶん気がつかないわ。なぜって、彼はわたしから三十マイル離れて暮らしてるから」

「ほう、あなたもぼくと同じクラブの会員か。ぼくはダニエル・リアドン」

「ガブリエラ・マッケンジー」

ふたりは握手をした。

ふたりの会話は若干脇にそれながらも、双方で探りを入れるうちに嚙みあった。そのなかにはニューヨークでは避けて通れない質問もふくまれていた。あなたの職業は？

ダニエルはベンチャー投資家として、未公開株式に出資していると言った。「〈ザ・ノーウォーク・ファンド〉」彼はうなずいた。「ここから数ブロックの場所にある。ブロード・ストリートに」

ガブリエラは書類に目を落とした。「わたしは投資顧問のオフィスマネジャー。〈プレスコット・インベストメンツ〉」

「知らないな」ダニエルは彼女の前に置かれた書類に視線をやると、顧客の極秘情報を見るのはドアが開いた浴室を覗くにも等しいとばかりに、あわてて目をそらした。

「小規模だから。プレスコットはむかしはメリルリンチにいたけど、自分の店を開いて。いまのほうがよっぽど幸せなの」

「オフィスはこの近く？」

「いいえ、ミッドタウン、東。タートルベイ」ガブリエラは吐息を洩らした。「わたしのボスは——いい人なんだけど——けさ、これを押しつけられた。バンカーズ・スクウェアに——ウォール・ストリート近くの——倉庫を借りたがっていて、その契約がご破算になって。そこでわたしが代わって新しい場所探し……四十ページの契約書に目を通すはめになったわ。二週間以内に契約しなきゃならないし」

「二週間？」

「ええ。バンカーズ・スクウェアはご存じ？　内見するだけで何時間もかかった。あの工事のせいで」

「ああ、証券取引所の新しい施設か。そろそろ完成予定の」

「とにかく、メモをまとめて一息入れるつもりでここに来たわけ」

「そして酒をこぼされた」

「あなたも仕事中だったのかしら、ビジネスの電話をして」彼女は男の目の前にある二台の携帯電話に顎をしゃくった。ｉＰｈｏｎｅとモトローラのアンドロイド。

「アルバにいる共同経営者とプロジェクトがあってね。きょうはもう店じまいだ。九時からずっと、細かいところを叩き出していたんでね」

「おめでとう。それに同情も添えて」

「ありがとう」ダニエルは笑ってスコッチを啜った。「ジムで泳いでからここに来たんだ……一息入れに」

同じ言葉を聞いて、ガブリエラは頬笑んだ。

会話はしだいに仕事から離れていった。個人的な事柄が話題に上った。ふたりはともに住居がマンハッタン。ダニエルは息子がふたりいて、離婚した妻とナイアックで暮らしていると言った。

「わたしは夫と共同で親権を持ってる」ガブリエラはコーチのバッグから電話を取り、画面をスクロールして写真を出した。「これがサラ。六歳よ」

「可愛いな」

「バレエと体操をやってる。でも最近馬にめざめて。そう、馬を欲しがってる」

「家はどのあたり？」

「アッパー・ウェスト。寝室がふたつ、一千平方フィート。馬一頭は飼えると思うけど、エレベーターには乗せられないかな」

「で、サラのお父さんは？」

「入れない。エレベーターは乗れるけど」

「きみはなかなか面白い」そういう女とは付きあわないといわんばかりの口ぶりだった。

「ティムはロングアイランドに住んでるの」ガブリエラはつづけた。「でも厩舎があるあたりじゃないわ」

ダニエルが手を上げると、バーテンダーは即座に反応した。「おかわりを。それからこちらには同じものを」

「いえ、それは」とガブリエラは断わろうとした。

「ニーマン・マーカスで新しいブラウスを買うより安い」

「メイシーズだけど。でも、お酒に異議を唱えるつもりはなかったの。異議を唱えるのは飲み物の種類で。メリー・エドワーズのピノノワールに格上げしてもらうわ。彼の奢りだから」

ダニエルはそのチョイスに感心して眉を上げた。

やがて酒が出された。バーテンダーはどんなタトゥーを隠しているのだろうか、とガブリエラは思った。

〝占拠せよ！　一パーセントを打倒せよ。〝くたばれ資本主義〟とか。あるいはもっとシンプルに。〝くたばれ資本主義〟とか。

ダニエルに向かってそう言おうとして、笑われそうな気がしてやめた。

新しいグラスが運ばれてくるころ、ふたりは携帯をいじりながら、都会で暮らす辛さと歓びについて語りあっていた。話に出たグラウンドゼロは〈リモンチェッロズ〉から見えた。貿易センターのタワーは、永遠に消えることのない影を街に落とすのだ。

他愛のない会話のなかで話題があれこれ移っていった。レストラン、旅行、両親、政治——この最後のところは当たり障りなくかすめる程度だったが、ふたりの意見は似通っていた。

酒がなくなりそうになった段階で、ダニエルが時計を見た。盗み見るのではなく、重いロレックスを掲げて時間を確かめた。

ガブリエラはうなずいた。「ディナーの予定があるのね」

「そうじゃない。打ち合わせだ」ダニエルの目が彼女の髪、顔、瞳とめぐった。「娘さんのところへ帰るんだろう？」

彼女はその含意を嗅ぎとった。「あした迎えにいくわ。今夜は父親のところに泊まるから」

「面白がってもらえるかどうかわからないんだが、その打ち合わせ。ぼくを手伝おうなんて気はあるだろうか?」

「何をするの?」

「インテリアデザイナーと会って内装を決める」

ガブリエラは首を振った。「誘いの文句としては下手ね」

「持ってるスピードボートに、新しく革を張るんだ」

「そっちのほうがまし」

ダニエルはブリーフケース代わりにしていたバックパックを開き、革のサンプル帳を取り出した。ガブリエラは色ごとに分類されたページを繰っていった。彼女が好きなのは鮮やかなオレンジ、イメージとしては派手なスポーツカーのシートの色だった。〈キャロット〉〈パンプキン〉〈アンバー〉〈トマト〉などの名前が付いている。

でも気に入ったのは〈プリンストン〉、おそらくはニュージャージーにある大学のスクールカラーにちなんだ名前だろう。そのメーカーが出しているなかで最も目立つ色だった。

「わたしにも好みはあるけど」ガブリエラはゆっくり口にした。「ボートも見ないで偉そうなことは言えない」

「なら段取りをつけよう」

第4章　金曜日午後一時三十分　三時間三十分まえ

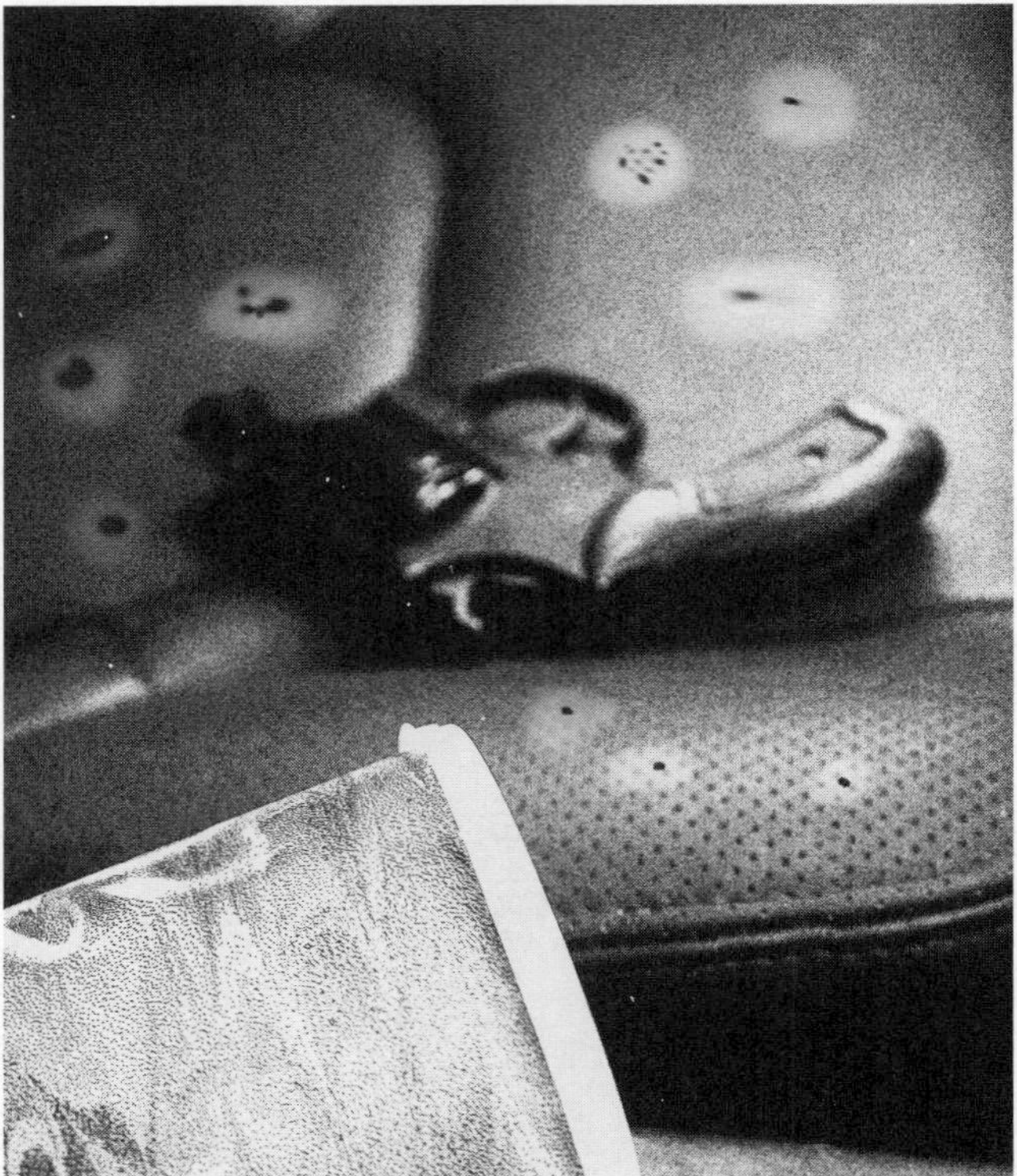

地味で味気のないトヨタ独特のライトブルーをまとったプリウスが、ニューヨークはブロンクスヴィルの曲がりくねった通りを徐行で抜けていく。建ち並ぶ邸宅の庭は芝生が黄ばんで色褪せ、九月の湿った落葉が散り敷いていた。

マセラッティに乗り馴れていたダニエル・リアドンは、いま運転している車にさして関心はなかったが、意外にパワーがあった。意外に感じたのは、おもに彼が嫌っていた静かなエンジンのせいである。聞いた話だと、なかにはスピーカーからセクシーなエンジン音を出す車もあるという。そんなインチキは話にならない。良きにつけ悪しきにつけ、ダニエルは本物が好きだった。たとえばマセラッティのトゥビ・スタイルのマフラーは、ギアを上げた際には鼓膜が破れそうなほどの高音を轟かせる。

そこがたまらないのだ。

ラジオからかすかに流れていたクラシック音楽が、かかってきた電話の呼出音にまぎれて聞こえなくなった。ダニエルは応答すると顧客にたいし、曖昧であると同時に正確でもある面倒なビジネス語で話しかけた。やがて法的かつ財務的な結論が出て、リアドンは昨年〈ザ・ノーウォーク・ファンド〉に二十万ドル近くの利益をもたらした男に快活な別れを告げた。電話を切ると、ふたたびクラシックが起《た》ちあがった。モーツァルト。クラリネット協奏曲。変わった楽器を使う難曲だ。むかし、交響楽団のチェロ奏者の娘とデートした経験がある。その彼女が、リード楽器はマスターするのにいちばん時間がかかると言った。「出てくる音と折り合わなきゃいけないの」

ダニエルはその表現をいたく気に入り、娘の印象はとっくに頭から消えているのに、言葉だけは記憶に残っていた。

ダニエルが着ているカナーリのグレイのスーツは、この一帯にふさわしい服装だった。ホワイトプレーンズにある法律事務所や投資銀行から、早めに帰宅してきたビジネスマンに見える。運転は慎重だった。路面は色とりどりの落葉で滑りやすい。風と雨が共謀して、オークやメイプルがつくる天蓋をまばらに、葉の十分の一《デシメイト》を減らすことをたくらんでいた（木々はまさしく、ほぼ十枚に一枚の葉を落としている――ダニエルはこの動詞を〝大量虐殺〟の意に用いる人間がいることに腹を立てていた）。

ヘンダーソン・レーンに曲がると車の往来もなく、大邸宅というほど豪勢ではないが、変わらず静かな家並みをそのまま過ぎていった。建物の窓はほとんどが暗く、歩道に人影はなかった。十字路で停止して、ヘンダーソンに曲がってきたダークレッドのグランドチェロキーを先に行かせると、ゆっくり加速してその後ろについた。

何ブロックか過ぎてSUVが一時停止の標識で停まり、ダニエルは急ブレーキを踏んだ。落ち葉でスキッドしたプリウスがジープのバンパーと軽く接触した。

ダニエルは眉間に皺を寄せて前方を見やった。ジープに乗っている相手と目が合った。運転手とはミラー越しに、大学生ぐらいの同乗者とは直接。振りかえったその女がよそよそしいまなざしを向けてきた。

ダニエルは渋い表情で車を降りた。ジープの開いたドア脇に立つ男のところへ行くと、頭を振った。「たいへん申しわけない！」

がっちりした体格に紺のスポーツコート、黄褐色のスラックスにブルーのシャツを着た男が苦笑いした。「そちらが時速百マイルを出してたわけでもないからね」

「まさか落ち葉がこんなに滑るとは思わなくて。そりゃもう、氷みたいだった。ただまっすぐ行くつもりで」ダニエルはフロントシートを覗きこみ、明らかに娘と思われる女に声をかけた。「すみません、大丈夫？」

「ええ、まあ、たぶん」ブロンドの娘はｉＰｏｄに目をもどした。その日は暖かかったが、彼女は長い髪の上から毛糸の帽子を目深にかぶり、厚手のスウェットシャツの袖を指の近くまで引っぱっている。

ふたりの男はＳＵＶの後部にまわって車の状態を確かめた。チェロキーの運転手が言った。「頑丈に出来てる。さすがはアメリカ車と言いたいところだが、このベイビーたちがどこで造られているのか、実はよく知らないんだ。東京かもしれない」そしてプリウスを顎で指し、「で、そちらはアーカンソーかな。全部じゃないにしても」

ダニエルは汚れのない周囲に目を走らせた。相変わらず人の気配はない。「トーマス、よく聞け。聞いてるか？」

運転手はいまも笑みを浮かべていた。説明を待っていた。それがないと知って訊ねた。「知り合いだったかな？」

「いや、ちがう。こっちが知りたいのは、あんたの投資組合が使っているアルバの銀行の名前だ。それとメインの投資口座番号に暗証番号」

「待て。どういうことだ？」

ダニエルはジャケットのボタンをはずし、古いスミス&ウェッソンのリヴォルヴァーの細いグリップを覗かせた。三八スペシャルだった。

「ああ、なんてことだ」男は音楽という秘薬におぼれる娘に視線を投げた。

「情報をくれれば、あんたは無事だ。娘も」

「誰だ、おまえは……？」男の声が跳ねあがった。リード楽器が出す音によく似た、軋るような声だった。

「まあ待て」ダニエルは笑顔のままで言った。あたりの暗い窓の裏に人がいないともかぎらない。「騒ぐな。あんたも本意じゃないだろう。これはあくまでビジネスでね。こっちが欲しいのはその情報だけだ。それが確認できたら、もうあんたに用はない。あんたは二千万ドルをなくすことになるが、誰にも傷はつかない。だいたいあんたにしても、社会に役立つ投資をして儲けたわけじゃないだろう？」

「狂ってる」男はつぶやいた。パニックが消え、代わって怒りが滾《たぎ》った。それも瞬時に。「この野郎。娘の前でこんな真似をするのか？　誰の差し金だ？」

「トーマス、あまり時間がない。撃つのは娘が先だ、あんたには生きててもらわないと――」

「わかった。それ以上言うな！　たくさんだ！　わかった、教える」

ダニエルは電話をかけた。

「もしもし？」耳に心地よい低い声が答えた。

「アンドルー」ダニエルは電話をトーマスに差し出すと指示した。「情報を伝えろ」

「憶えてない！」

「まず娘を撃つ――」

「電話に入れてあるんだ！　暗号化されてる。時間がかかる」

ダニエルは電話に向かって話しかけた。「復号するそうだ」

スピーカーからアンドルー・ファラデーの声が響いた。「了解。だが急げ」

ダニエルはジープの車内を見やった。娘はプレイリストに曲を見つけられずに苛立っているらしい。

911に通報しないようにとダニエルが見守るなかで、トーマスは携帯をいじりだした。が、途中で手順を忘れて深く息を吐いた。ダニエルは言った。「落ち着いて。時間はある」

「電話のむこうで急げと言ったじゃないか！」

「落ち着くんだ」

トーマスは初めからやりなおした。画面に向かってうなずくとダニエルの電話を受け取り、番号を読みあげていった。

ダニエルはiPhoneを取りかえした。「どうだ？」とアンドルーに訊ねた。

キーボードを叩く音がした。間が空いた。「よし」電話が切れた。

車が当たってから確認がすむまで、すべては四分間の出来事だった。まさに運転手ふたりがなごやかに保険の情報を交換し、警察を呼ぶまでもないと双方で納得する程度の時間である。

「じゃあ、車に乗って家に帰れ。もういい。こちらの欲しいものは手にはいった。用はすんだ。さっさと行け」

背を向けたトーマスがふるえる手でジープのドアに手を伸ばした。ダニエルはポケットから出したペーパータオルを銃把に巻いて抜き、ドアを開いた男の後頭部を二発撃った。助手席を覗きこむとダッシュボードとフロントグラスに、娘の顔と帽子に血しぶきが飛んでいた。娘は身体を痙攣させる父親を見て悲鳴をあげ、ドアハンドルを必死でつかもうとした。

ダニエルは安心させるように片手を挙げた。そのしぐさの意味を測りかねた娘が凍りついたと思うと、わずかに彼のほうを向いた。そこで胸の中央を撃った。倒れて宙を見あげる娘の口のなかにもう二発放った。脳幹を狙って。これで五発の弾倉が空になった。

ダニエルは銃をシートに落とし、ペーパータオルをポケットにしまった。プリウスにもどると、チェロキーをゆっくり回りこむように動かした。その場を離れ、ときおりルームミラーを確かめたがライトも緊急車輛も見えなかった。SUVを何台か見かけたが、うち二台は後部座席にまったく同じようなチャイルドシートを取り付けていた。

まっすぐパークウェイに向かい市街をめざした。サウスブロンクスまで来ると、GPSの指示でわりとまともな――少なくともあまり汚れていない――公営住宅付近の交差点に出た。ダニエルはアイドリング中のフォード・トーラスが停まる駐車スペースに車を寄せていった。その後ろに近づいてパッシングをしたが、むこうの運転手はすでに気づいていたらしい。トーラスが出たスペースに縦列駐車をしてインテリアの指紋を拭き取ると、降りた車の床にキーを落としてロックをしないまま離れた。そしてトーラスの助手席に乗りこんだ。

ダニエルは、頭が禿げて健康そうなサム・イーストンにうなずきかけ、ステアリングを握ったサムはブレーキから足を離して車を走らせた。

「うまくいったらしいな。アンドルーから電話があった」

「まあな。尾行もない」とダニエルは言った。「九十九パーセント確実だ」

サムはうなずいたものの――ダニエルでもきっとそうしただろう――慎重なドライバーがやる以上にしきりとルームミラーを見ていた。

マンハッタンへ通じる道に折れる手前でダニエルは背後を振りかえり、傷ついた獲物を嗅ぎ分けるコヨーテさながら、ふたりの若者があたりを気にしながらプリウスにゆっくり近づいていく様子を目に留めた。

ダニエルはメールを読んだ。アルバの口座から引き出された現金は、早くもきれいに洗濯されていた。

「帰るか？」サムが訊いてきた。「それとも、いつもの場所で降ろす？」

「ダウンタウン。クラブだ」

ダニエルは、金曜の午後はきまってスポーツジムで泳ぎ、〈リモンチェッロズ〉で一、二杯飲《や》ってからボートでニューヨーク港の夕陽を眺めに出る。

その後、インドかタイの料理をつまんで帰宅すると、普段使っている出張サービスの女を呼ぶ。誰にするか？　とダニエルは考えていた。人を撃ったあとだけに特別な気分だった――標的の娘のぐったりと血まみれになった死体が頭に浮かんでくる。この記憶は執拗で、しかも蠱《こ》惑《わく》的だった。

そこで客に荒っぽい真似をさせてくれる女を頼むことにした。ただし、数週間まえに救急搬送されたアリス——アリーナだったか?——のときより、多少の節度はわきまえなくてはならない。

第3章　金曜日午後十二時二十分　一時間十分まえ

「ギャビー！」

ガブリエラが振りかえると、赤毛のずんぐりした体格の男が、市庁舎に近い電子機器量販店の通路を近づいてくる。

一カ月ほどまえに初めて会ったときの印象がよみがえってきた。丸々と肥った三十がらみ、全身これ〝農夫〟といった風体。マンハッタンではめったにお目にかかれないタイプだ。端《はな》からその恰好がおかしいと言うつもりはないけれど（変にお洒落を気取らなければ、べつになんでもかまわないとガブリエラは思っている）、問題はとにかくオーバーオール姿が容易に想像できてしまうところだった。

彼女はにっこりした。「どうも！」

「こんなところで何をしてるんだい？」フランク・ウォルシュが顔をほころばせて言った。

フランクは、この店のほかの誰が着ても似合うポロシャツを着ていた。名札には〈コンピュータ修理部門マネジャー　F・ウォルシュ〉とある。

手を握ると、そのままハグに持ち込まれた。

ガブリエラは言った。「ダウンタウンでミーティングがあったから。挨拶しようと思って」

相手の顔が輝きを放ったように見えた。「まさか！　ちょうどきみのことを考えてたんだよ。おっ、ティファニーだね」

彼女は紙袋に目を落とした。「履きやすい靴を入れてるだけ」

「ぼくはいま履いてるのが好きさ」フランクはガブリエラを自分の背丈と釣りあわせている、そのスパイクヒールを認めてささやいた。ブランドはスチュアート・ワイツマン。すぐそこの特選コーナーで売られているコンピュータと同じ値段だ。

「そのうち、これを履いて通勤してみたら」ガブリエラは笑いまじりに言った。

遠い壁際で、大小のテレビ画面から保険会社〈ガイコ〉のコマーシャルが流れた。

フランクが腕時計を見た。「ランチをする暇はある？」

「いいえ、ミーティングにもどらないと。でもコーヒーを飲むくらいなら」

「よし」

ふたりは隣りの〈スターバックス〉へ行き、飲み物を手にした――ガブリエラはブラックコーヒー、フランクは泡立つラテ。腰をおろし、静かに回転するブレンダーやスチーマーの響きのなかでおしゃべりをした。

その外見にもかかわらず、フランクはおよそ農夫とはかけ離れていた。〝おたく〟というぴったりの言葉は使わずにいるつもりだったが、フランクが自らそう名乗ったことも一度や二度はあったし、だったら道徳的にも問題ないのかもしれない。生活はコンピュータ一色。もちろん、いまの仕事もそう。オンラインのRPGにすっかりはまっているらしい。そう思ったのは、むこうからゲームのタイトルのことを遠慮がちに訊ねてきたからだ（ガブリエラはいまだかつてプレイした経験がない）。そして、すこしがっかりした様子で話題を変え、話を蒸しかえすことはなかった。きまりが悪かったのだろう。

フランク・ウォルシュは映画好きでもあった。週に二回、映画館に通っていた。この点では趣味が共通している。

ふたりはコーヒーを手に語りあった。そのうち、フランクが苦い顔をして洩らした。「週末は休みが取れたんだ……でも母親に会いにいかなきゃならなくて」

「おめでとう。それからお気の毒さま」

フランクは笑った。

「お住まいはロングアイランド？」ガブリエラは記憶をたどった。

「サイアセットさ。でも日曜の昼にはもどってくる。ソーホーで、ちょうどノワール映画祭がはじまるんだ。興味ある？　スターリング・ヘイドン、アイダ・ルピノ、ダン・デュリエ。最高もいいところさ」

「ああ、ごめんなさい、フランク。日曜日は用があるの」

「そう」フランクはあまり気落ちしたふうでもなかった。「そうだ、いまきみの好きな歌を集めたミックステープをつくってる。いや、ミックスダウンロードだ。新人店員に〝テープ〟って言ったら、〝はあ？〟って感じだよ」

「まあ、ありがとう、フランク」とガブリエラは答えながら、好きな歌ってなんのこと？　と考えていた。いまどきの音楽はあまり聴かなかった。クラシックとジャズが多い。ほとんどが往年のクルーナーやキャバレー歌手。シナトラ、カウント・ベイシー、ナット・キング・コール、ローズマリー・クルーニー、ドニーズ・ダルセル。名盤の厖大《ぼうだい》なコレクションを相続したのだ。それら何百枚は、かぐわしい匂いがする美麗な紙ジャケットにおさめられている。数年まえには、ミッチェル・ジャイロデックという美しいターンテーブルを買った。自室で音量を上げると、アンプに送られたサウンドは純粋そのものだった。耳をとらえて離さない。魂を奪われた。

何かのついでにした話を、フランクは憶えていたのだろう。

会話はデ・ニーロの最新作、フランクの母親の健康問題、アッパー・ウェストサイドにあるガブリエラのアパートメントの改装プランへと移っていった。

そして、「きょう、きみが現われるとはね」と思わせぶりなひと言。

「何の話？」

「あとで電話するつもりだったんだ。でも、きみはここに来た。だから」

ガブリエラは濃いコーヒーを口にした。それからフランクに向かって、片方の眉を楽しそうに上げてみせた。〝つづけて〟の意味だった。

「訊いていい？」

「いいけど」

「チャンスはあるかな、ぼくたち？」フランクは唾を呑んだ。緊張している。

「わたしたち……？」その代名詞で文章は終わるのだろうか。そうは思えなかった。

フランクはやがて言葉を埋めた。「真面目に付きあうんだ。あっ、でも結婚前提なんて話じゃない。だって、いまどきそんなの割に合わないと思うし。だけどぼくらのデート、しっくりくるよね。まだ二、三回だけど。それでも」彼は息をついて身を乗り出した。「たしかに、ぼくはライアン・ゴズリングじゃない。だけど、いまは体重を減らそうとしてるんだ。本気で」

フランクは自分のコーヒーを覗きこんだ。これ見よがしに砂糖ではなくダイエットシュガーの〈イコール〉を使い、低脂肪乳で注文したが、それが減量の手段にならないことをガブリエラは知っている。

ガブリエラは言った。「女が男を好きになる理由はいろいろあって、外見だけじゃないわ。むかし、ライアン・ゴズリングそっくりの人と付きあったけど、とんだ食わせ者だった」

「ほんとに？」

「ねえ、わたしはあなたが好きよ、フランク。心から。いつか〝わたしたち〟になれるかもしれない。ただ、ゆっくり進めていきたいの。過去にちょっとあったから。あなたも、でしょう？」

「そうだね、ぼくは勘違い男だったから」フランクは何週間かまえにも話した、つらい別れのことを詳しく語った。ガブリエラにはどちらが捨てて、どちらが捨てられたのかがわからなかった。

話を聞きながら、彼女はフランクの顔のそばかすを十六まで数えた。

「尊重するよ」フランクは真剣な顔で言った。

「何を？」何かを聞きそこねたのだろうか。

「きみには分別があるから。時間をかけて物事を考える。それに、気分を害してここから逃げ出したりしなかった」

「どうやって逃げるの？　尖ったハイヒールを履いてるのに」

「すてきな靴だよ」

〝真剣な話題〟を持ち出し、ひとしきり語ったフランクがそれを打ち切ってくれたことに、ガブリエラは心からほっとしていた。フランクは席を立つと、トレイから砂糖のパックを三個取ってもどり、その中身をコーヒーに入れて勢いよくかき回した。が、座るまえに、彼はホルスターからサムスンの電話を抜いた。

「笑って」

「えっ？」

フランクはカメラのレンズを向けると、頭から足まで全身を入れて、ガブリエラの笑顔の写真を何枚か撮った。

ようやく腰をおろし、写した写真を眺めた。「保存しておく」それからコーヒーを啜り、ガブリエラを見つめた。「そういえば、映画祭はまる一週間つづくんだ」

「本当に？　火曜日なら空いてるけど」

「ぼくは仕事だ――」

「そう――」

「いや、きみが火曜がいいんだったら、シフトを変えるよ」

「本当に？」

「きみのために、ああ」

「うれしいわ、フランク。本当にうれしい」彼女はかろやかな笑みを浮かべた。

第2章　金曜日午前十一時　一時間二十分まえ

ブラッド・ケプラーとナレシュ・スラニは、ニューヨーク市警本部の会議室で待機していた。その部屋に配された染みだらけの単窓の先にあるビルからは、ケプラーが思うに、ニューヨーク港が一望できるはずなのだ。本部庁舎内では、いまのこれが——少なくとも三級刑事たちにとっては——望み得るいちばんの眺めだった。人知れず名もない任務に就き、それゆえ出世もあれば身の破滅もある状況に置かれた身には、せいぜいそんなものだろう。

ケプラー自慢の腕は、警官に採用されたころにくらべて筋肉が落ちてはいるが、確実に陽灼けが濃くなっていた。スラニはというと、灰色に近い肌の色はいかに太陽の光を浴びようが灰色のままである。ふたりの男はともに三十代なかば、それなりに健康的だが、ケプラーの肉体には座り仕事という刑事の現実にくわえ、任務のなかで最も厳しい歩行を課されたツケが出ていた。一カ月まえ、彼は追っていたある人物を逮捕したのだが、そのときの腰痛がいまだに尾を引いている。

野郎が。

「こんなやつ、どうでもいいだろう」ケプラーは目の前の卓上に置かれたファイルを叩いた。

「さあ」とスラニは相棒に答えた。「聞いたこともないな。この部屋はなんのためにある？

ここにあることも知らなかった」

ふたりが所属する重大犯罪課に近いその一室はくたびれて薄暗く、傾いたテーブルと六脚のうち三脚がちぐはぐな椅子、ファイリングキャビネット、それに〈廃棄〉のラベルを貼った箱が何十個と置いてあった。

それと愚にもつかない眺め。が、とにかく眺めるものはある。目の保養がライキシャ・タウン刑事の尻《けつ》しかない五、六階、あるいは千階も離れたケプラーのデスクとはちがう。いろいろ目にはいってくる。だが興味をそそるものはなかった。

やがて、ケプラーは置かれていた箱のラベルが気になりだした。箱は何カ月も放置されているようだった。なぜラベルの指示どおり廃棄されないのか。

ニューヨーク市警にようこそ。

時刻は午前十一時過ぎ。古い油にガーリック、魚の匂いがしてくる。風向きや湿度によっては建物の大半に行き渡ることもある。近接するチャイナタウンが、執拗に侵食をつづけてくるせいだった。リトルイタリーのほうは、さようなら《アリヴェデルチ》！

「腹が減った」とケプラーは言った。

「おれもだ。しかし」

「みんな、どうした？」

スラニも知らなかった。そこでふたりは電話を受け、電話をかけた。

「いいか」ケプラーはアンドロイド携帯で、彼が逮捕し、すでに保釈されている容疑者に説明した。「むこうはこれ以上下げる気はない。これで精一杯、つまり、あんたにできるのはそこまでさ。十八カ月。逆立ちで勤めあげられる刑期」

「ちぇっ」回線のむこう側からデヴォンの声が聞こえた。

「いいな。切るぞ」ケプラーは電話を切ると、ふたたび程よい茶色の腕に目をやった。それが自宅から十五マイル離れた、ラーチモントのタンニングサロンのライトのおかげだとは誰にも明かしていない。人には毎日ジョギングをして、ゴルフと水泳が好きなんだと話している。

「デヴォンか？」とスラニが訊いた。

「ああ」

「十八カ月？ 逆立ち？ 冗談じゃない。ろくでもない野郎だ」

「それはおれもわかってる。おまえもわかってる。デヴォンもいずれ気づくさ。可哀そうだが、逃走車を運転するのが悪い」

「それはちがう」とスラニは言った。

「何が？」

「車だ。誰も逃走してない」

ケプラーは笑った。「遅いな、警部は。みんな遅い。腹は減るし。おまえ、きのうの法廷ではすごかったじゃないか」

スラニは謙遜をにじませて言った。「ああ、うまくいったな。楽しかった。陪審がよかった。陪審がいいと助かるよ」

ふたりの刑事の間では褒めあうことより口論が多く、それがあからさまな侮辱に発展することもあったが、ふたりの巧みな言葉のやりとりにはいつも同じように愛情の土台があった。

ケプラーとスラニは七年間恋人どうしで、職業上のパートナーになって四年が経つ。じきにどちらかが結婚を言いだすはずで、プロポーズはおそらくケプラーからということになるだろう。

署内でこの話題に関してひと言でも洩らすか、一度でも眉をひそめたり溜息のひとつもついた者は、この先、神にすがるしかない。

ケプラーは持ち帰りの料理を注文することにして、ふたたび携帯に見入った。彼のギャラクシーの電話帳には、最初に〈breakfast〉〈dinner〉〈lunch〉という三個のフォルダーが並んでいた。感嘆符を付けて先頭に来るようにしてあるのだ。なんとなくパンケーキの気分だったケプラーが一番めか三番めかと悩んでいるところへ、上司が部屋にはいってきた。

スーツ姿の忙《せわ》しない男の登場で、ソーセージとワッフルの夢は電話機とともに消えた。皺だらけの顔に二重顎がめだつポール・バークリー警部は五十代後半。そのでっぷりした腹まわりは食べられるときに食べ、事件が長引けばテイクアウトした朝食を昼時につまんだり、逆にランチを朝に回したりする人間のものだ。

だが、バークリーの評判はケプラーの陽灼けに劣らず立派で——はるかに本物である。彼が叩き上げであるのは誰もが知るところで、伝説によれば、そのことを証明する弾痕が身体に残っているらしい。それゆえ刑事の仲間内で不平を口にする者がいても、少なくとも度が過ぎることはなかったし、バークリー本人に面と向かって不満を表明する者となると皆無だった。

「諸君」

「警部」とスラニが言った。ケプラーはうなずいた。

「忙しくてな」バークリーはそうつぶやくと、それを裏づけるようにiPhoneに見入った。メールを読み、男たちを無視してメールを送った。

ケプラーの胃が抗議をはじめた。ワッフル。ワッフルが食いたい。クラブハウス・サンドウィッチもいい。

バークリーが早口にまくしたてた。「で、これはどういうことだ？　秘密捜査の要求か？」

「そうです」とケプラーは答えた。

「マクナマラ刑事は？」

「すぐ来ます」

「じゃあ、はじめろ」バークリーは威嚇するように眉を上げた。焦燥が表に出ていた。

「その、ですから、はっきりしないんです。まとまりがつかなくて」

「つまり——」話しかけたスラニが、警部の背後にあるドアを見た。「捜査の立案者が来ました。詳細は彼女から報告させます。おい、ギャビー！」

美人だが冷酷な感じのする女がはいってきた。それこそにこりともせず、三人の男を見渡すと警部に向かって挨拶がわりにうなずいてみせた。

指向が指向だけに、ケプラーはギャビー刑事の肉体にはまったく興味がない。だが彼女の着こなしには思わず目を瞠った。薄手の白いブラウスの上に黒と白のチェックのジャケット。あの服は何ていう名前だったか。あの柄には呼び名がある。それにグレイのスカート。

あとは濃い目の洒落たストッキング。上品なハイヒールも。

彼もスラニも女装の趣味はないが、もしあったとしてもギャビー刑事には及びもつかない。

彼女自身がちょっとした伝説だった。かつて組織犯罪課に属した刑事の娘で、大学を出てすぐ入署して鑑識課で働いた。父親が勤務中に殺害されたのをきっかけに刑事となり、重大犯罪課に異動、父親と同じく組織犯罪を担当することが多く、ブルックリンやクイーンズに根城を置く超暴力的な東欧ギャングを専門にしてきた。

彼女の囮《おとり》捜査は有名で、輝かしい逮捕記録を誇っている。しかも重要なのは有罪判決率が群を抜いていることだった。逮捕は誰でもできる。だがその後に、ろくでもない連中を長期間遠くへ追いやる知恵と勇気があるかどうかとなると、そこはまったく別の話になってくる。

ギャビーはしつこく額にかかる鳶色の髪を払いのけた。

警部が訊ねた。「つまり囮捜査をやりたいってわけか？」

「テレビ番組みたいに」ケプラーはギャビーを笑わせるつもりで軽口をたたいた。全員に無視され、ケプラーは気の利いたふうを装うのはやめにした。

「ええ」ギャビーは答えた。

「状況は？」

「ある情報提供者《CI》から、あるプレイヤーが顔を出したと聞きました。ダニエル・リアドンという男ですが」

「聞かない名前だ。組織犯罪か？」

「わたしの目が届く一派とは無関係です」とギャビーは明かした。「ＣＩによると、リアドンはウォール・ストリートの表からはずれた小さな事業をやっています。パートナーは二名。わかっているのはファーストネームだけで、アンディもしくはアンドルー、それにサム」

「もしくは〝サミュエル〟？」とケプラーが訊いた。

ケプラーに向けられたギャビーの目は、ふだんのグリーンがなぜかこの日は黄みを帯びていた。「ただの〝サム〟」聞かれたから答えたといわんばかりのそっけなさだった。「ほかのことはわからない。でも、CIの話だと八桁の商売らしい」

「へえ。誰なんだ、その情報提供者って？」

「セドゥットー一味とつながりのある男」

ケプラーはいくぶん敬意をこめて質問した。「きみのその情報提供者に、セドゥットーの息がかかってるのか？　しかも生きてる？」

水をさされて苛立ったのか、ギャビーはぶっきらぼうに答えた。「彼はとても優秀よ。それに行儀よくしてもらうのに、わたしが大金を払ってるから」

警部が訊いた。「リアドンとその一味はどこに首を突っ込んでる？」

「そこなんです、ポール。おもにマネーロンダリング、麻薬、銃。オフショアの取引き。でも最悪なのは、彼が最低半ダースの人間を殺害していることです。目撃者二名に商売敵《がたき》を数名。しかも目撃者のひとりは家族といっしょだったらしく、巻き添えにして全員殺した」

「なんてことを」スラニが頭を振った。彼とケプラーは養子を迎えようと模索していたのだ。

「大金のからんだ取引きに殺しか」と警部はつぶやいた。その声に狼狽の色はなかった。おそらく、いい新聞ネタになると考えているのだろう。皮肉な話だが、この職業では印象が大切であることをケプラーは知っていた。勇士を気取るには、時間配分とともに宣伝も大事になってくる。これは誰にでもわかる、しかも誰ひとりやましさを感じることがないゲームだった。

「どんな舞台《セット》を考えてる？」とバークリーが訊いた。

「手の込んだものになるでしょう。リアドンは賢い。しかもＣＩによると、やたらに猜疑心が強い。マンハッタンのどこかに偽のオフィスを設ける必要がありますね」

「オフィス？　目的は？」バークリーはずばり訊ねた。

ギャビーの声音は上司のものに負けず劣らずだった。「会社です。ビジネスのオフィス。投資会社でしょうか。大きなものは必要なくて。部屋が二室に備品。偽のファイルはわたしが作ります。装飾品、小道具。がらんとしたオフィス――半分空で、ガサ入れを受けたみたいな。そのあたりで考えてます」

「これはアブスキャム事件じゃない、そんなに金は出せないぞ」

「アブスキャムとは？」とスラニが訊いた。

誰も答えなかった。ケプラーは、それがアメリカでおこなわれた史上最大の囮捜査とされている事実を、あとで相棒に説明してやることにした。

ギャビーが言った。「そんなに費用はかさみません。麻薬課が先月閉めた場所を使えるんじゃないかしら。空いたままなので。ミッドタウンの。タートルベイ。あっ、それからアッパー・イーストサイドに空き家のタウンハウスが必要です。外面だけ。全体で二千ドル以内におさまるでしょう」

バークリーは低く唸った。「それならなんとかなるか」

「情報技術《IT》課に会社の偽ウェブサイトを作らせます。捜査の手がはいったばかりというふうに見せかけて。あとは擬装用にわたしのフェイスブックのページを開設する。簡単だけど、リアドンを騙せる程度にはきちんとしたものを。おそらくリアドンはチェックするはずです」

バークリーはふたたび唸った。「待て。まだ納得できないぞ、刑事。リアドンについて詳しく話せ」

「それほどはないですが。データを掘り出してみました。金持ちで遊び人。マセラッティを所有していますが、もっと速いポルシェも持っている。コネティカットに豪華なボートが一隻、ロワー・マンハッタンにも一隻」

「これはこれは」とスラニが言った。「われわれが追うのはまったく新種の容疑者なのか。目下上昇中の」

「下降中かも」ギャビーが刺《とげ》をふくんだ声で言った。「彼は家族を殺すのよ、憶えてる?」

ギャビーに鞭で叩かれるのは、いずれにせよケプラーひとりではなかった。

「リアドンは独身。結婚歴はありませんが、CIによると離婚したとか、男やもめだと吹聴しているそうです。トライベッカに三百万ドルもするロフトを持ち、ウォール・ストリートに会社があって。合法的に——ベンチャーキャピタルに関わっています。〈ザ・ノーウォーク・ファンド〉という。でも税金からみれば、去年の収入はたった百二十万ドル。彼のライフスタイルではその五倍かかります。要するに、投資は彼がやっている資金洗浄、武器売買その他の偽装になっているわけです」

「表の会社で稼いでる金額を、国税局《IRS》にごまかしてるだけかもしれないぞ」とケプラーは口にしてみた。

「表のビジネスではやらない。そんなことをする理由がある? 誰がそんな真似をする? 自殺行為よ。彼は馬鹿じゃないわ、ブラッド」

おっと。

スラニが訊いた。「ではパートナーは？　アンドルーとサム？　そのふたりは〈ザ・ノーウォーク・ファンド〉とつながっているのか？」

「もちろん、その会社のことは調べた。ふたりのフルネームがわかるんじゃないかと思って。そしたら、そう、関係はなかった」

〝もちろん……〟

「それで、きみはこれをやって何を炙《あぶ》り出そうというんだ？」とバークリーが訊いた。警部は大局観を大切にすることで知られていた。

「リアドンに近づいて餌を見せ、彼やアンドルーやサムに、わたしの情報提供者《CI》と大きなところで手を組むチャンスをあたえます。彼らはお人好しのわたしを排除せざるをえなくなる」

「そこを共同謀議で挙げるのか」とバークリーが言った。

「そうです。わたしのCI、ジョゼフにマイクを付けます。彼らがジョゼフと会って殺しをほのめかした瞬間、こちらは動くことができる。むこうのオフィスと家の捜索令状は取ります。運がよければ、武器、犯罪歴、送金など、彼の過去と結びつく何かが見つかるかもしれません」

「いつものことながら、すっかり練りあげているようだな。この進め方について、きみの希望を言いたまえ」

彼女は説明した。「このセットで、わたしの役はガブリエラ・マッケンジー、お話しした偽のビジネスマネジャー。〈プレスコット・インベストメンツ〉としておきましょうか。わたしのボス――チャールズ・プレスコットが、どうやら違法な株取引きをおこなっていた。しかも、あなたたちふたりがそれを捜査していた。逮捕の段階に来たけれど、彼は行方をくらました。あなたたちは街でリアドンとわたしに行き当たる。そしてプレスコットの情報を洩らす。それがリアドンの気を惹く。あなたたちが去ったあとに、ジョゼフも近づいてくる。ジョゼフはプレスコットと違法な取引きをしていたと話し、プレスコットが街から消えたことに腹を立てる。たいへんな価値がある謎のリストをよこせと持ちかけてくる」

バークリーが訊いた。「リストの中身は?」

いい質問だ、とケプラーは思った。

「なんとでも」彼女の答えはにべもなかった。

そうでもなかったのか。

「マクガフィンです」とギャビーは言った。「どんなものでもいい。ただしリアドンには、これはある計画にからむ裏社会の大物のリストであり、証券取引所を一日、二日ダウンさせて大金をつかむつもりなんだと匂わせることにしました。むこうで答えが解けるように、こちらで手がかりをいくつか落とします。たとえば、プレスコットの顧客にはドイツ人テロリスト、または武器のディーラーがいるとか。名前はガンサーとしましょう。ほかにはブローカーやトレーダー、主に海外の。あと、この先数週間のうちに契約する賃借物件についても手配しています――マンハッタンのバンカーズ・スクウェアの地所で、証券取引所がそこに新しい通信システムを設置する予定です。リアドンはそれで察しをつけるかもしれませんが、念のためにこのメモをファイルに入れて、こちらは気づかないふりをして彼に見せるつもりです」

彼女はテーブルに別の書類を投げ出した。

差出人：チャールズ・プレスコット
宛先：インベストメント・シンジケート各位
用件：最新の予定表

同月二日：ニューヨーク証券取引所テクノロジーセンター、ロワー・マンハッタンのバンカーズ・スクウェアに開設される。
同月四日：バンカーズ・スクウェア七番地の倉庫、賃借開始。われわれの〝エンジニア〟が、テクノロジーセンター直下の光ファイバーシステムを無効にする装置を携えて到着。
同月六日：米国を拠点とする投資家、管轄区域を出て安全な場所へ。推奨地はスイス、ケイマン、セント・キッツ、セント・トーマス。
同月八日午前十一時：倉庫でイベント発生。証券取引所での取引きが中断する。
八日‐九日：年間を通じての空売り完了、投資家への利益配当。

「目標の期日が十月のコロンブスデー前後なので、〈オクトーバー・リスト〉と呼ぶことにします――プレスコットがつくったシンジケート内で」
「すばらしい」とケプラーは言った。本気で感心していた。もしも別のチームにいたら、ガブリエラとあっさり恋に落ちているだろう。

彼女はつづけた。「ジョゼフはさらに、プレスコットに払った手付けの返済を要求します。四十万ドル程度の額を」

「ちょっと待て――そんな金は用意できないぞ」警部はすかさず言った。

「いえ、現金は必要ありません。賞金は高いんだとリアドンに知らせるだけで充分です。手付けが四十万なら、取引きには大変な額が動くということになるし。話はまとまるでしょう」

バークリーは質した。「CIを役につける理由は？　覆面捜査官じゃだめなのか？」

「信憑性の問題です。リアドンが探りを入れれば、ジョゼフがセドゥットー一味とつながっていることに気づくでしょう。でもやはり、ブラッドとナレシュのほかに、最低二名の警官が必要になります。麻薬課のエレナ・ロドリゲスが欲しいんですが」

「なんとかしてみよう」

ギャビーはきっぱりと言った。「実現してください。彼女が必要です。優秀だから」

「彼女の役は？」

「プレスコットの会社の同僚」

スラニが言った。「きみは脅されると言ったけど。ジョゼフはリストを出させるのに、どんな圧力をかけてくるんだ？」

「わたしの娘を誘拐する」

ケプラーは驚いて目を白黒させた。娘がいるって？　ギャビーほど母性に縁遠い人間は思いつかない。

ギャビーはつづけた。「リアドンは〈オクトーバー・リスト〉と四十万を狙って、わたしのそばを離れない。アンドルーとサムを呼んで、娘を取りかえそうとするわたしに手を貸すふりをするはず。でも彼らの本当の目的は、ジョゼフと取引きをしてリストを入手するか、ビジネスに参入すること」

「リアドンが食いついてこなかったら?」とケプラーは訊いた。

「そうしたら、あなたがゴルフをする一日か二日が無駄になるだけ」

「こいつはゴルフをやらないんだ」とスラニが言った。「ゴルフは見るだけで」

ケプラーは相棒に中指を立ててみせた。それとなく。そして愛情のこもったまなざしを送った。

「そしてこっちはセットの経費二千の損失か」とバークリーがこぼした。

ギャビーはシャツの糊付けのことで、夫からつまらないけちをつけられたといわんばかりの視線を向けた。

上司にたいしてそんな顔ができるのは、ニューヨーク市警が擁する三千名の警官のなかでも、ギャビー・マクナマラただひとりである。

「で、ポール、進めていいんですか?」

あるいはファーストネームで呼べるのは。

バークリーはしばし考えこんだ。「長くて三日だ。何が見つかるにせよ、見つからないにせよ、月曜には店じまいだ」

「了解。よかった」ギャビーは感謝の表情をすぐに消した。「じゃあ、これが嘘じゃないとリアドンに思わせるのに、いろいろやっておかないと」まるで洗濯物を取りこもうとでもいうような調子だった。「警官を撃つ必要があります」

ギャビーは話しながらこっちを見ただろうか、とケプラーは訝った。

バークリーが断固として言った。「このセットで銃器の使用は認められない。あってはならない」

「必要です」いいかげんうんざりしていたギャビーの口調は、なおさらきつくなった。「リアドンがすこしでも疑いを抱けば、それで話は止まります。銃には空包なり訓練弾を装塡して」彼女は嵩にかかって言った。「警邏の若い人間を使えばいい。やる気を出すわ」

ケプラーは言った。「だめだ」

全員の目が向いた。なかでもギャビーの視線は鋭かった。「きみのそばにリアドンがいるのはまずい。巡査や目撃者の目には、リアドンは容疑者ってことになる。姿を隠すか手を引くぞ」

「なるほど。そこは考えなかった。彼とは離れてやるようにする」

バークリーが指摘した。「マスコミも市民も、警官が撃たれたら大騒ぎをする。いきなり〈ニューヨーク・ポスト〉の一面だ。みんなが嗅ぎまわる」

「事件は人通りのない場所で起きる。アッパー・イーストサイドで。それで目撃者を最小限に抑えます。で、警官には偽名をつける。もう調べたんですが、署にはフレッド・スタンフォード・チャップマンという人間はいない。わたしがハイスクールのダンスパーティで同伴した相手です。あらかじめ偽のネームタグと、嘘のプレスリリースを用意しておきます。警官組合のトップには、それがセットの一部であることを話しておいて」

ギャビーは狙撃銃のような視線をバークリー警部に据えた。そして沈黙を通した。警部が重い口を開いた。「それでうまくいくか」

「こちらでセット全体を練りあげているので」ギャビーはバッグを漁った。ケプラーは青と緑の毛糸玉に気づいた。そういえば、ギャビーは編み物をやって気分を落ち着ける癖がある。最初は不思議に思ったものだが、自分も〈アングリーバード〉や数独で、それにそう、ゴルフ観戦で暇をつぶしている。彼女は一枚の紙片を引き出すと卓上に置いた。「これが一日ごとの脚本で、開始はきょうの午後。この場で暗記してください。出かけるまえにシュレッダーにかけるので。振れ幅や即興の部分はあるにしても、変更がある際はメールで知らせます」

三人の男は身を乗り出して読んだ。

㊙作戦二三四〇―四二

（コードネーム〈チャールズ・プレスコット・オブ〉）

・金曜日

――マクナマラ刑事、別名ガブリエラ・マッケンジー、対象者ダニエル・リアドンに接触。

・土曜日

――ケプラー、スラニの両刑事、マクナマラ刑事および対象者リアドンに接触。街から消えたチャールズ・プレスコットに関して質問する。

――秘密情報提供者ジョゼフ、マクナマラ刑事および対象者リアドンに接触、娘（サラ）を誘拐したことを伝え、マクナマラ刑事に〈オクトーバー・リスト〉の提出と$を要求する。

――マクナマラおよびリアドン、〈オクトーバー・リスト〉と$を手に入れようとする。

――エレナ・ロドリゲス刑事の支援を受けて、マクナマラ刑事および対象者リアドン、マンハッタンのセット、〈プレスコット・インベストメンツ〉の場所に到着。〈オクトーバー・リスト〉を発見。

――前記の場所で、マクナマラ刑事および対象者リアドン、ケプラーおよびスラニ両刑事と対面するものの、〈プレスコット・インベストメンツ〉から〈オクトーバー・リスト〉を持ち出す。リストの重要性について信憑性が増す。対象者リアドンに、詐欺が可能であるという手がかりをあたえる。

――マクナマラ刑事および対象者リアドン、秘密裡に$を探す一方、〝誘拐犯〟であるC―ジョゼフと交渉をおこなう様子を見せる。

・日曜日
――マクナマラ刑事および対象者リアドン、アッパー・イーストサイドにあるチャールズ・プレスコットの愛人のタウンハウスで金を探す。ケプラー、スラニ両刑事およびフレッド・スタンフォード・チャップマンの偽名をつかう警邏巡査に現場を押さえられる。チャップマンはこの場で銃撃される。マクナマラ刑事および対象者リアドン、逃走。マクナマラ刑事、逃走中に負傷を装う。

――対象者リアドンは、この段階ではまだであるにせよ、いずれマクナマラ刑事の娘の身柄解放に手を貸すと見せかけ、相棒のアンドルー、サムと接触をはかるものと推測。

――対象者リアドンとアンドルーもしくはサムの一方が、C―ジョゼフと、詐欺およびマクナマラ刑事殺害の共謀を目的として会合をもつ。C―または会合の現場に盗聴器を設置。C―は位置情報をマクナマラ刑事に送る。

――リアドン、アンドルー、そしてサムの身柄を、緊急対応分隊が戦術的に確保。


バークリーは明らかに感心していたが、そんなそぶりは見せないようにしていた。「なるほど。脚本だな」

ギャビーはそっけなく言った。「リアドンのような人間に、即興は通用しません」

〝彼は家族を殺す……〟

ケプラーは訊いた。「リアドンは間違いなく、あんたとつるむのか？」

「彼はついてくる。かならず」

「どうやって引っ掛ける？」

「毎週金曜日、彼は〈バッテリーパーク・ヘルスクラブ〉で泳いでる――」

「さもなくば、ラケットボールかテニスを」ケプラーはすかさず口をはさんだ。

ギャビーはケプラーと向きあった。「そのクラブに入会する理由は、テニスか水泳に限られる。データマイニングしたところ、彼は一度もコート代を払っていないし、ボールも買ってない。ゆえに《エルゴ》、彼は泳いでる」

こっちは誤りを認める。あっちはギリシャ語を話す。それともラテン語か？　なんて女だ。

他のチームからますます注目が集まっていた。

「そのあと、彼は〈リモンチェッロズ〉へ飲みにいく」

「〈リモンチェッロズ〉とは？」

「埠頭のレストラン」ギャビーはケプラーの顔を見ずに話すのが上達していた。バークリーに向かってつづけた。「飲むのはたいがいスコッチか赤ワイン。こちらで両方の小壜を用意しておきます。彼が飲むものを見きわめて洗面所へ行き、袖口に垂らす。彼がわたしのブラウスを汚したと思わせる。それをきっかけにします」

ケプラーはじっと考えこんでいた。もしかしてギャビーは、デートの相手としては最高の女じゃないのかもしれない。

「きみが〝負傷を装う〟というのは？」スラニが脚本を叩きながら訊ねた。

「こちらの弱みを見せないと。リアドンに、わたしが脅威じゃないと信じさせるために。転んでほっぺたの内側を咬むことにするわ――肋骨を折るか、肺が破裂して血を吐いたように見せかける。それに、リアドンはサディストの気があるみたいだから。痛がるわたしにきっとスイッチがはいるわ」

「武装するのか？」とスラニが訊いた。

「どうして？ わたしは投資会社のビジネスマネジャーよ」ギャビーは自作の脚本に目をやった。

「なら盗聴器を」とケプラーは提案した。

ギャビーは「だめ」と答えた。どうしてわからないのかと困惑しきったように顔をしかめて。

スラニが言った。「実はガブリエラ、われわれは技術部からちょっとした道具を手に入れてね、偵察用の装置だ。GPSとマイクをシガレットライターに仕込んで――」

「煙草を吸わないわたしにライターを持たせる？ リアドンはどうするかしら」

「たとえばの話でね。別のものでも」

「だめ。盗聴器はだめよ。第三者による盗聴もだめ。あなたがたふたりとみんなは……距離をおいて。リアドンがセットにはいるように、何ひとつ運任せにはしない。そこが最大の危機なの。リアドンも、不注意ならここまで生きてはこられない。だから、脚本を読んで頭に叩きこんで」

ギャビーが紙片を押し出し、スラニとケプラーは厳格な教師を前にした生徒さながら、その指示に従った。ふたりがうなずくと、ギャビーは紙を取りあげてシュレッダーに歩み寄った。機械のプラグを挿して紙吹雪をつくり、それからバッグを肩に掛けた。彼女は刑事たちに向かって言った。「今晩、詳細をeメールで送るから。十時か十一時ごろにふたりで、わたしのアパートメント付近の角でわたしたちを止めて」

スラニが復唱した。「〈ケプラー、スラニの両刑事、マクナマラ刑事および対象者リアドンに接触。街から消えたチャールズ・プレスコットに関して質問する〉」

彼女の最初にして唯一の笑顔だった。「すばらしい」

ケプラーは言った。「ひとついいか？」

ギャビーは真面目な顔で見つめてきた。「なに？」

「あんたのCIの、そのジョゼフだが。信頼してるのか？」

「ほぼ、してる」

「ほぼ、か」とケプラーはおうむ返しに言った。「わかった、ジョゼフのボス？　セドゥットー？　そいつは面倒なんじゃないか。ジョゼフがあんたを狙う可能性は？　だって、やつはリアドンが金づるだと思ってるはずだ。で、必要なものを手に入れたら、あんたのことも始末しようとするぞ」

いちばんの秘密情報提供者というのは、往々にしてすぐかたわらにいる容疑者と連れ立っていたりするものなのだ。

そのジョゼフへの信頼にけちをつけたことで、ギャビーは腹を立てるだろうか。

しかしギャビーはこう答えただけだった。「ありがとう、ブラッド。でも、そのリスク評価はしたし、許容範囲だから。そこに関しては、わたしたちにできることはあまりない」

そして彼女は出ていった。

「まったく、なんて小娘だ」とバークリー警部が言った。

ケプラーにしても相棒にしても、近づきたくもない名詞。

やがて警部は口を開いた。「見張りをつけたい」

「しかし」スラニが指摘した。「監視は無用とのことですが」

「あれが何を言おうと関係ない。こっちはあいつが何をしゃべり、どこへ行って誰と会うかを知りたい。年中無休でな。あれを自由に舞わせておくのは危険すぎる。さっそく取りかかれ」

第1章　金曜日午前八時二十分　二時間四十分まえ

「私の用向きを言おう。死んでもらいたい人間がいる。昔から厄介な悪党で、私をはじめ何人もがさんざんな目に遭わされてきた。目的は簡単——人殺しだが——じつは面倒な事情があってね。面倒なことがあれこれと」

その言葉が大げさにすぎると思ったのか、ピーター・カルパンコフはふと口をつぐんだ。あるいは自分が裁きを求める罪の大きさを伝えるには、劇的効果が不充分だと考えたのかもしれない。きょうの彼は風雨に鞣《なめ》された肌がふだんより青白く、実年齢の五十歳ではなく六十がらみに見える。薄くなりかけの短い髪を散らした弾丸のような顔を〈カルパンコフ運輸商会〉、父親の代からつづく中規模程度の会社の窓外に向けた。その見映えのしない古びた社屋は、ハドソン川に近いミッドタウンに建っている。現代風の大きな施設を建てる資金があるにもかかわらず、カルパンコフはもともとの社屋をそのまま使用していた。同じく住居にしているのはブルックリンはブライトンビーチ、敷地二千平方フィートの煉瓦造りの一戸建てで、百年近く一族の所有である。

カルパンコフは視線をそらしたまま、しゃべりつづけた。「ほかに頼れるところがなかった——なにしろ面倒なんだよ。しかも、この男の死を願うはっきりした動機があるだけに、私は容疑者にされかねない。だからこそあんたが必要だ。あんたなら、動機をそれらしくなく見せることができる。あんたはそいつが得意だからな。いや、得意なんてもんじゃない。名人だ」

ようやくカルパンコフはデスクの向かいにいる女性と目を合わせた。すべてを察したガブリエラ・マクナマラは、さりげなく相手を見かえした。「つづけて、ピーター」

「ああ、この仕事に関しては料金を倍払う。もちろん経費も足して」

最後のひと言は言わずもがなだった。彼女に仕事を依頼するとき、カルパンコフはかならず経費も支払ってくる。殺しでも、どんな場合でも。

ガブリエラの緑の瞳が、不思議に灰色の濃淡があるカルパンコフの双眸を見据えていた。

ギャングのボスはあからさまな怒気をふくんだ声でつづけた。「できることなら、この手で殺してやりたい。ああ、本気でそう思ってる。しかし……」

ガブリエラは、カルパンコフがひさしく人を殺していないことを知っていた。とはいえ細面に二色の目、同じく灰色の短髪という相貌の男は、いまも人を殺す能力があり余っているように見えた。

手に温かい息を感じて、ガブリエラは目を落とした。カルパンコフが飼っている大型犬のガンサーが、彼女の手を嘗《な》めようと隅のねぐらから起き出してきたのだ。ガブリエラは灰色と黒の硬い毛並みに覆われた犬の頭を撫でてやった。動物のことはわかっている。十代から猟犬を連れて狩りをしてきた。仔犬のころから絆を深めてきたこのロシア人の犬は、いまやすっかり大きくなった。一カ月まえ、ガンサーはブルックリンの歩道でカルパンコフを刺そうとした殺し屋を咬み殺した。電光石火の動きで襲撃者の喉笛を食いちぎり、絶叫する相手の命を奪い去った。その男の雇い主であるジャマイカの麻薬王を殺害するというのが、カルパンコフから引き受けたガブリエラのつい最近の仕事だった。

犬はもう一度彼女の指を嘗めて鼻面を押しつけると、ねぐらにもどっていった。

「あなたが死を願う男の名前は？」

「ダニエル・リアドン」

「知らない」

今度はガブリエラがカーテンのない窓からハドソン川を眺める番だった。反りかえった窓枠のパテは埋めなおす必要がある。いますぐ古い固まりをはがし、埋めて塗りなおしたくなる。修繕仕事は市内のアパートメントや、州北部のアディロンダック山地にある狩猟小屋でずいぶんやった。アディロンダックでは、ニコンのカメラと二七〇口径のウィンチェスターをお供によくハンティングに出た。

カルパンコフが頬をさわった指を顎に持っていった。剃り残しを探すようなしぐさだったが、ガブリエラの目にその肌は完璧に手入れされて見えた。彼はロシア語をつぶやいた。「フーイ・ブリャーチ・スーカ」

ガブリエラは複数の言語に通じている。ニューヨークの〝ブルックリングラード〟や東欧の移民が集まる地区で頻繁に仕事があるので、ロシア語を学んでいた。〝ゲス野郎《コックサッカー》〟というような意味だった。

彼女は訊ねた。「リアドンのことだけど？」

「キャロルを知ってるか？」

「キャロル？　あなたの片腕のヘンリーのお嬢さん？」

「そうだ」

「可愛い女の子ね。十代？」

「二十歳だ」

「ヘンリーとの付きあいは長いでしょう」ガブリエラはここに来た際、ヘンリーが秘書室の席に不在だったことに気づいていたし、いまもヘンリーはこの場にいない。ふだんは影のように付き従っているのに。

「十八年。兄弟も同然だ」

カルパンコフの口調からは――まえにもまして――語りにくいという感じが伝わってきた。

グラスに注いだストリチナヤを勧められ、ガブリエラは首を振った。カルパンコフはそれを一気に呷ると切り出した。「リアドンはバーでキャロルを引っかけて、やつが顧客用に持ってるアパートメントに連れ帰った。〈ザ・ノーウォーク・ファンド〉という会社でね。アパートメントはイーストサイドの五〇番台の通りにある。くどいたといっても実質レイプだ。薬を盛ってな。写真を撮った。ひどい写真をだ。鉄製のコーヒーテーブルに縛りつけてな。セーリングをやってるだけに固く結ぶ方法を知ってる。得意のゲームってわけさ。動けないキャロルを、やつは乗馬用の鞭で叩いた」カルパンコフは声を詰まらせた。「ひどいもんだったと……その苦痛は」

ウォッカをもう一杯あけてから、ひとしきり深呼吸がつづいた。「それからやつともうひとりが交代で……ま、わかるだろう。それも撮影された。キャロルの顔ははっきり写ってて、ほかは見えない。リアドンはそいつをインターネットに上げると脅しをかけてきた。いいか、キャロルは大学生で、日曜学校で教えてるんだぞ！ そんなことになったら人生の破滅だ」

ガブリエラは軽くうなずき、この情報を心にとどめた。彼女のハート形の顔はまったくの無表情だった。こうしたことは単なる事実にすぎない。ヘンリーのことは知っていたし好きではあったけれど、個人的興味はまるで湧いてこなかった。

こうして簡単に区別できるところが、ガブリエラの持って生まれた才能だった。それを才能と言うなら。

カルパンコフはつづけた。「リアドンはその写真を使ってヘンリーの口を割らせ、私の事業に関する情報を聞き出した。コンピュータのファイルの、パスワードをだ。それで仲間とわれわれのシステムを破り、こっちがサーバーをシャットダウンするまで四十万ドル近くを盗んだ。ヘンリーは自分の命を絶とうとした。薬を服んでな。病院に駆けつけた私に、ヘンリーは事情を打ち明けてきた」ひと呼吸おいてから、「私はやつを赦《ゆる》した」

「キャロルは？」

「言葉にならない。もう元にはもどれない」

ガブリエラはうなずいた。

カルパンコフの大きな机には書類やファイル、プリントアウトとともにモデルカーの数多いコレクションが並んでいた。高価な金属製だった。ドアやボンネットをあけて内部を眺めることができる。美術品としても相当なものである。ガブリエラには、〝教授〟からもらったレコード盤以外にコレクションがなかった。州北の家にはトロフィーがない——狩猟をするのは肉を得るためだった。ならば銃は？　よりすぐれた製品が出れば、捨てるか交換するだけの商売道具にすぎなかった。

「で、リアドンだけど。あなたの会社を狙ってる？」

〈カルパンコフ運輸〉は洗浄した資金、武器、売春婦のほかに運ぶものがろくになかったが、分野がかぎられているわりに巨額の金を稼いでいた。

「キャロルのことは渡りに舟だったんだろう。リアドンはあの子としゃべるうち、父親が羽振りのいい会社で働いてるのを知ってそこにつけこんだ」

「彼とそのもうひとりの男が？　ふたりで？」

「いや。共犯は三人だ。ひとりはアンドルー。実行役もいる。名前はサム」カルパンコフはしかつめらしく付け足した。「キャロルを相手にした二番めの男だ」

「それが彼らの手口《モドゥス・オペランディ》？　騙しやすい相手を見つけて利用するというのが？」

カルパンコフは笑った。「〝モドゥス・オペランディ〟か。あんたはラテン語を勉強したんだったな。親父さんから聞いたよ。大学生の娘が大の自慢だった」

ガブリエラの父はハイスクールからポリスアカデミーに直行した人間だったが、教育には熱心で、フォーダム大学を優等で卒業したひとり娘のことを大層誇りにしていた。自身は生涯教育課程を取って歴史を専攻し、昔のニューヨークについてガブリエラや彼女の母親を前に何時間でも話した。娘と母はそんな彼を〝教授〟の愛称で呼ぶようになり、そのニックネームが定着したのだった。

「やつの手口のひとつだ」とカルパンコフが言った。その声がふるえていた。ついさっきまでビジネスコンサルタントや保険の専門家に化けたりもする。そうやって組織の幹部に近づいて内部情報を手に入れ、弱みを握るんだ」

「ビジネスマン、保険？」ガブリエラはひとりごちた。それは興味深い戦略だった。すでに形が出来つつあったプランの参考にと、彼女はその事実を整理した。「つまりあなたはリアドンの死を望み、アンドルーとサムの正体を突きとめてほしいというわけね。そのふたりの死も望んでいる。そして自分のお金を取りもどす？」

「そうだ」カルパンコフはモデルカーを一台、手前に引き寄せた。たぶんジャガー。ガブリエラは自動車には詳しくない。アディロンダックに置いていたのは、一〇〇〇ccのホンダのオートバイだった。

ギャングのボスは言葉を継いだ。「金のことはかまわないが——」

「名誉ね」

「そのとおり。名誉と復讐だ。面倒と言ったのをわかってもらえるか？」

たしかに込み入っていた。

だが複雑な事情こそガブリエラの生きがいなのだ。彼女は白と黒の細かい千鳥格子のジャケットを伸ばし、けさのハドソン川の不穏な流れを思わせるグレイのスカートを伸ばした。コーチのオレンジジレザーのバッグから青と緑の毛糸玉を出すと、編み針をぼんやりと動かしはじめた。

編み針が当たり、窓の外に聞こえるトラックの音と張りあうように鳴った。カルパンコフは無言だった。

「リアドンについて、あなたが知っていることを話して」ガブリエラはいつもの冷静な口調で言った。そう、わたしは仕事を受ける。もちろん。

「三十代後半。ハンサムだ。ほら」カルパンコフは黒髪のビジネスマンの写真を見せた。

なかなかのハンサムだった。肩幅が広い。ガブリエラがはっとしたのはその体形ばかりか、男が十年まえのジョージ・クルーニーとやけに似ていたせいもあったけれど、何より目を惹いたのは細い目だった。見るからに残忍。抜け目ない感じ。強欲。

「墨は?」

「タトゥーはなさそうだ。でも傷痕がある――胸と肩に。放火詐欺で仕掛けた爆弾が暴発してな。本人は自動車事故で子どもふたりを助けたときに怪我したとか、自分で事故に遭ったとか吹いてるらしい。シナリオに合うように話を変えてるのさ。

アイビーリーグの大学で経営学の学位を取ってる。そして隠れみのに合法の投資会社を経営してる。さっき話した〈ザ・ノーウォーク・ファンド〉だ。金を稼いでは使ってる。車とボートにな。だが、やつは反社会的な病人《ソシオパス》でもある。春のことだが、やつはアンドルーと組んで、自分に不利な証言をすると脅してきた男を殺した。男がひとりのところを撃ってもよかったのに、リアドンは男の家族も殺した。そんなふうに人殺しをするのは、本人がそれを楽しんでるからとしか思えない。妻は拷問されたうえにレイプされた。つまり――キャロルといっしょだ」

ガブリエラは編み物をつづけていた。

彼女は目をつむると思考を攪拌《かくはん》させた。カルパンコフは黙っていた。長年仕事を依頼してきただけに、彼女がいかに頭を働かせていつ口を開き、どこで異議を唱えるかを心得ている。彼女は数分間、まったく別の場所にいた。もつれたところから秩序を作り出そうとしていた。カルパンコフは一言も発しなかった。

　思索から浮かびあがってきたガブリエラは、ほんの一瞬、自分がひとりではないことに驚いた。気を取りなおして言った。「思いついたわ。人手が要る。力自慢のね。汚れ仕事を厭わない。あなたと関係の薄い人のほうがいい」

　カルパンコフは考えこんだ。「フリーランスで使える男がいる。腕はいい。頭も切れる」

「で、その彼には？」

　このセンテンスを完結させる必要はなかった。

「なんの問題もない。何度も仕事をやってもらってる。じつはここに来てるんだ。下に」とカルパンコフは言った。

「その彼と話しましょう」ガブリエラはガンサーにまた目をやった。ガンサーが見かえしてきた。うれしそうに尻尾が跳ねた。

　カルパンコフが、こっちに来てくれと丁重に連絡して電話を切った。「何をつくってる？」と毛糸に顎をしゃくった。緑《グリーン》と青《ブルー》。

　好きだった歌が頭に浮かんでくる。ジェイムズ・テイラーの歌。

「ショールにするつもり」ガブリエラは針先を見つめた。たちまちアイディアが湧きだした。

　五分後、ドアがノックされ、カルパンコフが応じた。「どうぞ」

　豊かなブロンドの巻き毛に、角張った顎をもつ大柄の男が部屋にはいってきて、カルパンコフの手を握った。「ピーター」男はその自信あふれる目に好奇心や欲望を出さず、追従の色も浮かべることなくガブリエラを一瞥した。

「こちらはガブリエラ・マクナマラ」

「ジョゼフ・アスター」ガブリエラを見つめる男の顔は仮面そのものだった。彼女の正体を知らないのか、気にもならないらしい。好都合だった。評判は役に立たない。称賛や侮辱、ハイスクールのスポーツトロフィーと同じだ。

握手をした男の肌は荒れていた。アフターシェイブではない、シェイビングクリームのかすかな匂いがする。腰をおろした事務椅子が軋んだ。ジョゼフは肥ってはいなかったが、建物の支柱のように頑健な体軀をしていた。

「〝ガブリエラ〟のままで？」

「ええ、ニックネームは嫌いなの」とりわけ〝ギャビー〟と呼ばれるのが不愉快なのだ。気に入ったニックネームといえば、父から付けられたニックネームだけ。父にとって、彼女はマックだった。彼女にとって、父が〝教授〟であるように。

「ちなみに」カルパンコフが言った。「私は人に〝ピート〟と呼ばれるのが嫌いだ」

この場の三頭政治の一角は無言だったが、ガブリエラは〝ジョー〟はふさわしい選択ではないと察した。

紅殻色の鈍い針先どうしが当たった。カルパンコフがジョゼフに、リアドンにまつわる情報を先ほどとほぼ同じ内容で伝えた。そして付けくわえた。「ガブリエラは、この男たちを見つけて始末する仕事を引き受けてくれた。それを手伝ってくれる仲間を探してる」

ジョゼフが言った。「ええ。私にできることなら」

針の当たる音だけがした。やがてガブリエラはジョゼフに向かって言った。「わたしはセットを立てるつもりでいるんだけど。〝セット〟って言葉はわかる？」

「囮作戦を意味する警察用語。芝居といってもいいか」

「まだ詳細を詰めなきゃならないので――これから数時間はそれをやるわ。でも基本的にはいつもの仕事に外部の人間を入れるだけ。リアドンと仲間を誘《おび》き寄せる囮の作戦を立てる。わたしが警官に追われていて、わたしに接近すれば大金や何かの秘密なんかが手にはいるとリアドンに信じさせる。わたしが警察に追われていれば、むこうも脈があると思いこむんじゃないかしら。警部はわたしの話に乗ってくるはずよ」

「警察？」ジョゼフが困惑に顔を曇らせた。「警部？」

ガブリエラは言った。「わたしは警察官なの」

「あんたは……」

「数時間のうちに、警部や刑事数名に連絡をとってミーティングを開くわ」

「警察？」とジョゼフはくりかえしたが、最初よりは曖昧な口ぶりだった。

するとカルパンコフが事情を説明した。「ガブリエラはニューヨーク市警の花形刑事だ。その職業がずっと……われわれの役に立ってきた。おまえにも想像はつくだろう」

ジョゼフは遅れてうなずく以外の反応を見せなかった。ふと眉を上げた。「どうしてそんなことに？」

「わたしの父もニューヨーク市警だった」ガブリエラは静かに言った。「その跡を継いだわけ。

写真に興味があって――」

「たいした腕前だぞ」カルパンコフが口をはさんだ。「すばらしい」壁に貼られたモノクロの風景写真に手をやった。「彼女の作品だ」

ジョゼフは写真を眺めると、無反応のまま目をもどした。

ガブリエラはつづけた。「わたしは鑑識で写真を担当していた。ある日、クイーンズで連絡を受けた。銃撃があったの。誰もわたしの姓を確認しなかったけど、犠牲になったのはわたしの父だった」

「ほう」ジョゼフの眉が落ちた。

「謎なんてなかったわ。父は味方の誤射で死んだ。若い刑事二名が、ある少年を武装した強姦犯だと思って銃を撃ちまくって――ちなみに、武装も容疑もなかったんだけど。刑事たちはしくじって違う男を標的にしたわけ。容疑者にされた男は軽傷だった。掩護にまわった父は六発撃たれて即死よ。

主任の刑事は、わたしの素姓に気づくと担当をはずしたわ――むろん利害に抵触するから――でも、どのみちわたしは写真をいっぱい撮ってた。殺人犯の同僚たちのことを記録に残すつもりだったから」

「彼らは刑務所送りに？」とジョゼフが訊ねた。

「いいえ。父の死は事故にされた。ふたりは二週間の停職。それも有給で。その後任務に復帰した。何事もなかったかのように」

「いまも警察に？」

「もういないけど」ガブリエラは静かに答えると、ジョゼフのことを見つめた。「でも、わたしがここでピーターと仕事をすることになった経緯を訊ねる気はないんでしょう？」

「いや、その気はある」

「父が死んで、母は倒れた。病気で、それ以前から精神的に病んでいたわ。父の死で打ちのめされたの。署も市も手を差しのべてくれなかった。どちらもあやまちを認められないらしくて。そんなときにピーターが現われた。彼は母の命を救って病院に入れてくれた。奥さんも母の世話をしてくれた。要するに、パパはピーターの仕事をずっと引き受けていたわけ。わたしは同じようにやることにした」

「最初は引きこむつもりはなかった」とカルパンコフが言った。「でも本人の意志が固くてな。私はよろこんでるんだ。ラルフ・マクナマラはわが組織に、捜査の内部情報などを入れてくれていた。ガブリエラはそればかりか……別の技能でも手助けしてくれる」

ガブリエラは、自分のなかに父親の気質が根づいていることをジョゼフに話さなかった。思えば学校時代には何度となく校長室に呼び出された。それもたいがい警備員や警官に付き添われて。自制心を失い、自分やほかの生徒をいじめる男女に激しく殴りかかったのだ。彼女を少年司法制度から守ったのは、尊敬を集める刑事という〝教授〟の地位があったからで、暴力への衝動をコントロールすることを学んだのは父のおかげだった。

でも、あくまでコントロールであり、取り除けたわけではない。

ガブリエラは編み針を鳴らして家族の歴史の物語にケリをつけた。「というわけで、リアドンのことではニューヨーク市警が力を貸してくれる」依然としてアイディアが湧き出していた。

それはいつものことである。心は創意に富んだ生き物だ。思いついたなかから一部は切り捨て、一部はどうにか形に仕立てて、また一部は計画の申し分ない構成要素として残していく。掌が汗ばみ、心臓が本能から生じる早い鼓動を刻んだ。

ジョゼフが訊いた。「こっちは何をすればいい?」

「警部と警察にはわたしから、あなたが秘密の情報提供者だと説明する。そうすればあなたは匿名のままでいられる。わたしたちはあなたのファーストネームのジョゼフだけを使う。わたしはガブリエラ……マッケンジー」ガブリエラの目が捉えていたのは、カルパンコフの背後の棚にあるウィスキーのラベルだった。「ガブリエラ・マッケンジー、それなりのビジネスウーマンで、あなたはわたしから大金を強請《ゆす》りとろうとする」そこにアイディアが降りてきた。すばらしい思いつき。「わたしの娘を誘拐したことにしましょう」

「娘がいるのか?」

「いいえ。わたしは子どもはいないけど。あなたは、わたしがリアドンと同席してるところに近づいてきて、娘を誘拐した、要求に応じないとサラを殺すって言う」

「あんたの娘がサラなんだな?」

「そう。わたしの馬の名前。州北に繋養してる牝馬で、週末になると乗ってる。でも六歳児の写真を何枚かダウンロードしましょう。ビデオも」

ジョゼフはうなずいた。「人間は愚かだな、あんなにオンラインに載せて」

「そうとはかぎらないわ」

「こっちが女の子を誘拐してまで欲しがるものというのは?」

またアイディアが浮かんだ。ときに雪のように降ってくる。「書類。秘密のリスト。すごく価値があって。誰もが欲しがるリスト――つまり、リアドンも欲しくなるようなものよ」

「マクガフィンか」とジョゼフは言った。

「なんだそれは？」ピーター・カルパンコフが訊ねた。

「ヒッチコック」ガブリエラはジョゼフの口からそんな言葉が出てきたことに驚いた。教養がなさそうどころか、その正反対に思えるのだが、なにしろ彼は四十代で、かの映画監督がこの用語をつくったのはかれこれ半世紀以上もまえのことなのだ。ガブリエラはピーター・カルパンコフに説明した。「マクガフィンというのは、サスペンス映画のなかでみんなが追い求める対象のこと。《黄金》の金鉱とか、失われた聖櫃《アーク》とか、秘密諜報員のリストとか。べつに存在しなくてもかまわない。物語を前へと動かしていくための仕掛け。わたしのほうで爆破計画とか、それぐらい奇抜な計画を立てるわ。銀行を爆破するとか。株式市場を数時間にわたって麻痺させるとか。株の空売りでもいいし」

するとジョゼフが言った。「そのリストのことを、謎めかして呼んだらどうだろう。名前をつけて」

カルパンコフが肩をすくめた。「思いついた。〈オクトーバー・リスト〉でどうだ？」

ガブリエラはうなずいた。「いいんじゃないかしら。でもどうして？」

「ゆうべ、女房と三番街の〈ホフブロイ〉へ出かけてね。木曜日はオクトーバーフェスト・ナイトなんだ。街でも最高のウィンナーシュニッツェルとザウアーブラーテンを出す。オクトーバーフェスト……オクトーバー・リスト。ちょっとした連想だ」

「おみごと。いまは九月中旬だから、起きることが来月起きるように餌をまくわ。で、ジョゼフ、あなたはこの謎のリストを欲しがるわけ。それとお金もね。リアドンはピーターから四十万ドルを盗んだ。でも、こちらは五十万にしましょう——利子をつけて」

ロシア人はうなずいた。

「連中からどうやって現金を取る?」とジョゼフが訊いた。

ガブリエラは思案した。「そうね、リアドンはわたしに身代金を払わせようと仕組むでしょう。子飼いの会計士を叩いてお金を出させるはず。もちろん、用途はあなたに支払うため——彼らと組むためのインセンティブとして。〈オクトーバー・リスト〉を最大限利用する方法を教えられるのはあなたしかいないから。彼らはあなたが必要になる」

ジョゼフも考えこんだ。「まずは四十万ではじめるとしても、信憑性を高めるにはそっちが期限を守れず、こっちが五十万に吊りあげるっていうのが筋だな」

「ええ、それがいい」ガブリエラの目が輝いた。「で、期限を守れないわたしに、あなたは本気だってことを示すために娘のものを送りつけてくる」ふと目を落とした指の爪は紅殻色だった。「そうね……たとえば、血まみれの指」

「なんだって?」とカルパンコフが口走った。

ガブリエラは微笑した。「マネキンか人形のでいいわ。偽物の血をつけてね。レアのステーキのとか」

ジョゼフが、これ以上理にかなったアイディアはないとばかりにうなずいた。

ガブリエラはつづけた。「芝居は日曜の夜まで。現場を選んで——どこかの隠れ家かしら

──あなたはそこで彼らと会う段取りをつける。彼らが現われたところを殺す」

ジョゼフは考えこんだ。「ソーホーに、ほぼ仕上げたばかりの倉庫がある。そこを使おうか。おれがあんたの娘を誘拐したって、連中はそう思いこむわけだろう？　奥に部屋があってね。そこに子ども用のビデオでも仕込んでおく。やつらが部屋を確認しようとドアをあけたところを、背後から始末する」そこで彼は眉を寄せた。「しかし、あんたの警部にはなんて報告する？　囮捜査だとしたら、仕掛けたマイクかなんかで証拠を手に入れたがるんじゃないか？」

いい指摘だったが、そこは考え抜いていた。「こちらからはあなたが──わたしの情報提供者が──抑えを振り切ってリアドンと仲間を殺し、金を盗んだって報告するの。それで姿を消したって。情報提供者のことは、どうせ誰も信用しない。作戦が失敗するのは、見てくれはよくないけど、現実には警部はそんなに怒らないはずよ。リアドンが死ねば、彼の住居と事務所を捜索して、彼とその仲間が糸を引いてた半ダースもの事件を片づけられるわけだし。そのうえ裁判費用を節約できるわ」

「すばらしいぞ、ガブリエラ」カルパンコフが崇めるように言った。

カチッ、カチッ。

ガブリエラは編んでいたショールに長たらしい一段をくわえた。頭は別のことを考えていた。

「それとね、ピーター、ほかにも誰かがわたしを追ってるって構図ができるといいんだけど。〈オクトーバー・リスト〉を狙うプレイヤーがもうひとりいることにすれば、リアドンもセットにはいってきやすくなる。その価値を引きあげて見せるわけ。どう？」

今度はカルパンコフが椅子の背にもたれ、濃淡のある灰色の双眸を天井に這わせる番だった。

「その男が死んでも筋は通るか？」

「面白いアイディアね」ガブリエラは答えた。「うまくいくかも。なぜ？」

「思うところがあってな」

「そう？」

「そいつは……ブルックリンのろくでなしだ。ゴッドファーザーを気取ってる。ハル・ディクソン。知ってるか？」

「名前に聞き憶えはある」

「やつはまえからマンハッタンとジャージーに進出すると言ってる。こっちはまえからやつを排除しようと思ってる。いい機会になりそうだ」

ガブリエラはスカートの皺を伸ばしながら、追加のプレイヤーのことを考慮したうえでカルパンコフに言った。「ディクソンと会えばいい。〈オクトーバー・リスト〉の存在と、それをわたしが持ってるって話をして。手を出させるの。むこうが食いついてきたら、誰にも気づかれないようにしてわたしが片づけるから。それで、警部にはリアドンがやったたって報告するわ」

そう話したことで新たな思いに取りつかれ、編み物が膝の上に置かれた。「わたしも個人的にケリをつけなきゃいけないことがあるし」

ガブリエラはわずかに目を細めながら説明をはじめた。「ある人とちょっとトラブルを抱えてる。ひと月ほどまえのことよ。仕事を終えて死体を始末したんだけど、警察が思いのほか近くにいた。映画館に逃げこんで、その男を引っかけたわけ。カップルのふりして表に出ようと思って。うまくいったわ。でも、問題は彼が離れてくれなかったこと。おかげで二度もデートするはめになった。いまやストーカー気味よ。わたしを見張って、アパートメントの外で待ち伏せたりする。そのうち、わたしとピーターの関係を探り当てるかもしれない。わたしが気づいてないと思って写真も撮ってる」口もとがゆがみ、しかめ面になった。「相当な病気ね——靴がらみの。わたしのハイヒール姿を見てよだれを流すんだから。携帯で写真を撮るときには、かならず靴をフレームに入れてるわ。どうしようもない変態」彼女は肩をすくめた。「その彼も死んでくれると助かるな」

ジョゼフが訊いた。「そいつの名前は？」

「フランク・ウォルシュ」ガブリエラは男の人相を説明して言い添えた。「その殺しもリアドンにかぶせましょう」彼女は編み物を再開した。男たちの目がアルミニウムの編み針に注がれた。これで人を殺したことがあるのかと、ふたりが訝っている気がした。そんな経験はなかった。「方法はこうよ。リアドンとわたしが見つけたリストを、フランクに保管してもらうことにして、彼のところへ届けさせる。それを入れた封筒だか箱にはリアドンの指紋を付けておく。ピーター、わたしたちがセットとして使う建物に、あなたの部下を配置してもらえる？　管理人役よ。その彼にフランク宛に届けさせる」

「いいとも。ラファエルはどうだ？」

「ええ。彼でいい」そしてガブリエラはジョゼフに向きなおった。「包みが届いたら——日曜日ね——あなたはフランクを訪ねて彼を撃ち、リアドンの指紋かＤＮＡが付着した証拠を手に入れる。リアドンとその仲間を始末するとき、現場に置いておく。ただしフランクの携帯を押さえて、コンピュータのハードディスクは消去して。私の写真が残ってるはずだから」

ジョゼフはうなずき、おもむろに口を開いた。「あんたの仲間の刑事たち、警部はあんたを監視したがるだろう。そこが問題になる」

ガブリエラは顔をしかめた。「そうね。そうしないでくれって言ったところで、彼らはわたしを見張ろうとする。そこは注意して尾行や盗聴をされないようにするから大丈夫」

編み物を置き、身を乗り出したガブリエラはジョゼフに満足していた。食ってかかるでなく、怯えるでも浮つくでもない、さりげなく見つめかえしてくることに好感をもった。「それで、話を先に進めるまえに言っておきたいことがあるの。あなたは映画に詳しいみたいだけど、メソッド・アクティングは知ってる?」

「聞いたことはあるが。よくは知らない」

「俳優が精神面と感情面で演じる役になりきること。今度の仕事でリアドンを騙して、あなたとわたしの両方が生き残るために、わたしは自分で造ったシングルマザーのビジネスマネジャーになりきる。ガブリエラ・マッケンジーに。ガブリエラ・マクナマラは存在しなくなるわ」

それがすべてを費やす変身であることは、ジョゼフにもカルパンコフにも伝えなかった。まったくちがう場所に足を踏み入れる。架空の娘の名前を、少女に命が吹きこまれるまで何度も何度も声高に、また胸のうちでくりかえし呼ぶ。〈オクトーバー・リスト〉と現金を渡さなければ、二度と愛するサラに会えないと信じこむ。ハル・ディクソンの死を悼む。フランク・ウォルシュのことも、現実には面倒な相手であっても悲しむ。警察に追われる真の恐怖を味わう。それにリアドンの気を惹く。バーでおたがいに色目をつかい、本物の関係になりかねないほどの火花が散るようにする。寝ることだってあるかもしれない。

そしてジョゼフがリアドンを射殺したら喪に服す。ガブリエラが隙なく事を運べるのは、犠牲者のみならず自分自身をもすんなり騙せるからだった。

彼女はジョゼフを静かに見つめた。「わかる?」

「ああ」

「あなたも同じようにしてもらいたい」

「了解」ジョゼフは一瞬目をそらした。「なるほど、演技論か。こういうのはどうだろう? 何年かまえにバットマンの映画に出て死んだ、あの役者みたいにやるのは。ヒース・レジャー、ジョーカーの。人を食ったようで予測がつかず、薄気味悪い」

「あれは好き。で、彼の哲学は?」ガブリエラは映画を思いかえした。「唯一の善とは、おのれの利益を深めること。それが人を駆りたてる力になるわ」

ジョゼフは小首をかしげた。「〝唯一の善とは、おのれの利益を深めること〟か。憶えておこう。気に入ったよ」さらに疑問を口にした。「質問をひとつ、殺しの現場のことだが。あんたも立ち会うのか?」

ガブリエラは思いを凝らした。「いいえ、むこうが厭がるわ。リアドンとその仲間は、あなたひとりと会いたがるはずよ。わたしにはベビーシッターをつけて、サムかしら——どこかの隠れ家に残しておこうとする」そこで彼女はカルパンコフを見ると、「おそらくキャロルを連れていったのと同じ場所に。会社で持ってるミッドタウンの例のアパートメント」ふたたびジョゼフに向かって告げた。「正確な場所はわかった時点でメールする」

「そっちは武器を携帯するのか？」とジョゼフが訊いた。

「いいえ。むりね。でもサムは持ってる」ガブリエラはリアドンのパターンを思いかえした。「リアドンはたぶん、あなたと取引きをしてから隠れ家にもどり——自分の手でわたしを消そうとするでしょう。それとキャロルにしたことを考えると、先にサムとふたりで別のプランを用意してるかもしれない。またロープと結び目をつかって。

だから、あなたはリアドンとアンドルーを殺したら、隠れ家の鍵を手に入れて。アパートメントのドアにチェーンやセーフティバーが掛かってるようだったら、こちらではずしておくわ。近くまで来てメールをくれたら、わたしがサムだかアンドルーだか、ベビーシッターの注意をそらす。〈オクトーバー・リスト〉の謎を解いたとか、そんなことを話してね。あなたは勝手にはいってきて。その場にいる人間は、きっとほかのふたりが帰ってきたと思ってろくに怪しまないと思うの。

でも用心はしておかないとね。ドアが開く音がしたら、わたしはふたつの台詞のどちらかを言うわ。〝娘は無事なの？〟だったら、サムは銃を抜いてないという意味。疑いもしてない。そのままはいって彼を撃って大丈夫。だけど、〝ダニエル、どうかしたの？〟と言ったら、怪しんで銃を手にしてるって意味。廊下にもどって。撃ち合いになるわ。わたしは隠れて、なかでできることをするから」

ジョゼフはうなずいた。「〝娘は無事なの？〟が、撃ての合図。〝ダニエル、どうかしたの？〟が、隠れろの合図だな」

「そう」

「了解」

「よろしい」ガブリエラは毛糸と編みかけのショールをバッグにもどした。愛情をこめたまなざしを送ると、ガンサーがもう一度尻尾を振った。立ちあがったガブリエラはカルパンコフ、つづいてジョゼフと握手した。「では仕事にかかりましょう」

第一部　金曜日

オクトーバー・リスト

著者まえがき

本書の刊行にあたり、スティーヴン・ソンドハイムに感謝したい。何年かまえに、私はナショナル・パブリック・ラジオの番組〈フレッシュ・エア〉で、私の好きなミュージカル劇の作曲家であり作詞家のソンドハイムに、比類なきテリー・グロスが迫るというインタビューを聴いていた。そのとき話題に出たのが『メリリー・ウィー・ロール・アロング』で、これがおそらく私が唯一観ていないソンドハイムの作品だった。現在からはじまり、時を遡《さかのぼ》っていくというその構成に私は惹きつけられた。とくに興味を持ったのは、現在ではあるひとつのことを意味する歌が、初めて（また、その後に）紹介されたときにはちがう意味を持っていたとするソンドハイムのコメントである。

私は時系列を破壊するというコンセプトを愛する者である。たとえばスタンリー・キューブリックの第二の傑作《現金《げんなま》に体を張れ》（《博士の異常な愛情》こそ――《２００１年宇宙の旅》ではなく――私のナンバーワンだ）、あるいは《パルプ・フィクション》、《メメント》、《バック・トゥ・ザ・フューチャー》。そしてもちろん、『となりのサインフェルド』のその名も〈背信〉というエピソードは、ハロルド・ピンターによる逆時系列の戯曲『背信』へのオマージュだった。

はたしてスリラー作家はクリフハンガー、驚き、ひねり、どんでん返しといった、私にとっての良質なクライムフィクションを形づくる要素を満載しつつ、過去に遡っていくストーリーを成立させることはできるのだろうか。要はひねり（ハリウッドでは〝暴き〟と言う）を、そこに至る事実を積みあげるまえに提示してなお、スリリングな驚きをもたらすこと。ジョークのオチを先に言ってから前振りをして、それでも正しい順番でギャグをやったときのように観客を笑わせることができるか、といったことなのだ。こんなふうに――

バーテンダーが言う、「こちらでタイムトラベラーはお出しできません」

そこへタイムトラベラーがバーにはいってくる。

『オクトーバー・リスト』を構想して書いてみて、ものすごく付箋が必要になった――小説は最終章からはじまり、ほぼ二日間の出来事を第1章まで遡っていく。私の大方の小説よりは若干短いけれど、一バイト一バイト、これまで執筆したどの作品よりも骨が折れたと言えるだろう。

わがヒロインの写真への情熱をふまえて、全編を通じて各章の頭に画像を挿《はさ》むことにした。その一部は挿絵にすぎないが、ほかに本書のミステリーに通じる手がかりもあるし、写真自体にひねりが効いたものもある。ガブリエラが言っていたように、「現実を取りこんで操作していくところに魅力がある。そのままの像を捉えることもあれば、そうしてからいじることもある。最後には抽象のようにぼやけてしまって、真実が自分にしかわからないことも」

それにはあまり賛成できない。

むしろ本書に写真が登場するたびに題名を付すよりも、目次にふくめるのが最善と考えた。

それもまた驚きということで。

ノースカロライナ州チャペルヒルにて
J・D

謝辞

本書に賭けてくれた（しかも、私が人間として可能なかぎり後戻りするのに手を貸してくれた）ミッチ・ホフマンとキャロリン・メイズに特段の感謝を。ジェイミー・ホッダー＝ウィリアムズ、マイケル・ピーチ、ジェイミー・ラブ、リンジー・ローズ、ケイティ・ラウスとデイヴィッド・ヤングにも。また本書を軌道に乗せ、多少なりと私の正気を保たせてくれたいつもの面々、マデリン・ワーチョリック、ジュリー・ディーヴァー、デボラ・シュナイダー、キャシー・グリーソン、ヴィヴィアン・シュースター、ベッツィ・ロビンズ、ソフィー・ベイカー、ジェーン・デイヴィス、ウィル＆ティナ・アンダーソン、そしてヘイゼル・オーメにお礼を申しあげる。

目次（および写真の題名）

第二部　土曜日

第三部　日曜日

フランク、モーリーン、そしてケイトリン・ジューエットに

日本語版への序文

犯罪エンタメの帝王、会心の一作！
～ジェフリー・ディーヴァー、再入門～

阿津川辰海
（小説家）

5

したがって、これまでの節で見てきたように、本書『オクトーバー・リスト』は、ディーヴァーの神髄である「欺《だま》し」の大技を、「切れ場」を中心とするテクニックの地肩で支えて見せた、実に素晴らしい逸品と言えよう。

さて、この解説、もとい「日本語版への序文」は、本編のたくらみにならって、5節から0節に遡る構成でお届けした。

あえて「序文」という形を取ったのは、小説の構成要素をすべて逆転する（目次が末尾についている本なんて見たことがない）作者の試みに敬意を表してである。この「日本語版への序文」は、この小説の終わりに位置し、同時に、始まりの位置にもあるのだ。0節に引用したあの一句は、まさにそんな思いを込めて選んだ。

昨年刊行された『ネヴァー・ゲーム』の続編 *The Goodbye Man* の邦訳刊行も今年予定され、日本へのディーヴァー紹介に新たな追い風が吹き込んでいることが感じられる。

今からでも遅くはない。ディーヴァーにまだハマったことのないあなたも、以前ハマっていたけど少し離れていたあなたも、本書を入り口にディーヴァーの世界に浸ってみてはいかがだろうか。

何せ、この奇妙な小説には、エンタメ作家としてのディーヴァーの魅力の核が詰まっているのだから。

4

第二の武器のキーワードは、「欺しの天才」である。ここでは、本書の中核をなす大技、ラストのどんでん返しの魅力をネタバレなしで語ってみよう。

本書ラストに待ち受けるどんでん返しは、「逆行する小説」という趣向に負けないほど——むしろ、この趣向にピタリとはまった、見事なものとなっている。読者がこれまで見てきた像を一変させる反転——結末に至って読者は、ディーヴァーの書くことは「何事も見かけ通りではない」ことを思い知るのである。

「何事も〜」というこの印象的なフレーズは、霜月蒼の『アガサ・クリスティー完全攻略』において、クリスティーという作家の演劇性を指摘した部分に使用されたものである。クリスティーはカギとなるシーンを何度もプレイバックしたり、時には一切の心理描写を排して、読者が想像する物語像を真相から巧みにズラしてみせる。「何事も見かけ通りではない」というフレーズは、クリスティーの作品の真髄を突いている。

筆者がこの節のキーフレーズに選んだ「欺しの天才」は、ミステリ作家・ロバート・バーナードが著したクリスティーについての評論『欺しの天才――アガサ・クリスティ創作の秘密』から借用した。クリスティーに冠されたこの称号に、今最もふさわしいのはディーヴァーだろう。「何事も見かけ通りではない」というあのクリスティーの作品の衝撃を、最前線で、しかも新しい形で体現している作家こそ、ジェフリー・ディーヴァーその人なのだから。

ディーヴァー作品での「何事も見かけ通りではない」という趣向は、ひとえに視点、カメラ配置のうまさに支えられている。「リンカーン・ライム」シリーズでは、三人称多視点により、犯人、探偵役それぞれの視点を置き、読者に盤上の全てを把握しているような錯覚を感じさせながら、巧みに死角を作ってみせる。一方、「コルター・ショウ」を探偵に据え、昨年邦訳された新シリーズ『ネヴァー・ゲーム』では、主人公の一視点を採用することで、視点人物と読者が視線を同じくして五里霧中を行く感覚を作り出し、少しずつ事件の「見かけ」が変わっていくプロセスの面白さが生まれていた。

では、本書『オクトーバー・リスト』はどうか。形式は三人称多視点なのだが、今までディーヴァーが描いていたそれとは、若干質が違うように見える。

例えば、その異質さが表れている要素として「名前」の扱いを見てみる。

主役であるガブリエラ・マッケンジーは冒頭36章で「ガブリエラ」として登場し、34章で初めてフルネームで名乗る。逆向きに綴られている以上、最初に目にするのは「既に出来上がった関係性」で、後から初対面のシーン、自己紹介のシーンが来るので、これは必然ではあるが、名前という情報の明かし方一つを見ても、最初は寄りで撮っていたカメラが、少しずつ下がっていくような構成になっている。

この例は名前なので、ただ話す順序が逆になっただけだが、他のキーアイテムなども寄りから引きに、という構成は徹底されている。読者が最初に見ているのは、モザイク模様のごく一部。そのうちに模様のパターンや、モザイク模様の別の部分を目にするうち、視野が広がっていく。あるいは、別の人から、別の時間から見ると、見え方が少し変化する（本書に挿入された写真の趣向もこれを表現している）。その過程の中で、読者が頭の中で想像していたパターンは少しずつ覆されていく。

見えるものが広がっていくからこそ、読者は最後の最後、第1章に至った時、ようやく作品の全体をこのカメラを通して目撃し、今まで目にしてきたものが決して「見かけ通りではない」ことを思い知らされる。なんとも凝った仕掛けではないか。

そして、その大技を支えているテクニックこそが、先に解説した「切れ場」の技だ。類《たぐい》まれなどんでん返しの大仕掛けを、決してスポットライトは当たらない、しかし確固とした骨組みで支える。これぞ職人芸ではないか。

3

第一の武器は「切れ場」の技だ。これは後に解説するどんでん返しに比べれば、決して目立ってはいないテクニックだ。しかし、これがなければ、「逆向きに語られる長編小説」という本書の趣向の達成はなかったといっていい。

「切れ場」というのは、章や節の終わりで、気になる情報を出して、「続きは次へ」と引っ張っていく手法である。「切れ場」は講談の用語なので、分かりやすく「引き」「クリフハンガー」と言い換えても良い。

こうした引きの技術は、エンタメ作家に最も求められるテクニックだろう。ジェフリー・ディーヴァーや彼から影響を受けた作品群は、とにかくこの「切れ場」が上手い。章の終わりに意外な事実を提示したり、登場人物のピンチを作り、「えっ、どうなっちゃうの！」と思わせて、次のページでは一旦別の話が始まってしまう、というような。「さっきのシーンは一体、どうなったんだ！」と思わされたら、もう作者の思う壺だ。

もっと言えば、「切れ場」のシーンというのは、蓋を開けてみれば「なあんだ、そんなことか」と思ってしまうものが多い。具体例を挙げれば、事件現場を訪れた探偵の背後に誰かの影があって、「誰だ！」と振り返るシーンで章が切れ、次の章では探偵の相棒の姿があった、とか。つまり、あと数行先を記していればなんでもないようなことでも、「切れ場」によって絶妙の緊迫感を生み出せるのだ。これこそが切れ場の効能で、読者がページをめくる手はどんどん加速する。更に言えば、このシーンで「実はあそこに相棒が現れたのには、何か裏があるのでは」と疑心暗鬼を誘えれば、しめたものである。ミスディレクションに使ってもいいし、効果的な伏線にも利用できる。

このように、「切れ場を作る力」とは、言い換えれば「興味を焦点化する力」である。だからこそ、読者はこの逆行する構成の中で、キーとなるアイテムやフレーズを見逃さないように読んでいける。

本書『オクトーバー・リスト』のように「逆行する時間軸」であっても、読者が振り落とされずについていけるのは、この「焦点化」の手際が巧みだからだ。

一つだけ例を挙げよう。本書第33章で、スラニとケプラーの両刑事が「清掃局の運転手」から連絡を受ける。そして、何かの事態が発生したことを窺《うかが》わせる一文で章が切れる。普通のエンタメなら、次に来る34章か、少し別の話を挟んだ後の35章で「清掃局の運転手」が登場したり証言をするところだが、そうはならない。なぜなら、この小説は時間軸を遡っていくからだ。つまり、この「切れ場」では、「清掃局の運転手の謎はどう解けるのか?」というメタレベルの引きまで用意されていることになる。読者はこれから読む章で、「清掃局」に関する何かが現れたら注意せねばならないことを、ディーヴァーの「切れ場」というシグナルによって知らされることになる。

つまり、この困難な構成は、元々ディーヴァーが持っていた「切れ場」の魅力を最大限に引き出す舞台装置にもなっていると言えよう。

そして、「切れ場」の演出とは、作中世界の時間軸を、自在に配置し、切り出し、操る力に他ならない。その意味で、これは「時」を操る力とも換言出来る。

だとすれば、「逆向きに語られる長編小説」という構成にディーヴァーが辿《たど》り着いたことも、あながち不思議ではないだろう。「逆行する」というアイデアの中でも、本書が独自の位置を占めることは、既に見た通りだ。「切れ場」のテクニックは本書のアイデアを成立させるかすがいとして見事に機能している。

2

逆行する小説のあらすじというのは、実に書きにくいものだ。冒頭に置かれた36章で分かるのは、ガブリエラという女性が娘を誘拐され、まさにその取引要求のタイムリミットが迫っていること、その取引には、「オクトーバー・リスト」なるものが関わっているらしいこと、これくらいである。これだけでも十分にサスペンスフルだが、この後――時系列的には前に――ＣＰ作戦と呼ばれる作戦に従事しているらしい刑事たちや、主人公ガブリエラの相手役、ダニエルとの逃避行なども満載されている。

この作品全体が、「ホワットダニット」、つまり、「何が起こったのか」を解き明かすミステリーであると言えよう。誘拐事件はどのような顛末を辿ってきたのか。「オクトーバー・リスト」とは何なのか。刑事たちや他の人物はどのように絡んでくるのか。

実を言えば、「逆行する」というアイデア自体はミステリー史上珍しいものではない。映画ではクリストファー・ノーラン監督の『メメント』や二〇二〇年公開の『ＴＥＮＥＴ』があるし、小説に限っても古くは一九三〇年にフィリップ・マクドナルドの『ライノクス殺人事件』がある。エピローグ、第一章、第二章、第三章、プロローグという章立てで描かれる事件(つまり途中の部分は順行)、似た構成にはチャック・パラニュークの『サバイバー』、セバスチャン・フィツェックの『アイ・コレクター』(これらはページ番号まで逆になっている)などがあるし、数か月〜年単位の幅の遡りなら、桜庭一樹『私の男』や、サラ・ウォーターズ『夜愁』などが思いつくところだ。もちろん、ディーヴァー自身が「著者まえがき」に名前を挙げている『現金《げんなま》に体を張れ』『パルプ・フィクション』などの映画もある。

ところが、本書のように三十分、一時間の細かい刻みで遡って見せ、順行部分が一切ない純粋な「遡り」というのは、ちょっと見たことがない。ここまでいくと、もはやストイックとしか言いようがない。

時間軸の短さという点で、かなり近いのは『メメント』だが、あの作品では、逆行する構成(通常のカラー映像)と、順行で語られる場面(白黒の画面)が交互に挿入されるのがミソになっており、純粋に逆行「だけ」で話を駆動している『オクトーバー・リスト』はその点でもかなり特異である。また、『メメント』では、主人公の前向性健忘という設定が実に便利に効いている。主人公の記憶のリセットタイミングが逆行の始点、終点となっているし、その記憶がリセットされることが、一から状況を把握するための説明セリフを差し込むエクスキューズにさえなっているのだ。しかし、本書にはそうした「逃げ道」すら用意されていないのだ。信じられないほどストイックである。

そんな気合の入った趣向であるが、その趣向だけでは、当然面白くならない。私も読んでいる時、「その構成で果たして魅力あるどんでん返しが作れるのだろうか？」と不安が兆《きざ》したことは告白しておかねばならないだろう。

ところが、それは完全な杞憂《きゆう》だった。

なぜなら、ジェフリー・ディーヴァーには「二つの武器」があるからだ。

一

本書は、日本のディーヴァー紹介に新たな追い風をもたらす傑作である。

最初に結論を言い切ってしまおう。本書は、「逆向きに語られる長編小説」という趣向を大胆に採用し、しかもそれによって一流のどんでん返しを作り上げて見せた稀有な犯罪小説だ。ディーヴァーの中でも短めの長編になるが、どんでん返しの衝撃度では、史上トップクラスだ。

そして、特異な構成を選び取ったからこそ、逆説的に、ディーヴァーの魅力がまっすぐに表れていると言える。犯罪エンタメの帝王と呼ぶにふさわしいこの作家が一貫して貫いている「二つの武器」の魅力を語り直すのに、本書はうってつけの作品だろう。本稿では、まず「逆行する」というアイデアの先例について検討したうえで、「二つの武器」の魅力を整理してみる。

この「序文」は、ディーヴァーという作家がこれほど面白いのはなぜなのか、という話にもなるのではないかと思う。表題を「再入門」としたのはこのためだ。

そうしてこの作品の凄みを理解した時、私があの句を冒頭に置いたことの意味と、私がディーヴァーに捧げた敬意を、理解してもらえるものと信じている。

○

「わたしは初めであり、わたしは終わりである」

——『イザヤ書第四十四章六節』

文春文庫

オクトーバー・リスト

定価はカバーに表示してあります

2021年3月10日　第1刷

著　者　ジェフリー・ディーヴァー
訳　者　土《つち》屋《や》晃《あきら》
発行者　花田朋子
発行所　株式会社文藝春秋

東京都千代田区紀尾井町3-23　〒102-8008
TEL 03・3265・1211㈹
文藝春秋ホームページ　http://www.bunshun.co.jp

落丁、乱丁本は、お手数ですが小社製作部宛お送り下さい。送料小社負担でお取替致します。

印刷製本・凸版印刷

Printed in Japan
ISBN978-4-16-791668-8

（　）内は解説者。品切の節はご容赦下さい。

悪魔の涙
ジェフリー・ディーヴァー（土屋　晃　訳）
世紀末の大晦日、ワシントンの地下鉄駅で無差別の乱射事件が発生。手掛かりは市長宛に出された二千万ドルの脅迫状だけ。捜査本部は筆跡鑑定の第一人者キンケイドの出動を要請する。
テ-11-1

青い虚空
ジェフリー・ディーヴァー（土屋　晃　訳）
護身術のホームページで有名な女性が惨殺された。やがて捜査線上に〝フェイト〟というハッカーの名が浮上。電脳犯罪担当刑事と元ハッカーのコンビがサイバースペースに容疑者を追う。
テ-11-2

ボーン・コレクター　（上下）
ジェフリー・ディーヴァー（池田真紀子　訳）
首から下が麻痺した元NY市警科学捜査部長リンカーン・ライム。彼の目、鼻、耳、手足となる女性警察官サックス。二人が追うのは稀代の連続殺人鬼ボーン・コレクター。シリーズ第一弾。
テ-11-3

コフィン・ダンサー　（上下）
ジェフリー・ディーヴァー（池田真紀子　訳）
武器密売裁判の重要証人が航空機事故で死亡、NY市警は殺し屋〝ダンサー〟の仕業と断定。追跡に協力を依頼されたライムは、かつて部下を殺された怨みを胸に、智力を振り絞って対決する。
テ-11-5

エンプティー・チェア　（上下）
ジェフリー・ディーヴァー（池田真紀子　訳）
連続女性誘拐犯は精神を病んだ〝昆虫少年〟なのか。自ら逮捕した少年の無実を証明するため少年と逃走するサックスをライムが追跡する。師弟の頭脳対決に息をのむ、シリーズ第三弾。
テ-11-9

石の猿　（上下）
ジェフリー・ディーヴァー（池田真紀子　訳）
沈没した密航船からNYに逃げ込んだ十人の難民。彼らを狙う殺人者を追え！　正体も所在もまったく不明の殺人者を捕らえるべくライムが動き出す。好評シリーズ第四弾。　（香山二三郎）
テ-11-11

魔術師《イリュージョニスト》　（上下）
ジェフリー・ディーヴァー（池田真紀子　訳）
封鎖された殺人事件の現場から、犯人が消えた!?　ライムとサックスは、イリュージョニスト見習いの女性に協力を依頼する。シリーズ最高のどんでん返し度を誇る傑作。　（法月綸太郎）
テ-11-13

文春文庫　ジェフリー・ディーヴァーの本

ジェフリー・ディーヴァー（池田真紀子 訳）
12番目のカード（上下）
単純な強姦未遂事件は、米国憲法成立の根底を揺るがす百四十年前の陰謀に結びついていた——現場に残された一枚のタロットカードの意味とは？　好評シリーズ第六弾。（村上貴史）
テ-11-15

ジェフリー・ディーヴァー（池田真紀子 訳）
ウォッチメイカー（上下）
残忍な殺人現場に残されたアンティーク時計。被害者候補はあと八人…尋問の天才ダンスとともに、ライムは犯人阻止に奔走する。二〇〇七年のミステリ各賞に輝いた傑作！（児玉　清）
テ-11-17

ジェフリー・ディーヴァー（池田真紀子 訳）
ソウル・コレクター（上下）
そいつは電子データを操り、証拠を捏造し、無実の人物を殺人犯に陥れる。史上最も卑劣な犯人にライムとサックスが挑む！データ社会がもたらす闇と戦慄を描く傑作。（対談・児玉　清）
テ-11-22

ジェフリー・ディーヴァー（池田真紀子 訳）
バーニング・ワイヤー（上下）
人質はニューヨーク！　電力網を操作して殺人を繰り返す凶悪犯を追うリンカーン・ライム。だが天才犯罪者ウォッチメイカーの影が…シリーズ最大スケールで贈る第九弾。（杉江松恋）
テ-11-29

ジェフリー・ディーヴァー（池田真紀子 訳）
ゴースト・スナイパー（上下）
政府に雇われた狙撃手が無実の男を暗殺した。その策謀を暴くべく、秘密裏に捜査を始めたライムたち。だが暗殺者による隠蔽工作が進み、証人は次々と消されていく……。（青井邦夫）
テ-11-33

ジェフリー・ディーヴァー（池田真紀子 訳）
スキン・コレクター（上下）
毒の刺青で被害者を殺す殺人者は、ボーン・コレクターの模倣犯か。NYの地下で凶行を繰り返す犯人。名探偵ライムは壮大な完全犯罪計画を暴けるか？　「このミス」1位。（千街晶之）
テ-11-37

ジェフリー・ディーヴァー（池田真紀子 訳）
スリーピング・ドール（上下）
怜悧なカルト指導者が脱獄に成功。美貌の捜査官、キャサリン・ダンスの必死の追跡は続く。鍵を握るのは一家惨殺事件でただ一人、難を逃れた少女。彼女はその夜、何を見たのか。（池上冬樹）
テ-11-19

（　）内は解説者。品切の節はご容赦下さい。

ジェフリー・ディーヴァー（池田真紀子 訳）
ロードサイド・クロス（上下）
ネットいじめの加害者たちが次々に命を狙われる。犯人はいじめに苦しめられた少年なのか？　ダンス捜査官は巧緻な完全犯罪計画に挑む。キャサリン・ダンス・シリーズ第二弾。
テ-11-25

ジェフリー・ディーヴァー（池田真紀子 訳）
シャドウ・ストーカー（上下）
女性歌手の周囲で連続する殺人。休暇中のキャサリン・ダンスは友人のために捜査を開始する。果たして犯人はストーカーなのか。リンカーン・ライムも登場する第三作。（佐竹　裕）
テ-11-31

ジェフリー・ディーヴァー（池田真紀子 訳）
煽動者（上下）
尋問の末に殺人犯を取り逃したダンス捜査官。責任を負って左遷された先で、パニックを煽動して無差別殺人を犯す犯人と対決する。シリーズ最大の驚きを仕掛けた傑作。（川出正樹）
テ-11-39

ジェフリー・ディーヴァー（池田真紀子 他訳）
クリスマス・プレゼント
ストーカーに悩むモデル、危ない大金を手にした警察、未亡人と詐欺師の騙しあいなど、ディーヴァー度が凝縮された十六篇。あの〈ライム・シリーズ〉も短篇で読める！（三橋　曉）
テ-11-8

ジェフリー・ディーヴァー（池田真紀子 訳）
ポーカー・レッスン
ドンデン返し16連発！　現代最高のミステリ作家が、ありとあらゆる手口で読者を騙す極上の短編が詰まった第二作品集。リンカーン・ライムが登場する「ロカールの原理」も収録。
テ-11-24

ジェフリー・ディーヴァー（池田真紀子 訳）
007　白紙委任状（上下）
世界最高のヒーローに世界最高のサスペンス作家が挑む。イギリスを狙う大規模テロの計画を阻止せよ。9・11後の世界で、007ことジェームズ・ボンドが世界を駆ける。（吉野　仁）
テ-11-27

ジェフリー・ディーヴァー（土屋　晃 訳）
限界点（上下）
凄腕の殺し屋から標的を守るのが私のミッションだ。巧妙な計画で襲い来る敵の裏をかき、反撃せよ。警護のプロVS殺しのプロ。ドンデン返しの魔術師が送り出す究極のサスペンス。
テ-11-35

ジャック・カーリイ（三角和代　訳）
百番目の男
連続斬首殺人鬼は、なぜ死体に謎の文章を書きつけるのか？　若き刑事カーソンは重い過去の秘密を抱えつつ、犯人を追う。スピーディな物語の末の驚愕の真相とは。映画化決定の話題作。

カ-10-1

ジャック・カーリイ（三角和代　訳）
デス・コレクターズ
三十年前に連続殺人鬼が遺した絵画が連続殺人を引き起こす！　異常犯罪専従の捜査員カーソンが複雑怪奇な事件を追う。驚愕の動機と意外な犯人。衝撃のシリーズ第二弾。（福井健太）
カ-10-2

ジャック・カーリイ（三角和代　訳）
ブラッド・ブラザー
刑事カーソンの兄は知的で魅力的な殺人鬼。彼が脱走、次々に殺人が。兄の目的は何か。衝撃の真相と緻密な伏線。ディーヴァーに比肩するスリルと驚愕の好評シリーズ第四作！（川出正樹）
カ-10-4

ジャック・カーリイ（三角和代　訳）
キリング・ゲーム
手口も被害者の素性もバラバラな連続殺人をつなぐものとは？　ルーマニアで心理実験の実験台になった殺人犯の心の闇に大胆な罠を仕込む超絶技巧。シリーズ屈指の驚愕ミステリー。

カ-10-7

スティーヴン・キング（深町眞理子　訳）
ペット・セマタリー（上下）
競争社会を逃れてメイン州の田舎に越してきた医師一家を襲う怪異。モダン・ホラーの第一人者が〝死者のよみがえり〟のテーマに真っ向から挑んだ、恐ろしくも哀切な家族愛の物語。

キ-2-4

アガサ・クリスティー　他（中村妙子　他訳）
厭な物語
アガサ・クリスティーやパトリシア・ハイスミスの衝撃作からロシア現代文学の鬼才による狂気の短編まで、後味の悪さにこだわって選び抜いた〝厭な小説〟名作短編集。（千街晶之）
ク-17-1

ハンナ・ジェイミスン（高山真由美　訳）
ガール・セヴン
家族を惨殺され、一人ロンドンの暗黒街で生きる21歳の娘、石田清美。愛する人のいる日本へ帰るべく大博打に出た彼女は犯罪の渦中へ。25歳の新鋭が若い女性の矜持を描くノワール。

シ-23-1

（　）内は解説者。品切の節はご容赦下さい。

テリー・ホワイト（小菅正夫　訳）
真夜中の相棒
美青年の殺し屋ジョニーと、彼を守る相棒マック。傷を抱えて裏社会でひっそり生きる二人を復讐に燃える刑事が追う。男たちの絆を詩情ゆたかに描く暗黒小説の傑作。（池上冬樹）
ホ-1-7

ロジャー・ホッブズ（田口俊樹　訳）
ゴーストマン　時限紙幣
爆薬の仕掛けられた現金一二〇万ドルを奪還せよ。犯罪の始末屋ゴーストマンの孤独な戦いがはじまる。クールな文体で描く二十一世紀最高の犯罪小説。このミス三位。（杉江松恋）
ホ-10-1

ピエール・ルメートル（橘　明美　訳）
その女アレックス
監禁され、死を目前にした女アレックス――彼女が秘める壮絶な計画とは？　「このミス」1位ほか全ミステリランキングを制覇した究極のサスペンス。あなたの予測はすべて裏切られる。
ル-6-1

ピエール・ルメートル（吉田恒雄　訳）
死のドレスを花婿に
狂気に駆られて逃亡するソフィー。かつて幸福だった聡明な女は、なぜ全てを失ったのか。悪夢の果てに明らかになる戦慄の悪意！　『その女アレックス』の原点たる傑作。（千街晶之）
ル-6-2

ピエール・ルメートル（橘　明美　訳）
悲しみのイレーヌ
凄惨な連続殺人の捜査を開始したヴェルーヴェン警部は、やがて恐るべき共通点に気づく――『その女アレックス』の刑事たちを巻き込む最悪の犯罪計画とは。鬼才のデビュー作。（杉江松恋）
ル-6-3

ピエール・ルメートル（橘　明美　訳）
傷だらけのカミーユ
カミーユ警部の恋人が強盗に襲われ、重傷を負った。執拗に彼女の命を狙う強盗をカミーユは単身追う。『悲しみのイレーヌ』『その女アレックス』に続く三部作完結編。（池上冬樹）
ル-6-4

ピエール・ルメートル（橘　明美　訳）
わが母なるロージー
『その女アレックス』のカミーユ警部、ただ一度の復活。パリで爆発事件が発生。名乗り出た犯人はまだ爆弾が仕掛けてあるという。真の動機が明らかになるラスト1ページ！（吉野　仁）
ル-6-5

（　）内は解説者。品切の節はご容赦下さい。

鹿島　茂
「レ・ミゼラブル」百六景
一九世紀の美麗な木版画二三〇葉を一〇六のシーンに分けて、骨太なストーリーラインと微に入り細を穿った解説で、古典名作の全貌をあざやかに甦らす。関連地図付き。

か-15-7

ロバート・ジェームズ・ウォラー（村松　潔　訳）
マディソン郡の橋
アイオワの小さな村を訪れ、橋を撮っていた写真家と、ふとしたことで知り合った村の人妻。束の間の恋が、別離ののちも二人の人生を支配する。静かな感動の輪が広がり、ベストセラーに。

ウ-9-1

P・G・ウッドハウス（岩永正勝・小山太一　編訳）
ジーヴズの事件簿　才智縦横の巻
二十世紀初頭のロンドン。気はよくも少しおつむのゆるい金持ち青年バーティに、嫌みなほど有能な黒髪の執事がいた。どんな難題もそつなく解決する彼の名は、ジーヴズ。傑作短編集。

ウ-22-1

P・G・ウッドハウス（岩永正勝・小山太一　編訳）
ジーヴズの事件簿　大胆不敵の巻
ちょっぴり腹黒な有能執事ジーヴズの活躍するユーモア小説傑作集第二弾。村の牧師の長説教レースから親友の実らぬ恋の相談まで、ご主人バーティが抱えるトラブルを見事に解決！

ウ-22-2

P・G・ウッドハウス（岩永正勝・小山太一　編訳）
ドローンズ・クラブの英傑伝
無敵の従僕ジーヴズのご主人も会員で、イギリスのお気楽な紳士が集うドローンズ・クラブで日々メンバーが引き起こす騒動はいかに収まるか？　世界一のユーモア作家の傑作選。

ウ-22-3

P・G・ウッドハウス（岩永正勝・小山太一　編訳）
エムズワース卿の受難録
綿菓子のような頭脳のエムズワース伯爵の領地に、本日も凶悪な騒動が勃発。不肖の息子・超頑固な庭師・妹たちとその娘達に、老いた卿には心の休まる暇がない！　ユーモア小説短編集！

ウ-22-4

（　）内は解説者。品切の節はご容赦下さい。

パトリック・ジュースキント（池内　紀　訳）
香水
ある人殺しの物語
十八世紀パリ。次々と少女を殺してその芳香をわがものとし、あらゆる人を陶然とさせる香水を創り出した〝匂いの魔術師〟グルヌイユの一代記。世界的ミリオンセラーとなった大奇譚。
シ-16-1

アンネ・フランク（深町眞理子　訳）
アンネの日記
増補新訂版
オリジナル、発表用の二つの日記に父親が削った部分を再現した〝完全版〟に、一九九八年に新たに発見された親への思いを綴った五ページを追加。アンネをより身近に感じる〝決定版〟。
フ-1-4

L・M・モンゴメリ（松本侑子　訳）
赤毛のアン
アンはプリンス・エドワード島の初老の兄妹マシューとマリラに引きとられ幸せに育つ。作中の英文学と聖書、アーサー王伝説、イエスの聖杯探索を解説。日本初の全文訳、大人の文学。
モ-4-1

L・M・モンゴメリ（松本侑子　訳）
アンの青春
アン16歳、美しい島で教師に。ギルバートの片恋、ダイアナの婚約。移民の国カナダにおける登場人物の民族（スコットランド系とアイルランド系）を解説。ケルト族の文学、初の全文訳。
モ-4-2

L・M・モンゴメリ（松本侑子　訳）
アンの愛情
アン18歳、カナダ本土の英国的な港町の大学へ。貴公子ロイに一目惚れされ、青年たちに6回求婚される。やがて愛に目ざめ……。テニスンの詩に始まる初の全文訳、訳註・写真付。
モ-4-3

L・M・モンゴメリ（松本侑子　訳）
風柳荘《ウィンディ・ウィローズ》のアン
日本初の「全文訳」、詳細な訳註収録の決定版「赤毛のアン」シリーズ第四巻。校長となったアンは医師を目指すギルバートと文通。周囲の敵意にも負けず持ち前の明るさで明日を切り拓く。
モ-4-4

（ ）内は解説者。品切の節はご容赦下さい

ティム・オブライエン
村上春樹 訳
ニュークリア・エイジ

ヴェトナム戦争、テロル、反戦運動……我々は何を失い、何を得たのか？　六〇年代の夢と挫折を背負いつつ、核の時代の生を問う、いま最も注目される作家のパワフルな傑作長篇小説。

む-5-30

ティム・オブライエン
村上春樹 訳
本当の戦争の話をしよう

人を殺すということ、失った戦友、帰還の後の日々――ヴェトナム戦争で若者が見たものとは？　胸の内に「戦争」を抱えたすべての人に贈る真実の物語。鮮烈な短篇作品二十二篇収録。

む-5-31

ティム・オブライエン
村上春樹 訳
世界のすべての七月

村上春樹が訳す「我らの時代」。三十年ぶりの同窓会に集う'69年卒業の男女。ラブ＆ピースは遠い日のこと、挫折と幻滅を経、なおハッピーエンドを求め苦闘する同時代人を描く傑作長篇。

む-5-36

マイケル・ギルモア
村上春樹 訳
心臓を貫かれて（上下）

みずから望んで銃殺刑に処せられた殺人犯の実弟が、兄と父、母の血ぬられた歴史、残酷な秘密を探り、哀しくも濃密な血の絆を語り尽くす。衝撃と鮮烈な感動を呼ぶノンフィクション。

む-5-32

グレイス・ペイリー
村上春樹 訳
最後の瞬間のすごく大きな変化

村上春樹訳で贈る、アメリカ文学の「伝説」、N Y・ブロンクス生れ、白髪豊かなグレイスおばあちゃんの傑作短篇集。タフでシャープで温かい、「びりびりと病みつきになる」十七篇。

む-5-34

グレイス・ペイリー
村上春樹 訳
人生のちょっとした煩《わずら》い

アメリカ文学のカリスマにして、伝説の女性作家と村上春樹のコラボレーション第二弾。タフでシャープで、しかも温かく、滋味豊かな十篇。巻末にエッセイと、村上による詳細な解題付き。

む-5-35

トルーマン・カポーティ
村上春樹 訳
誕生日の子どもたち

悪意の存在を知らず、傷つけ傷つくことから遠く隔たっていた世界。イノセント・ストーリーズ――カポーティの零した宝石のような逸品六篇を村上春樹が選り、心をこめて訳出しました。

む-5-37

（　）内は解説者。品切の節はご容赦下さい。

英『エコノミスト』編集部（東江一紀・峯村利哉　訳）
2050年の世界
英『エコノミスト』誌は予測する

バブルは再来するか、エイズは克服できるか、SNSの爆発的な発展の行方は……グローバルエリート必読の「エコノミスト」誌が、20のジャンルで人類の未来を予測！（船橋洋一）

エ-9-1

ロバート・キャパ（川添浩史・井上清一　訳）
ちょっとピンぼけ

二十年間に数多くの戦火をくぐり、戦争の残虐を憎みつづけ写しつづけた報道写真家が、第二次世界大戦の従軍を中心に、あるときは恋をも語った、人間味あふれる感動のドキュメント。

キ-1-1

ロレッタ・ナポリオーニ（村井章子　訳）
「イスラム国」はよみがえる

「イスラム国」は空爆の瓦礫から甦る！　テロ組織のファイナンスという独自の視点から「国家建設」というISの本質を見抜いた著者が、その実験の結末までを新章で緊急書下ろし。（池上　彰）

ナ-3-1

ピーター・ナヴァロ（赤根洋子　訳）
米中もし戦わば
戦争の地政学

米国と中国が戦争に至る確率は七〇％以上――。米中貿易戦争を仕掛けた異色の大統領補佐官が説く、アジアの未来。トランプの対中戦略は、全てこの本から読み取れる。（飯田将史）

ナ-4-1

ダライ・ラマ（山際素男　訳）
ダライ・ラマ自伝

ノーベル平和賞を受賞したチベットの指導者、第十四世ダライ・ラマが、観音菩薩の生れ変わりとしての生い立ちや、亡命生活などの波乱の半生を通して語る、たぐい稀な世界観と人間観。

ラ-6-1

マイケル・ルイス（東江一紀　訳）
世紀の空売《からう》り
世界経済の破綻に賭けた男たち

世界中が、好況に酔っていた2000年代半ば、そのまやかしを見抜き、世界経済のシステム自体が破綻する方に賭けた男達がいた。世界同時金融危機の実相を描く痛快NF。（藤沢数希）

ル-5-1

マイケル・ルイス（渡会圭子・東江一紀　訳）
フラッシュ・ボーイズ
10億分の1秒の男たち

何故か株を買おうとすると値段が逃げ水のようにあがってしまう…。その陰には巨大詐欺と投資家を出し抜く超高速取引業者〝フラッシュ・ボーイズ〟の姿があった。（阿部重夫）

ル-5-3

（　）内は解説者。品切の節はご容赦下さい。

ジリアン・テット（土方奈美 訳）
サイロ・エフェクト
高度専門化社会の罠
高度に専門化した現代社会、あらゆる組織には「サイロ＝たこつぼ」が必ずできる。壁を打ち破るためには文化人類学の研究成果が不可欠だ。画期的な組織閉塞打開論。（中尾茂夫）
テ-18-1

ジョー・マーチャント（木村博江 訳）
アンティキテラ　古代ギリシアのコンピュータ
海底から引き揚げられた二千年前の機械。複雑な歯車の構造を持つそれを、いったい誰が何のために創ったのか？　研究者の名誉をかけた百年に渡る熱いドラマを描く。（小久保英一郎）
S-8-1

マーシャ・ガッセン（青木　薫 訳）
完全なる証明
100万ドルを拒否した天才数学者
難問ポアンカレ予想を証明したものの、名誉も賞金も拒絶して森の奥へと消えたロシアの数学者ペレルマン。旧ソ連で、同じ数学エリート教育をうけた著者が素顔を明かす。（福岡伸一）
S-9-1

リチャード・ワイズマン（木村博江 訳）
その科学が成功を決める
ポジティブシンキング、イメージトレーニングなど巷に溢れる自己啓発メソッドは逆効果!?　科学的な実証を元にその真偽を検証。本当に役立つ方法を紹介した常識を覆す衝撃の書。
S-10-1

シーナ・アイエンガー（櫻井祐子 訳）
選択の科学
コロンビア大学ビジネススクール特別講義
社長は平社員よりなぜ長生きなのか。その秘密は自己裁量権にあった。二十年以上の実験と研究で選択の力を証明。NHK白熱教室で話題になった盲目の女性教授の研究。（養老孟司）
S-13-1

クリストファー・チャブリス　ダニエル・シモンズ（木村博江 訳）
錯覚の科学
「えひめ丸」を沈没させた潜水艦艦長は、なぜ〝見た〟はずの船を見落としたのか？　日常の錯覚が引き起こす記憶のウソや認知の歪みをハーバード大の俊才が徹底検証する。（成毛　眞）
S-14-1